BIBLIOTHÈQUE NORDIQUE

EXCURSION

DU MÊME AUTEUR

CHEZ LE MÊME ÉDITEUR

Installation, 2011

Steinar BRAGI

EXCURSION

Traduit de l'islandais
par Patrick Guelpa

Éditions Métailié
20, rue des Grands Augustins, 75006 Paris
www.editions-metailie.com
2013

Titre original : *Hálendið*

Published by agreement with Forlagid, www.forlagid.is

ISBN : 978-2-86424-939-9

LE DÉSERT

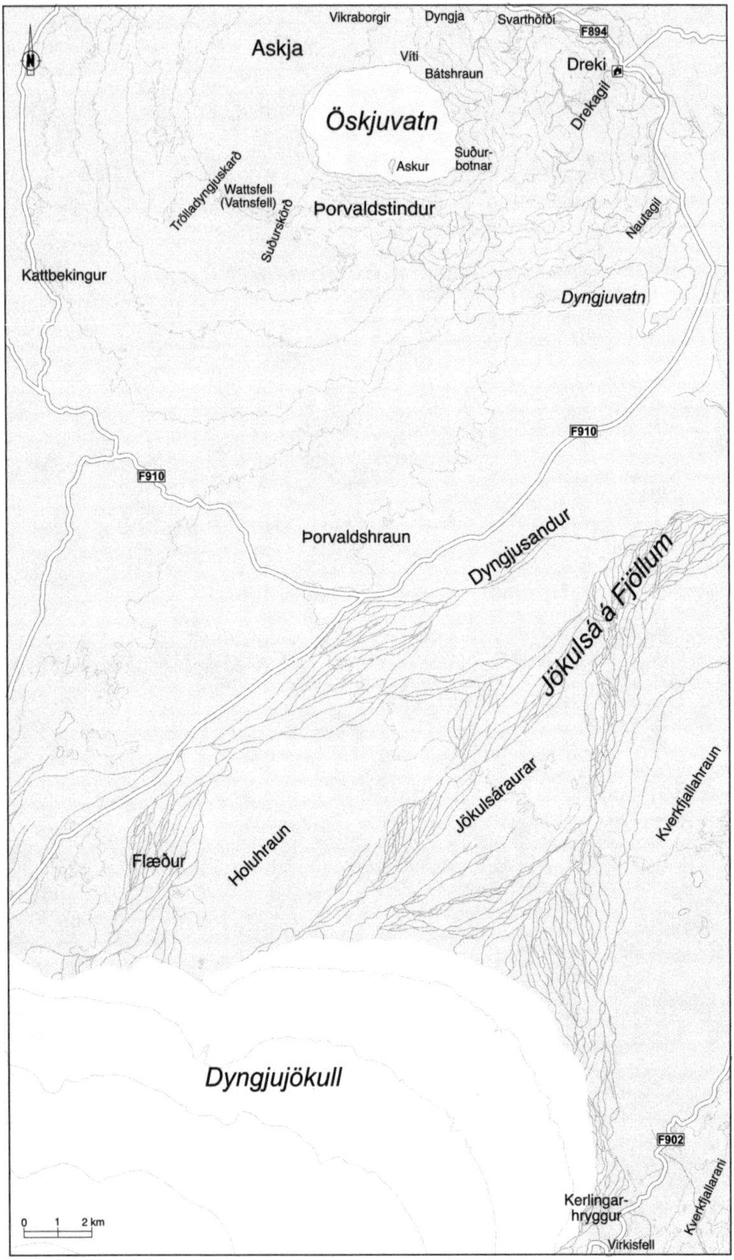
Vikraborgir
Dyngja
Svarthöfði
F894
Askja
Víti
Dreki
Bátshraun
Drekagil
Öskjuvatn
Suður-
botnar
Askur
Tröllad yngjuskarð
Wattsfell
(Vatnsfell)
Suðurskörð
Þorvaldstindur
Nautagil
Kattbekingur
Dyngjuvatn
F910
F910
Þorvaldshraun
Dyngjusandur
Jökulsá á Fjöllum
Kverkfjallahraun
Jökulsáraurar
Flæður
Holuhraun
Dyngjujökull
F902
Kverkfjallarani
Kerlingar-
hryggur
Virkisfell
0 1 2 km

HRAFN

1. La flore islandaise

La nature était tout empreinte de sérénité. À l'horizon, les ombres s'obscurcissaient et se découpaient sur le ciel en se fondant dans la nuit.

Ils se taisaient tous les quatre. On n'entendait rien, sinon le sourd murmure de la radio. Sur le siège arrière, Vigdís était en train de lire un livre et Anna venait de se réveiller d'un petit somme et d'ouvrir une canette de bière. Entre elles était couché le chien d'Anna, un chien de berger islandais qu'elle avait acquis quelques mois auparavant.

– On fait un jeu, dit-elle en rompant le silence. Je pense à une chose qui est à l'intérieur de la voiture ou dehors, sur la route ou sur le *sandur*[1].

– Oui, j'avais oublié, l'interrompit d'une voix enfantine Egill que réjouissait la perspective d'une troisième bière et d'un dixième petit verre d'alcool.

– Intéressant, fit Hrafn en ignorant Egill. Il regarda Anna dans le rétroviseur, sa silhouette sombre et la morne lueur de ses yeux. Qu'est-ce que tu entends par *une chose*? Si j'imagine la conscience de ton mari qui est ici ou bien le sang, c'est valable?

– Oui, mais boiteux, rétorqua-t-elle, moqueuse.

Egill jeta un coup d'œil par la fenêtre et Hrafn songea qu'il devait regarder dans le rétroviseur latéral Vigdís, assise derrière lui.

– Non, pas du sang. Tout ce qui n'est pas visible autour de nous est interdit.

– De quoi est-ce que vous parlez? interrogea Vigdís en refermant *La Flore islandaise* dans laquelle elle s'était plongée.

Anna lui expliqua le jeu et dit qu'elle allait commencer.

---

1. Vaste plaine située au pied d'un massif montagneux et formée d'alluvions glaciaires. (*Toutes les notes sont du traducteur.*)

– *Do it!* fit Egill, et le jeu débuta.

Hrafn ne quittait pas la route des yeux car il devenait de plus en plus difficile de prévoir ce que les ténèbres leur réservaient. Les soirées n'étaient plus aussi claires, il faisait nuit pendant plusieurs heures et l'hiver s'invitait dans ses pensées, s'élevait même tel un paquet de mer à l'horizon et dans la panique qui n'avait fait qu'augmenter ces derniers jours. Depuis midi, il désirait vivement rouler le plus vite possible pour retourner en ville.

– Le conducteur y voit ? s'inquiéta Vigdís tandis que la jeep continuait à circuler entre les piquets de neige qui scintillaient dans le noir. Hrafn appuya sur un bouton qui fit se baisser la vitre, passa la tête au-dehors et vit le ciel chargé de nuages étonnamment proches car, faut-il le préciser, on était sur les *hautes* terres.

– Tu crois que tu vas te repérer avec les nuages ? lança Anna derrière lui dans un grand éclat de rire.

– Il faut que vous m'aidiez, les gars, avoua Vigdís. Je suis à court d'idées.

– Un piquet, proposa Hrafn en remontant la vitre.

Anna fit une réponse négative. *L'hiver polaire*, pensa-t-il. Est-ce que c'était une chose ? En tout cas, les indices étaient bien visibles tout autour d'eux : les rochers fendus par le gel, aucune verdure, pas de couleurs, pas de *flore*. Uniquement du sable, du gravier tantôt noir, tantôt gris.

Bientôt, sur tout le parcours, les nuages s'abaissèrent vers la terre et les voyageurs pénétrèrent dans le brouillard. Les phares de la voiture découpaient deux cônes dans ce brouillard qui devenait blanc mais qui restait gris foncé sur les côtés noirs du sandur. La visibilité n'excédait pas dix à vingt mètres et Hrafn eut rapidement mal aux yeux à force de fixer le brouillard. Il n'aurait rien eu contre le fait de faire une pause, mais Egill était trop soûl pour qu'on puisse lui confier le volant. Hrafn ne faisait en général aucune confiance aux filles pour conduire dans les endroits habités, et encore moins ici, dans les sandurs.

Il arrêta la voiture pour sortir uriner et se rafraîchir, scruta le brouillard qui s'épaississait brusquement jusqu'à leur caresser le visage de sa froidure et de son humidité. Aucun d'eux n'avait la moindre expérience des voyages en montagne et si jamais la voiture venait à caler, ils ne sauraient pas quoi faire. Vigdís avait mis ça sur le tapis quand ils avaient organisé le voyage, mais Hrafn et Egill l'avaient fait taire en racontant une connerie quelconque qui n'avait pas tiré à conséquence. D'ailleurs, ils avaient mis en marche le GPS, mais peu après avoir quitté l'Askja, il s'était arrêté de fonctionner, bien que ce ne soit pas certain, vu qu'aucun d'entre eux ne savait le manipuler.

Il réfléchissait à combien de temps un être humain pouvait rester seul dans le sandur. En été, quelques jours, à condition d'avoir de l'eau et d'être abrité du vent, mais en hiver seulement quelques heures, quelques minutes peut-être. La crainte d'être perdu augmentait la tension et refroidissait le corps, les gens étaient désorientés, l'effort devenait trop important et le système nerveux lâchait prise, abandonnant l'être humain à la panique.

Il se rassit dans la voiture et démarra. Les piquets brillaient faiblement à travers le brouillard tout comme les yeux des poissons dans les grandes profondeurs. En regardant à côté de lui, il vit Egill qui s'allumait une cigarette, portait une bouteille à la bouche, et il l'entendit rire. Ils étaient encore à jouer et il fut frappé de constater l'absurdité de la situation : les voilà qui erraient tous les quatre à travers les sandurs au nord du Vatnajökull[1], dans le noir et dans le brouillard, comme si de rien n'était. Ils buvaient de la bière mexicaine, ne portaient que des vêtements légers et réglaient la chaleur en tournant le bouton du tableau de bord, avec de la musique plein les oreilles. Ils se déplaçaient dans le pays tout en restant immobiles, sans entendre les crissements et les couinements des pneus qui écrasaient les cailloux, sans se soucier de rien, même pas du *voyage*, sauf de tout autre chose, à savoir : leurs relations, ce que chacun leur avait dit ou avait fait tout à l'heure, hier ou il y a vingt ans, l'état de leurs comptes en banque, tandis qu'ils regardaient le paysage défiler à l'extérieur de la voiture.

Il revint à lui et essaya de se concentrer sur la piste, mais il sut immédiatement que quelque chose avait changé. Au bout

1. Le plus grand glacier d'Islande, au sud-est de l'île.

de quelques minutes, il tourna dans un sens, puis dans l'autre, pour finalement s'immobiliser.

– Qu'est-qu'il y a ? s'enquit Egill.

– Est-ce que vous voyez des piquets ?

Hrafn essayait de se remémorer quand il avait vu le dernier piquet, mais en vain. Les intervalles entre les piquets étaient allés en augmentant insensiblement et le brouillard avait tôt fait de les recouvrir.

– Merde ! lâcha Egill qui se redressa, cherchant à apercevoir quelque chose par la fenêtre.

Anna émergea de son siège et demanda s'ils étaient perdus.

– Je n'aurais rien contre, ajouta-t-elle. Perdus dans le brouillard, comme dans les contes.

– Depuis combien de temps est-ce qu'on n'a pas vu de piquet ? interrogea Hrafn en regardant Vigdís dans le rétroviseur, laquelle leva les sourcils.

– Aucune idée, fit-elle. J'étais trop dans le jeu.

À la lumière des phares, Hrafn regardait droit devant lui les traînes de brume blanches, accéléra et redémarra doucement.

– Comment est-ce que tu as fait ton compte pour te perdre ? s'inquiéta Egill.

– On va bien arriver à se démerder, glissa Anna qui s'avança en enjambant les sièges. Elle sentait l'alcool à plein nez et l'odeur était enivrante. Ils ne pouvaient pas avoir dévié depuis longtemps de la bonne route. Il avait vaguement l'impression d'avoir bifurqué un peu trop à gauche, ce qui revenait à dire que la route était à droite.

Il braqua à droite et essaya de garder la direction. Vigdís lui demanda ce qu'il faisait et il le lui expliqua. Alors, espérons que la *piste* ne tourne pas également à droite, lança-t-elle tandis qu'Anna pouffait de rire.

Hrafn fit demi-tour jusqu'à ce qu'il soit sûr d'être allé trop loin pour que la route puisse se trouver sur la droite. En plus, il avait vraisemblablement tourné trop brusquement, ils avaient dû faire un tête-à-queue, pas très brusque il faut dire, mais ce n'était certainement pas la première fois. Les autres avaient trop bu pour s'en rendre compte, et de toute façon ça leur était égal.

Il s'arrêta à nouveau, éteignit la radio pour pouvoir mieux se concentrer et se mit à chercher la boussole dans la boîte à gants.

– C'est comme ça, balbutia Egill. Ça pardonne pas.

Hrafn ouvrit la boussole, la garda sur ses genoux et repartit en direction de l'est.

– Pourquoi tu fais ça ? voulut savoir Anna.

– Pour éviter de tourner en rond, répondit-il en regardant alternativement la boussole et le sandur devant eux.

– On roule dans la bonne direction ? s'inquiéta Vigdís.

– La piste qu'on suivait était au nord-est, affirma-t-il. Je suis sûr que nous n'avons pas dévié sur la gauche. Ce qui signifie que nous sommes à l'ouest par rapport à elle. Nous devons nous diriger vers l'est si nous voulons retomber dessus. Tu n'es pas d'accord ?

Vigdís leva à nouveau les sourcils et il eut le sentiment qu'elle était exaspérée.

– C'est bien beau, fit-elle. Sauf évidemment si nous coupons la route sans nous en apercevoir, en passant entre les piquets.

– Alors, il faut qu'on fasse bien attention, hein ? Ceux qui sont à droite dans la voiture regarderont à droite, et les autres à gauche.

Son ancien désespoir revenait, tout comme sa claustrophobie. Il fit descendre la vitre et s'aperçut que le brouillard s'épaississait et que l'odeur d'alcool s'intensifiait.

– Comment t'as pu perdre cette putain de route ? entendit-il Egill se lamenter à côté de lui.

Il en avait assez de faire comme s'il n'entendait pas.

– Pourquoi tu l'as perdue, toi ? T'es pas assis là, à côté de moi, à regarder toi aussi à travers cette foutue vitre ?

– C'est quand même pas moi qui *conduis*, non ?

– Eh, les gars, intervint Vigdís en touchant Hrafn à l'épaule, on pourrait pas décompresser, aller prendre l'air ou faire quelque chose du genre ? Tout va finir par s'arranger, et plus vite qu'on ne le croit.

Ils se turent. Le chien s'était redressé. De temps à autre, il gémissait doucement et, par la vitre ouverte, on entendait les pneus de la voiture crisser sur le sandur. De son côté, Hrafn s'efforçait de percer les ténèbres, mais il ne voyait rien. Après avoir roulé dix minutes en direction de l'est, il ne savait plus quoi faire. Il repassa dans sa tête ses premières réactions et il lui vint à l'idée qu'il n'était pas allé assez loin à l'ouest et il baissa les yeux sur la boussole pour s'assurer qu'il était dans la bonne direction. En continuant, ils finiraient bien par retomber sur la route.

– Est-ce qu'il y a une crevasse ici ou bien des failles ? questionna Anna. Tu ne veux pas attacher ta ceinture, Egill ?

– Ou bien des sables mouvants, ajouta Vigdís.

– Oh là ! Pour qu'on s'enfonce dedans, tu veux dire ?

– Oui, comme dans les marais. On a retrouvé des chevaux du Moyen Âge bien conservés dans la boue. Et aussi des hommes.

– Une jeep, ce serait vraiment une bonne découverte. Avec quatre passagers, un chien, des bijoux, des SMS et des plombages. Le XXIe siècle va rester dans les annales !

Ils éclatèrent de rire.

Aucune trace de piquets et on ne voyait pas la route. Plutôt que de faire demi-tour et qu'on lui en demande la raison, Hrafn décida de poursuivre en direction de l'est ; sans aucun doute, il valait mieux stopper et attendre quelques heures que ça s'éclaircisse et que le brouillard se dissipe. Ça aurait été vraiment idiot que la route ne se trouve qu'à quelques mètres d'eux. Il continua à rouler car il ne voulait pas s'avouer vaincu trop tôt. Mais peut-être bien qu'il avait perdu la notion du temps et s'était laissé distraire par ses pensées et que ça lui était égal après tout. Peut-être que ça leur était égal à eux tous, qui scrutaient en silence le brouillard dont les contours gris s'éclairaient alors que Hrafn avait l'impression de passer dans un trou d'une blancheur éclatante, dans un couloir de plus en plus profond.

À un moment, il aperçut dans le brouillard une lumière blafarde et jaune. Il bifurqua inconsciemment dans cette direction en serrant le volant. Les ténèbres étaient en mouvement tout autour d'eux et il se mit à marmonner tout seul, il écarquilla les yeux vers la lumière, mais ensuite elle disparut brusquement et quelque chose sortit du brouillard à toute vitesse et percuta la voiture de plein fouet.

2. À quatre pattes

Le pare-brise vola en éclats, des crevasses fissurèrent la surface du sol, une bulle blanche recouvrit le monde de Hrafn, engloutissant sa tête. À l'intérieur de la bulle il y avait des poissons lumineux, des bancs entiers de harengs aux yeux rouges exhorbités qui voulaient quelque chose de lui. Il surgit hors de la bulle, vit Egill s'élancer sur la vitre de son côté et du rouge dégouliner de son visage au moment où il se levait de son siège avec un air goguenard.

Voilà du sang maintenant, se dit Hrafn qui sentit la voiture pencher et les amortisseurs encaisser le choc, mais ensuite ce fut le silence. Il prit une profonde inspiration, cligna des yeux et ressentit une douleur à la poitrine à cause de la ceinture. La bulle d'air avait disparu. Une vapeur grisâtre envahit l'habitacle, elle avait un goût de pétrole et des flocons blancs flottaient en l'air. Il porta les mains à son visage à la recherche de débris de verre sans en trouver, défit sa ceinture de sécurité, parvint à s'extraire du véhicule et sentit l'air frais arriver sur lui.

La première chose qu'il fit fut d'atteindre le siège arrière afin d'aider Vigdís à sortir. Elle déclara que tout allait bien. Anna criait quelque chose à Egill qui s'était affaissé sur le siège du conducteur. La vitre de son côté était cassée.

À l'avant de la voiture, l'obscurité de la nuit était plus épaisse, c'était comme un rocher qui se dressait vers le ciel et les surplombait, sombre et silencieux. Hrafn se demandait quand le soleil se lèverait et s'il parviendrait à prendre le dessus sur ce monstre noir. Il tira Egill hors de la voiture et le déposa à plat sur le sandur. Le chien virevoltait autour d'eux en jappant.

Vigdís s'accroupit auprès d'Egill et cria à Hrafn d'aller chercher la boîte à pharmacie dans le coffre. Une lumière s'alluma en haut du rocher, d'abord une, puis deux.

– Il est seulement sonné, lui dit Vigdís tandis qu'il lui tendait un flacon de désinfectant qu'il avait pris dans la boîte. Anna souleva la tête d'Egill tandis que Vigdís lui mettait de la gaze sur le front pour stopper l'hémorragie.

Les phares de la voiture étaient cassés et éteints. La vapeur avait disparu de la voiture et s'échappait du capot dont la tôle était froissée. Hrafn s'accroupit près d'un pneu avant, celui qui n'était pas dans le noir, et entendit à intervalles réguliers une faible plainte, comme celle d'un animal qui se serait glissé sous la voiture pour se cacher.

Dans sa tête, le brouillard commençait à se dissiper. Il distinguait les contours d'une maison qu'ils avaient emboutie, une maison noire sur du sable noir. Il fit quelques pas de ses jambes engourdies et affaiblies et aperçut un rayon qui parcourait le sandur. Le chien aboya. Quelqu'un arrivait à l'angle de la maison et dirigeait sa lampe de poche sur eux.

– Qui va là ? interrogea une voix de femme depuis les ténèbres.

Vigdís répondit en disant qu'elle avait besoin d'aide, le faisceau de lumière se porta sur la tête sanguinolente d'Egill et une autre lampe de poche s'alluma. La femme poussa un gémissement et Hrafn distingua une silhouette féminine, un dos voûté, des cheveux en désordre, et un vieil homme émacié derrière elle, qui souriait comme Egill quand il avait heurté la vitre.

– Entrez dans la maison ! dit quelqu'un.

– *Entrez dans la maison !* répéta la vieille femme qui leur ordonna de se dépêcher, agita sa lampe et rudoya le vieil homme. Anna était en pleurs. Hrafn prit Egill sous les bras et Vigdís le saisit par les chevilles. Ils le transportèrent vers la maison, gravirent un escalier de pierre raide et pénétrèrent à l'intérieur.

La femme leur fit signe d'aller dans le séjour où ils déposèrent Egill sur le sol. Il revint à lui, marmonna une bêtise et sourit sans ouvrir les yeux. Anna cria son nom.

Vigdís apparut tout contre le visage de Hrafn, un peu comme si le monde ne connaissait plus les distances entre les êtres et les choses, et elle lui demanda s'il allait bien.

– Je crois que je suis seulement un petit peu sonné, fit-il et ils s'étreignirent. Par-dessus son épaule, il vit la femme tourner en rond en clopinant dans cette pièce qui ressemblait à une cuisine.

– Et toi ?

Vigdís déclara qu'elle se portait comme un charme et se dégagea en prétextant qu'elle allait à la voiture chercher la boîte de médicaments et du whisky pour revigorer Egill.

Peu après, on entendit du vacarme et, quand Hrafn s'avança dans le vestibule, Vigdís et la vieille étaient en train de se disputer. Cette dernière se tenait devant la porte et ne permettait pas à Vigdís de sortir.

– J'ai besoin d'aller chercher des affaires dans la voiture, expliqua celle-ci.

– Tu vas nous enfermer ici ? s'alarma Hrafn. Qu'est-ce que tu fais ?

La femme ne répondit pas, secoua la tête et les regarda de ses yeux grands ouverts et suppliants.

– Restons calmes ! conseilla Vigdís en saisissant la main de Hrafn. Vous êtes sous le choc, toi et ton mari, je comprends bien. Nous avons embouti votre maison vers minuit, ça a fait un énorme vacarme et ça vous a effrayés.

– Veux-tu ouvrir cette porte ! ordonna Hrafn, et il comprit qu'il allait attraper un fou rire. Il régnait une atmosphère étrange et oppressante qu'il n'arrivait pas à s'expliquer.

– Nous restons tous calmes, voyons, assura Vigdís, et Hrafn constata à son grand étonnement qu'elle le regardait *lui* et non la vieille.

Puis il était revenu dans la pièce. Anna était penchée sur Egill, discutait avec lui à voix basse et le dévorait des yeux comme le fait une jeune fille éperdument amoureuse. *Des malades, des malades,* se dit Hrafn. Quelque part dans la maison, il entendit qu'on frappait à coups de marteau.

Vigdís fit son apparition dans le séjour en tirant derrière elle le chien qui, à l'évidence, voulait sortir à nouveau, et elle donna à Anna un sac en plastique contenant une couverture et une bouteille de whisky. Celle-ci étendit la couverture sur Egill, qui avait ouvert les yeux, et versa du whisky dans le bouchon qu'elle porta à ses lèvres.

Hrafn sentit l'envie l'envahir, il entendit Egill pousser un hurlement, le vit pointer le doigt dans sa direction et s'écrier furieux : "Tu l'as fait exprès ! Et tu as oublié le matelas pneumatique !", et encore d'autres choses incohérentes, des sottises telles que Hrafn se boucha les oreilles.

Anna se pencha sur Egill en évitant de le regarder dans les yeux.

Vigdís reparut et demanda :

– Ça va bien ? Tu es un peu pâle.

Il acquiesça. Évidemment. C'était un accident, un malheureux accident. Il alluma une cigarette, en aspira profondément la fumée et regarda Anna reverser du whisky à Egill et avaler ensuite le contenu d'un bouchon. Mais, évidemment, on marche sur la tête et c'est vraiment *absurde* d'être arrivés dans cette maison et d'être entrés dans cette pièce. Il se souvint de son portable, le tira de sa poche et regarda les messages.

– T'as du réseau ? s'enquit Vigdís. Il fit signe que non de la tête et quelque chose lui dit que ce mot de réseau n'avait plus aucune importance, qu'il faisait partie de sa vie antérieure, des soucis d'une autre existence. Il ne comprenait pas ses pensées, sentait qu'elles tournaient en rond dans un bourdonnement au parfum de nicotine, et il décida de s'asseoir et de se reposer. Il s'affala sur le canapé et entendit le chien Tryggur gémir quelque part dans la maison.

Vigdís lui apporta un verre d'eau qu'il liquida, la suivit des yeux jusqu'à la cuisine où elle se mit à s'entretenir avec la vieille femme. Il promena son regard à travers la pièce, sur le tapis marron et sur la couverture rouge qui avait été étendue sur Egill. Il y avait une étagère pleine de livres et au mur était accrochée une photographie dans un cadre. Sur la table près du canapé trônait un vase en verre de couleur, rouge, vert et bleu, avec un motif dont il ne se souvenait plus où il l'avait déjà vu.

Ils n'étaient pas attendus, se dit-il tandis que la cendre de cigarette tombait sur la moquette. La vieille voulait se débarrasser d'eux le plus vite possible, aussi consciencieusement qu'elle les avait enfermés. Ils n'étaient pas les bienvenus.

Il lui manquait un cendrier et il sortit donc de la pièce et vit qu'un verrou avait été mis à la porte d'entrée.

– On nous a offert l'hospitalité, observa Vigdís quand il s'immobilisa dans l'encadrement de la porte de la cuisine. Elles étaient à table. Nous passerons la nuit ici pour qu'Egill puisse se reposer. Nous avons aussi besoin de la lumière du jour pour voir l'état de la jeep.

– C'est gentil de ta part[1], dit Hrafn en adressant un sourire à la vieille.

Il se présenta et elle grommela quelque chose qui lui sembla être Ása. Il lui demanda si c'était un diminutif, mais elle ne répondit pas. L'homme restait invisible.

– Je te promets que nous ne resterons pas longtemps, Ása, assura-t-il. C'est important que nous partions d'ici le plus vite possible, je comprends ça.

– Vous êtes les bienvenus ! fit Ása, d'une voix un peu éraillée et criarde sans qu'il puisse pour autant deviner son âge. Elle avait le visage ridé et buriné, les cheveux bruns et grisonnants par endroits et noués en une queue de cheval qui lui retombait dans le dos. Elle avait l'air d'avoir dans la soixantaine, mais ses yeux attentifs et pleins de *roublardise* laissaient deviner une personnalité beaucoup plus jeune. Cette nuit, vous dormirez ici, poursuivit-elle en hochant la tête comme pour se le confirmer à elle-même. Ça vaudra mieux pour tout le monde. On ne peut pas faire autrement. Je vous montrerai les chambres et demain il fera beau et vous partirez.

– Ça ne doit pas être commode pour vous, observa Vigdís, d'avoir des visiteurs aussi inattendus. Vous avez dû avoir peur ?

– C'est possible, rétorqua Ása en se levant de table. Il y a eu un bruit énorme.

Au coin des yeux, elle avait un genre d'eczéma, une boursouflure rouge qui lui descendait le long du nez jusqu'aux commissures des lèvres.

Les chambres qui leur avaient été attribuées se trouvaient à l'étage, l'une en face de l'autre au bout d'un long couloir. Hrafn et Vigdís prirent un matelas dans l'armoire suivant les

1. En Islande, tout le monde se tutoie spontanément.

indications d'Ása et le déposèrent dans leur chambre qui était vide à l'exception d'un guéridon surmonté d'une lampe à pétrole. Dans la chambre d'Anna et Egill, il y avait une chaise, une table et un lit double pour y coucher le malade.

Tandis que les filles aidaient Egill à gravir l'escalier, Hrafn attendait dans la cuisine. Ses vertiges avaient finalement disparu. Ása annonça que dans leur ferme il y avait une jeep avec laquelle ils pourraient se rendre dans les contrées habitées le lendemain si la leur ne redémarrait pas, et cela le fit aller encore mieux. La situation s'arrangerait.

Ása leur remit une couverture et des oreillers, alluma le lampadaire dans la chambre de Hrafn et Vigdís, et Anna eut la permission de garder Tryggur auprès d'elle pendant la nuit. La vieille déclara qu'elle resterait en bas dans la cuisine au cas où il leur manquerait quoi que ce soit.

Hrafn se coucha sur le matelas par terre, alluma une cigarette et leva les yeux au plafond. Le matelas sentait l'humidité, mais le lampadaire répandait une chaude clarté sur les murs. Dans le couloir, Anna et Vigdís se demandaient s'il n'y avait pas d'inconvénient pour Egill à s'endormir après son traumatisme et pour quelle raison la porte d'entrée avait été aussi soigneusement verrouillée.

– Quatre verrous, c'est comme si elle s'attendait à ce que… commença Anna qui baissa aussitôt la voix. Hrafn ferma les yeux et entendit Vigdís entrer. Elle marchait sur le plancher de bois qui craquait et se coucha sur le matelas à ses côtés, l'enlaça et enfouit sa tête dans ses bras. Il écrasa sa cigarette dans un bouchon qui était par terre et se tourna vers elle.

– Tu peux boire, tu sais, si tu veux, suggéra-t-il.

– Je sais, mais je n'ai pas envie, je suis trop fatiguée, avoua-t-elle après un bref silence. Je sais que je peux, évidemment. T'en as envie ?

Il secoua la tête. À bien y réfléchir, c'était étrange que la vieille n'ait pas posé de questions au sujet de l'accident ou ne leur ait pas demandé s'ils avaient besoin d'un remontant, du café, des petits gâteaux, ou même des sandwichs. Qu'en était-il de l'antique tradition d'hospitalité de la province ? D'un autre côté, on leur avait offert de passer la nuit sur place, mais la femme était sûrement en train de manigancer Dieu sait quelle vacherie, il le lisait dans ses yeux. Elle *cachait* quelque chose, elle était au contraire mécontente de les héberger et elle le faisait contrainte et forcée.

Il ouvrit la bouche pour discuter de ça avec Vigdís, mais s'arrêta net. Elle se dévêtit, étendit la couverture sur eux et se blottit contre lui. Ils s'embrassèrent, il lui dit qu'il l'aimait, mais elle ne répondit pas. Elle se contenta de soupirer et, sans l'avoir voulu, il retira sa ceinture, baissa son pantalon et la pénétra. Au bout d'un instant, elle se retourna et se mit sur le ventre, et lui se haussa sur ses genoux et s'appuya contre le rebord de la fenêtre.

Il regarda au-dehors et vit que le brouillard avait disparu. De temps à autre, la lune faisait une apparition par-dessous les nuages et projetait une obscure clarté sur les sandurs. À l'horizon, le glacier émergeait de la plaine, lourd, immobile et aussi immaculé qu'une photo pas encore développée.

Leurs mouvements s'accéléraient, Vigdís poussa un long gémissement sous lui et, quand il atteignit l'orgasme, il vit quelque chose bouger sur le sandur : un homme tordu et tout courbé qui s'enfuyait de la maison en courant, trébuchait et piquait un sprint pour disparaître à quatre pattes dans les ténèbres.

Il se coucha sur le dos sur le matelas, la pièce tournoya devant ses yeux et son cœur battit la chamade. *À quatre pattes*, pensa-t-il, et peu après il était endormi.

3. Le cadavre

Lorsqu'il se réveilla, il était seul dans la chambre. Il resta tranquillement allongé un petit moment, s'efforça de mettre en ordre les événements saugrenus de la nuit et repensa à sa vie d'alcoolique.

En bas, dans la cuisine, Vigdís était assise à examiner une carte. Sur la table, il y avait de la viande froide et de la charcuterie, du pain et quelques assiettes sales. Vigdís l'informa que tout le monde était réveillé et avait fini de manger. Egill et Anna sont allés se promener pour admirer le paysage... La jeep, elle, est inutilisable.

– Qui a dit ça ? Egill ?

– Jette un coup d'œil toi-même !

Hrafn sortit, descendit l'escalier qui était plus long que dans son souvenir, tourna à l'angle de la maison et se rendit à l'endroit où se trouvait le véhicule. Du côté passager, le capot était encastré dans le mur et les deux pneus avant étaient crevés. Il fallait s'estimer heureux que le mur ne se soit pas écroulé sur eux. Hrafn se hissa dans la voiture, tourna la clé et essaya de démarrer, mais en vain. Le pare-brise ainsi que la vitre côté passager étaient brisés ; dégonflé, l'un des coussins de sécurité pendait lamentablement sur le volant et l'autre sur la boîte à gants. Il y avait du sang séché sur le siège d'Egill.

Le moteur était gorgé d'huile, laquelle s'était également répandue sous la voiture. Les sacs de couchage, la tente et le matériel de pêche arrimés sur la galerie étaient toujours en place.

Il rentra dans la maison, s'assit à la table et se beurra une tartine au fromage.

– Ása va nous prêter une jeep, l'informa Vigdís. Il paraît qu'il y a une route qui part d'ici vers le nord en direction de l'Askja[1].

1. Célèbre volcan au nord du Vatnajökull.

– Alors, tu sais où on est.

Il leva le menton en indiquant la carte et elle approuva.

– Quelque part… Ils étaient ici il y a un instant, tous les deux. J'ai l'impression que le bonhomme est atteint depuis longtemps de la maladie d'Alzheimer. Qui c'est, d'après toi ?

– Aucune idée. Des paysans, je pense.

Pour une raison qu'il ignorait, il repensa à l'eczéma que la bonne femme avait sur le visage. Quelqu'un lui avait dit qu'en province les gens avaient l'air plus âgés qu'ils ne l'étaient en réalité et que leur peau avait davantage souffert du soleil, du gel et de la pluie.

– Je n'ai pas trouvé convenable de le leur demander. Vigdís secoua la tête. Mais ça n'est pas évident, n'est-ce pas, quand on a une ferme ici, dans les sandurs ?

Il se resservit du café à la cafetière qui était sur la table.

– Est-ce qu'on leur a demandé s'ils ont le téléphone ?

– Je l'ai fait. Elle a expliqué que la ligne était coupée.

– Coupée ! Il se mit à jurer. Au fait, à quelle distance est-ce qu'on est d'une route normale ?

– Aucune idée… Ça dépend du chemin qu'on a fait hier quand on s'est perdus. Je n'arrive pas bien à m'y retrouver. On s'est mis en route depuis le lac Mývatn vers 14 heures. On a roulé deux heures, on s'est arrêtés deux heures pour manger, et on a continué vers le sud pendant trois ou quatre heures, je pense.

– Presque quatre, je crois. Et on a passé à peu près une heure à errer. On n'a jamais retrouvé la route secondaire qui mène à l'Askja et qu'on aurait dû prendre vers l'est. Et si on était à une ou deux heures plus au sud ? Alors, on devrait apercevoir le glacier.

– J'ai montré la carte à Ása. Elle ne m'a pas paru sûre d'elle. Vigdís sourit. Ou bien elle n'a jamais vu de carte, en tout cas, c'est l'impression qu'elle m'a donnée.

Hrafn repoussa son assiette, emporta son café à la fenêtre et alluma une cigarette. Les avantages de la campagne : les gens fumaient encore à l'intérieur de la maison et n'avaient pas peur que les murs jaunissent au bout de quelques décennies. Il s'était mis à fumer dès le lendemain de leur départ et regrettait chacune des journées où il ne l'avait pas fait.

Dehors, le ciel était clair. Il sentait que la cigarette engourdissait son corps. La cuisine était située du même côté que la chambre dans la maison mais malgré ça il ne pouvait apercevoir le glacier nulle part.

Egill et Anna apparurent dans la cour, avec le chien qui reniflait tout autour d'eux. Hrafn alla les saluer depuis l'escalier. Ils riaient encore de quelque chose dont ils venaient de parler.

– Qu'est-ce qu'il y a de si drôle? s'enquit Hrafn. J'ai raté quelque chose?

– On nous attend. dit Anna. Dehors, dans la cour.

– La voiture est prête, renchérit Egill. Avec un tonneau de six cents litres d'alcool que la vieille a débité sur le compte du vieux.

Anna rentra en courant dans la maison pour aller aux toilettes et commencer à faire les valises. Ils restèrent seuls tous les deux. Egill avait encore son bandeau autour de la tête.

– Ça va, toi? questionna Hrafn en s'asseyant sur les marches et en allumant une autre cigarette.

– Un léger mal de tête… Excuse-moi. Anna m'a dit que je t'avais engueulé. Je ne sais pas ce qui m'a pris, peut-être le coup que j'ai reçu à la tête et les bières que j'ai bues… J'aurais dû mettre ma ceinture, Anna me l'avait demandé aussi, à ce qu'elle dit. Je sais que tu conduis bien, c'était évidemment à cause du brouillard et de la faible visibilité.

– Ça n'a pas d'importance. Laisse tomber.

Ils se serrèrent la main, ce qui était censé signifier qu'ils s'en fichaient pas mal, mais en fin de compte ce geste se révéla gênant, hypocrite et stupide.

Ils se rendirent à la jeep et Hrafn mit des vêtements et des cigarettes dans son sac à dos. Ensuite, il s'accroupit près du trou dans le mur, mais ne put rien voir dans la maison à cause de l'obscurité. Il redressa le siège et alluma le GPS, essaya de le faire marcher, mais comme auparavant il ne semblait pas pouvoir consulter d'autre carte que celle du centre-ville de Reykjavík.

Egill rassembla ses affaires dans le coffre et se pencha à travers la vitre brisée à l'intérieur de la voiture, une bouteille de bière à la main.

– Salut, vieux, qu'est-ce que tu fais ?

– Je regarde cette saleté de GPS. J'ai fait plusieurs essais, j'ai suivi les instructions et tout et tout. D'après lui, on est à Austurvöllur[1].

– C'est tout à fait ce que je pense. Egill leva sa bouteille de bière pour indiquer la maison. Devant nous, l'hôtel Borg[2].

– T'es déjà en train de picoler ?

Hrafn avait envie d'attirer son attention sur le sang que son ami avait répandu sur le siège et sur le tableau de bord, ce qu'Egill ne semblait pas ou ne voulait pas voir, mais il résista à la tentation et se hissa à nouveau hors de la voiture.

– Il faut qu'on soit tous d'accord maintenant pour alléger les bagages, dit Egill en lui adressant un sourire.

Dans la cour, les filles étaient prêtes. Elles mirent leurs sacs à dos et commencèrent à marcher vers une dépendance située à quelques centaines de mètres à l'ouest, une remise en bois et en tôle ondulée dont le crépi s'écaillait, et vers un autre bâtiment plus élevé, probablement une grange.

Le temps était calme, la visibilité aussi bonne que possible et Hrafn s'étonnait encore qu'on n'aperçoive nulle part le glacier. Se trouver deux étages au-dessus ne changeait pas grand-chose.

– Ils n'ont pas des vaches ou des moutons ? demanda-t-il sans idée précise.

– Je n'ai pas vu une seule bête ici, répliqua Egill. Mais il faut bien qu'ils fassent quelque chose de leur foin. Ils ne le bouffent pas, tout de même !

– Les étables restent vides tout l'été, hein ? Les bêtes ne s'engraissent pas toutes seules pendant l'été ?

– À condition qu'il y ait *de l'herbe* quelque part par ici. Putain, il n'y a pas de prés ici. Est-ce qu'ils n'achèteraient pas le foin à d'autres paysans, des fois ?

– Vous n'en savez absolument rien, c'est ça ? intervint Anna avec ce mélange de spontanéité et d'espièglerie dont Hrafn avait vu au long du trajet qu'il pouvait se révéler à la

1. Jardin public à Reykjavík.

2. Luxueux hôtel.

longue soit insupportable, soit de plus en plus charmant. Il n'avait jamais réussi à comprendre la nature de cette femme ni qui elle était réellement. Sa personnalité était apparemment bourrée de contradictions ; à première vue, elle donnait d'elle-même une image simple et agréable, quasi naïve, et semblait ne s'intéresser qu'à une seule chose : sa vie sentimentale. Mais quand elle s'était aperçue que sa frivolité n'était pas prise au sérieux ou qu'on n'en faisait pas assez cas à son goût, il lui avait fallu se faire plus incisive, plus agressive et plus froidement cérébrale, et finalement, il avait cru avoir affaire à une autre personne.

– Qu'est-ce que c'est que ça ? fit Vigdís en pointant le doigt vers l'horizon.

Ils s'écartèrent de la route et, au bout de quelques minutes, ils arrivèrent à un réverbère qui émergeait du sable.

– Un réverbère ! Il n'y a même pas de téléphone qui marche ici, à la ferme, mais par contre il y a pas mal de réverbères, lança Anna dans un grand éclat de rire.

Le réverbère semblait surgir comme ça du sable, il se dressait tout droit vers le ciel pour se courber ensuite vers la terre, sans raison apparente.

Ils firent cercle tout autour et levèrent les yeux. La lumière du réverbère était éteinte.

– Il va s'allumer ? demanda Vigdís. Est-ce que c'est la lumière qu'on a aperçue hier avant d'entrer dans la maison ?

– Il est trop loin, déclara Hrafn. Pourquoi l'allumeraient-ils le soir ?

– Peut-être qu'il est là uniquement pour que les chiens puissent lui pisser dessus, glissa Anna, et aussitôt le chien courut vers le piquet, leva la patte arrière et y expédia une giclée d'urine. Ils éclatèrent de rire, le chien aboya et regarda bêtement alentour jusqu'à ce qu'Egill vienne le houspiller.

– Non, on s'est peut-être aventurés beaucoup plus loin qu'on ne l'a cru, décréta Hrafn après un bref silence. Je me souviens d'un autre réverbère qui était aussi dans un endroit à l'écart, dans *Le Monde de Narnia*. Quand ils sont sortis de l'armoire, ils se sont rassemblés autour d'un réverbère dans la neige.

– Eux aussi ils étaient quatre, dit Vigdís. Deux filles et deux garçons.

Anna avait continué à marcher et leur criait maintenant de venir la rejoindre. Elle se tenait devant un cadavre dans le sable ; des lambeaux de chair sanguinolents étaient accrochés à des os lourds et solides. Des entrailles d'un vert tirant sur le bleu sortaient du bas-ventre et des poils de fourrure châtain clair gisaient dispersés autour du cadavre. La tête était surmontée de courtes cornes.

– Quelle horreur ! s'exclama Anna, mais elle ne bougea pas.

– Un renne, articula Hrafn qui avait l'impression que le cadavre n'était pas très vieux, peut-être même datait-il de cette nuit. Les yeux de l'animal étaient à leur place et il ne sentait pas encore. Il s'accroupit au-dessus du cadavre et vit qu'il restait assez de chair sur les os. Certains d'entre eux avaient des rayures qui ressemblaient à des morsures de dents. Il toucha le corps refroidi de l'animal, jeta un coup d'œil au poitrail et aux épaules à la recherche d'impacts de balles, mais il ne vit rien. Quand il était plus jeune et habitait dans la région des Sudurnesjar, il avait abattu des centaines de mouettes, quelques oies et un seul cygne. Il n'avait encore jamais eu affaire à un renne.

– Il a été déchiqueté, constata Vigdís. Cet animal a dû mourir et les renards ont sans doute été attirés par l'odeur. Ce ne sont pas les renards qui l'ont tué, hein ?

– Il n'y a aucun indice qui prouve qu'il ait été abattu par balles, déclara Hrafn en se levant, puis il jeta un regard circulaire. Tu as vu quelqu'un s'enfuir en courant ? demanda-t-il à Anna qui secoua la tête.

– Quelqu'un, on dirait que tu parles d'un être humain.

– *Quelque chose*, c'est ce que je voulais dire. Il sourit. Peut-être que nous avons dérangé une bête en train de dévorer cet animal, ici… C'est tout de même curieux que l'animal se soit approché si près de la ferme pour crever, si tant est qu'il soit mort naturellement.

Ils repartirent.

4. Le petit bélier

Par la porte ouverte de la grange, on voyait du foin d'ensilage en tas recouverts de plastique vert et blanc. Dehors stationnait une vieille jeep Willis qui avait essuyé plus d'une tempête de sable. Vêtue d'une combinaison crasseuse, la bonne femme s'accroupit près d'une roue et glissa un outil sous la voiture. Il était clair qu'à la ferme elle ne s'occupait pas seulement du ménage.

Une fumée bleue jaillit du pot d'échappement et Vigdís crut que la voiture se balançait à cause de l'effort qu'on exigeait d'elle. Sans aucun doute, elle avait été autrefois en bon état, mais maintenant elle avait partout des taches de rouille et même des trous, de la mousse au coin des vitres, un phare avant cassé, les pneus tellement usés qu'à certains endroits on voyait la bande de roulement.

Tout près de la porte, il y avait un grand jerricane gris qui sentait le *brennivín*[1] et dont le goulot était fermé par un cadenas. C'était l'alcool dont Anna et Egill avaient parlé.

La bonne femme s'étira et Hrafn lui demanda si elle et son mari roulaient beaucoup dans les sandurs.

– De moins en moins avec les années, reconnut-elle.

– Au fait, merci beaucoup pour nous avoir prêté la jeep ! fit Egill, fort. Évidemment, ici, ce ne sont pas des distances normales, on est obligé de trimer comme des dingues pendant des années pour pouvoir faire un saut…

– Vous avez des moutons ? l'interrompit Anna en lui faisant signe de se taire discrètement.

Ása répondit que oui.

– Des vaches et des moutons, dit-elle en levant les yeux vers le sandur. Le mouton, c'est une bête ennuyeuse, stupide et apathique.

1. L'eau-de-vie islandaise.

– J'ai rencontré un homme, un jour, qui avait été élevé dans les hautes terres, reprit Anna. Son père travaillait aux Landmælingar, l'Institut géographique national d'Islande, et surveillait les lignes électriques et les clôtures – des clôtures sanitaires pour les moutons malades, je suppose. Beaucoup ont été confectionnées par les paysans, je pense. Ça fait longtemps que vous vivez ici ?

– Oui, c'est sûr, assez longtemps, dit Ása qui hocha la tête sans lever les yeux.

– Nous avons vu le réverbère. Il y avait un cadavre tout près. Un cadavre de renne, du moins de ce qui nous a semblé être un renne.

Ása ne répondit rien, alla à l'avant de la voiture, ouvrit le capot et se pencha sur le moteur.

– Pas étonnant ! fit Egill dans un grand éclat de rire. Des rennes qui viennent mourir tout près des fermes !

Anna lui cria dessus d'une voix suraiguë, l'attira de l'autre côté de la voiture où Vigdís l'entendit exiger de lui qu'il arrête de boire et lui dire qu'elle avait peur et qu'elle n'avait pas envie de le voir hébété et amorphe en pleine journée. Peu après, il décampait pour aller dans la grange et il était plus que probable qu'ils allaient se faire la tête, ce qui malgré tout ne voulait rien dire ; ils étaient prompts à se chamailler et encore plus prompts à se réconcilier, ce qui débutait généralement comme ça : Anna, comme une petite fille qui ne sait pas se débrouiller toute seule – ce qu'elle n'était pas –, demandait à Egill de l'aider à faire un petit truc, comme par exemple ouvrir une boîte ou un flacon et, sans crier gare, les voilà qui étaient en train de s'embrasser.

Quelque part, Vigdís admirait ces jeux, mais elle se conduisait aussi comme une femme asexuée et réfléchie, usant de ce même truc, qui flattait sa coquetterie, avec les deux hommes – afin de les rendre tellement imbus d'eux-mêmes qu'ils finissaient par lui obéir sans s'en apercevoir ; une version plus rapide consistait à battre des paupières une fraction de seconde plus vite qu'à l'ordinaire et à se mettre un rouge à lèvres qui ne laisse quasiment aucune trace. À n'en pas douter, c'était devenu chez elle une seconde nature, chose qu'il convenait mieux à

Vigdís d'imiter plutôt que de critiquer, mais ça l'énervait que Hrafn ait été prêt – dès le début du voyage – à entourer Anna de toutes ses attentions, de toute sa tendresse protectrice et de lui faire une cour assidue sans même prendre conscience lui-même de son changement d'attitude.

Tryggur se remit à aboyer. À l'horizon, ils distinguaient un mouvement : deux bosses marron foncé qui s'approchaient et s'immobilisèrent tout près de la ferme.

– Des renards ? s'écria Vigdís qui ne pouvait dissimuler sa surprise. Anna se saisit de Tryggur, retira sa laisse de son sac à dos et la lui attacha. Les renards se tenaient tranquilles et les observaient, leur fourrure luisait dans le couchant, leurs queues étaient longues et velues, leurs oreilles dressées droit en l'air. De temps à autre, il semblait à Vigdís qu'ils montraient les crocs et grondaient, mais elle n'en était pas sûre.

– Que se passe-t-il ? Ils s'approchent si près ? fit Hrafn à la vieille. Elle ne semblait nullement étonnée de voir les renards. Ils dévorent la viande de l'animal mort à quelques mètres de la ferme et ils viennent ici ensuite ? Vous les avez peut-être vus avant ? Comment est mort le renne ?

– Vous nourrissez les renards ? s'étonna Vigdís, mais la femme resta muette. Ils regardèrent en silence les renards jusqu'à ce qu'Egill arrive de la grange en sifflotant et ouvre une canette de bière qui se mit à pétiller. Les renards prirent peur et disparurent dans le sandur. Egill et Anne recommencèrent à se chamailler et Vigdís décida de s'isoler pour uriner avant qu'ils se remettent tous en route. Elle tourna à l'angle de la grange et s'aperçut qu'il y avait un autre bâtiment tout contre. – L'étable, devant laquelle était garé un tracteur rouillé avec une remorque pleine de sable.

En plein milieu du mur, la porte était ouverte et, en dépit de l'odeur que Vigdís identifia mentalement comme celle de la sueur, elle pénétra à l'intérieur. Ses yeux s'accoutumèrent à l'obscurité et c'est alors qu'elle vit des rangées de box vides. Le sol était jonché de saletés, probablement *de la bouse de vache*, et quelque part dans l'étable on entendait un beuglement. La bouse, lisse et molle, faisait penser à de la moquette et, en dessous, on pouvait voir les planches luire par endroits.

Elle se faufila plus avant dans l'étable et, à sa grande surprise, son regard se porta sur des toilettes situées à l'intérieur d'un box. La porcelaine était d'un blanc étincelant et le siège relativement bien placé. Vigdís jeta un coup d'œil et vit qu'il n'y avait pas d'eau dans la cuvette mais que celle-ci s'ouvrait directement sur la saleté qui recouvrait le plancher de dessous.
– *On n'est pas à une éclaboussure près*, se dit-elle en sentant la tension monter en elle. Elle fut rapide, le cabinet se trouvait dans l'ombre et c'était ce qu'on faisait à la campagne en cas de besoin.

En un clin d'œil, elle avait défait sa culotte, s'était assise sur la lunette et urinait par terre en produisant un léger bruissement. C'est alors qu'elle vit la silhouette d'un homme tout près d'elle, dans l'ombre. Elle arrêta net son jet, se leva d'un bond et reboutonna son pantalon. Derrière la cloison, il y avait le vieil homme qui la regardait en souriant.

– Salut ! fit-elle tandis que dans le même temps s'ouvrait la porte qui semblait donner sur la grange. La vieille apparut dans l'encadrement et lui demanda d'un air revêche ce qu'elle faisait là.

– J'avais besoin de faire pipi, s'excusa Vigdís.

La bonne femme s'approcha d'elle et le bonhomme lui emboîta le pas. Il était émacié et clignait des yeux, très souriant, mais il ne semblait pas en mesure de parler. Il avait des poches sous les yeux qui étaient si étonnamment profondes qu'on voyait la chair rose luire dessous. Quant à ses yeux, ils donnaient l'impression de vouloir se détacher de la tête s'il se penchait trop longtemps.

– Il t'a embêtée ? reprit la femme. Le bonhomme vint tout près d'elle et dévisagea Vigdís. Il est tombé malade et il est un peu maboul. J'espère que tu ne t'en offusqueras pas trop. Nous n'avons pas tellement de visiteurs ici.

– Non, pas du tout. Ça va, dit Vigdís en essayant de faire passer le vieux de son côté sans être importune.

La vieille était relativement grande, mais paraissait être habituée à se courber ; elle avait le dos voûté et sa bosse ressemblait fort à une excroissance.

– Et il n'y a pas de touristes de passage par ici ?

La vieille fit signe que non de la tête.

– Pas tellement. Au printemps et en automne, nous recevons les provisions et le foin pour les bêtes. Et les médicaments pour lui – elle le désignait de la tête – arrivent par hélicoptère... Mais je n'appellerais pas ça de la visite, quand les gens ne restent pas.

Elle émit un son qui faisait penser à une porte mal graissée qui s'ouvre tout doucement.

Vigdís sentit un mouvement et baissa les yeux au moment où le vieux lui mettait sa lourde main sur le ventre, juste au-dessus de l'entrejambe. Avec autorité, elle lui ordonna de ne pas continuer, puis recula, mais la vieille fit un bond, saisit la main du bonhomme et se mit à lui parler à voix basse.

Elle fit des excuses à Vigdís.

– Ne t'en fais pas. Il voulait seulement te saluer, plaida-t-elle. Le vieux tendit à nouveau la main et Vigdís eut un rire gêné en la prenant pour la lui serrer. La paume du bonhomme était calleuse, avec des ongles en deuil, et sa poigne était dure et désagréable.

Vigdís se présenta, mais le vieux la regarda avec insistance et essaya avec de grands efforts de dire quelque chose. Son front en était plissé et il ne lâchait plus la main de Vigdís.

– Qu'est-ce qu'il dit ?

– Il veut te chanter une chanson, expliqua la vieille.

L'homme se redressa, son visage reflétait la sérénité et il chanta d'une voix cristalline et enfantine :

Mon bélier, petit mouton,
attends d'être gros et gras.
Ce petit dieu ne sait pas
qu'il ira au court-bouillon.

Il se tut sans cesser de regarder Vigdís et sourit. Son regard avait l'air absent et ses yeux n'avaient pas la douceur des autres personnes âgées qu'elle connaissait ; ils étaient plutôt sournois. Elle tira d'un coup sec sur sa main pour la récupérer lorsque au même instant le bonhomme se désintéressa d'elle et s'en alla.

5. Le jardin

Ils roulèrent doucement en traversant le sandur le long d'une piste tantôt visible, tantôt invisible. Hrafn regardait droit devant la voiture tout en jetant un coup d'œil de côté par les fenêtres ouvertes. Il restait le plus souvent en seconde, même si le moteur broutait ou couinait. Tryggur était couché et jappait dans les bras d'Anna comme pour faire savoir qu'il ne voulait pas rester dans cette guimbarde.

– C'est aberrant… complètement aberrant. Et cette maison, s'étonna Anna. Qu'est-ce qu'elle fait ici ? À moins que ce ne soit une ancienne résidence d'été. J'ai déjà passé la nuit dans une maison en dur qui ressemblait beaucoup à celle-ci, avec un trou au milieu du mur. C'était dans le Borgarfjördur. L'arrière-grand-père du mec avec lequel je voyageais était un préfet qui avait fait construire cette villa estivale. Ces anciennes résidences d'été étaient destinées aux bourgeois, pas aux prolos.

– En tout cas, c'était solide comme maisons. Bâties avec des pierres des falaises à proximité, commenta Hrafn en les regardant dans le rétroviseur.

– Peut-être qu'elle a servi à autre chose un jour, ajouta Anna. Avant de devenir une villégiature.

– Tu parles de la léproserie ? s'enquit d'un ton goguenard Egill, assis sur le siège avant, mais ils ne firent pas attention.

– Comme la vallée de Mödrudalur, intervint Vigdís. C'était pas une sorte de carrefour ?

– Dans cette vallée de Mödrudalur, il y a au moins de l'agriculture, fit Hrafn. D'ailleurs le paysage est différent : ce sont des landes et des prés, mais pas un désert.

– *Un désert* ? interrogea Anna qui prit un air de femmelette apeurée. Pourquoi est-ce que tu parles de désert ?

– Pardi, parce que c'est un désert, ici. Qu'est-ce que ça peut être d'autre ? Le plateau est dépourvu de végétation ou c'est tout comme, un sandur balayé par les vents. Aucune ferme ne peut survivre ici, à moins de se faire livrer la nourriture. Ce qui veut dire qu'ils ont des sous.

– C'étaient des bourges, non? risqua Egill. Il y en a de moins en moins. Ces vieux sont allés dans leur résidence d'été et s'y sont attardés… environ cinquante ans.

– Je trouve quand même qu'un autre mot expliquerait mieux ça, maugréa Anna.

– *L'isolement*? Ça te paraîtrait plus amusant? fit Egill.

– Le tiers de l'Islande est considéré comme un désert, fit remarquer Vigdís. Il faut se faire à cette idée, mais pourquoi faudrait-il qu'il en soit autrement?

– Pourquoi est-ce que cette nation a toujours le sentiment d'être si particulière? lança Egill sur un ton irrité, peut-être parce qu'il n'osait pas encore ouvrir l'une des canettes de bière dont il avait rempli son sac à dos. Tout est un petit peu différent de ce qu'on trouve ailleurs. Même les déserts.

– C'est pas ce que je voulais dire, rétorqua Vigdís. Ça, c'est un désert, c'est évident. Mais *il y a* beaucoup de choses particulières sur ce territoire. Les sandurs, par exemple, sont nés pour la plupart *des entrailles de la terre* à la faveur des éruptions. Les astronautes américains sont venus ici s'entraîner avant leur départ pour la lune, et on a fait aussi des recherches sur les sandurs qui ont montré qu'aucun terrain au monde n'est aussi fin ou aussi friable, au point de se volatiliser, mise à part la poussière de la lune.

– Nous sommes pour ainsi dire dans un désert de poussière, ajouta Egill. Et la différence entre les déserts et ici, c'est que notre poussière est plus fine!

– Qui d'autre voudrait venir passer l'été ici? demanda Anna en levant les bras au ciel.

– Tu n'as pas vu comme le vieux était détendu? remarqua Hrafn. – Sauf quand ils s'étaient dit au revoir. C'est alors que le bonhomme avait donné une poignée de main à Hrafn en essayant de dire quelque chose qui paraissait à la fois sincère et urgent, mais on n'avait entendu qu'un balbutiement.

– Ne te moque pas de ce bonhomme, l'avertit Vigdís. Il est malade.

– Je crois qu'ils sont malades tous les deux, compléta Hrafn. Malades mentaux. *Confer* les renards. Quel paysan va s'attacher aux renards ? Je ne comprends pas comment est mort le renne.

– Les renards sont jolis, fit Anna. Et ils n'ont sûrement pas grand-chose à manger ici. S'ils venaient fouiner à ma ferme en plein hiver, tout maigrichons et pitoyables, je ferais sûrement la même chose.

– Ils sont trop féroces pour faire des animaux domestiques ou de compagnie. C'est leur *nature*. Personne ne va s'y attacher ! s'esclaffa Hrafn. Pourquoi essayerais-tu de leur sauver la vie quand tu as une ferme à t'occuper ! *Soit* tu as du bétail, *soit* tu pièges des renards et tu en vis, mais tu ne peux pas faire les deux.

– Oui, c'est drôle… Peut-être qu'ils ne sont pas tributaires de leur ferme. Ces gens m'intriguent, poursuivit Anna. Pour vivre dans ces conditions il faut avoir pas mal d'argent, et s'ils ont besoin d'acheter du foin et de la nourriture et tout et tout, c'est qu'ils ont un bien plus gros magot. Qu'est-ce qu'ils ont bien pu faire pour ça ?

– Des voyages dans l'espace, c'est clair, proposa Egill. Lui et Hrafn se lancèrent dans une discussion au sujet des renards et de leur élevage, qui avait fait la fortune du père de Hrafn dans les années 80, mais les filles restaient silencieuses. L'urine qui avait giclé sur Vigdís à l'étable lui brûlait l'intérieur des cuisses et elle sentit qu'elle perdait l'équilibre, elle le ressentait dans tout le corps, dans les battements de son cœur, dans sa respiration courte et rapide, c'était comme ça depuis son réveil ce matin-là.

Elle avait envie de parler à Anna. Toutes leurs tentatives pour discuter avaient échoué depuis le début du voyage. Et puis, elles s'étaient vues rarement, lors de banquets où les circonstances n'étaient pas aussi contraignantes, où elles savaient toutes les deux que ce n'était que pour quelques heures. Mais dès le début du voyage elles avaient eu l'air de se rendre compte que tout avait changé et depuis, elles n'avaient pas dépassé le stade des réponses monosyllabiques. Leurs rapports étaient faits de malentendus, de politesses compassées, de silences trop longs ou trop brefs. Les relations avec Egill étaient plus faciles, la situation était moins compliquée, car bien sûr on sentait bien qu'Anna et elles devaient *se serrer les coudes*, solidarité féminine oblige. Ce qu'elles ne pouvaient faire avec leurs hommes respectifs.

Peut-être était-ce dû au fait qu'Anna était la plus jeune et que Vigdís percevait chez elle une pointe d'orgueil. Il lui arrivait de se douter qu'aux yeux d'Anna, elle était trop *quelconque*, qu'elle manquait de prestance et ne conférait pas assez d'éclat et de couleurs à tout ce qu'elle racontait. C'était sans doute le fruit de son imagination. Tryggur se pressa contre elle en haletant, la langue pendante et l'œil vif.

Elle se décida à dire la première chose qui lui passait par la tête.

– Je t'aime bien, tu sais, fit-elle en caressant Tryggur derrière les oreilles.

– Qu'est-ce que tu disais ?

Anna se pencha en arrière sur son siège et lui sourit.

– Tu as entendu ce que je disais ! Elle éclata de rire. Je disais que je t'aimais bien, j'avais simplement envie de te le dirc.

– Merci, c'est gentil. J'étais justement en train de broyer du noir face à tout ce qui nous arrive et de penser que tout est… Que tout est loin d'être parfait.

– J'ai souvent envie de discuter avec toi, mais je ne sais pas comment m'y prendre. Excuse-moi. Je ne suis pas soûle, mais il y a beaucoup d'oxygène ici, en haut.

– Tu n'as pas à t'excuser… Tant qu'à faire, je vais te dire une chose : tu m'intimides.

– Pourquoi veux-tu que je t'intimide ?

– Je ne sais pas. Peut-être parce que j'ai fait une psychothérapie il y a quelques années. J'ai l'impression que je suis transparente à vos yeux et que vous croyez que j'ai quelque chose à cacher.

– Je comprends. Et alors, tu as quelque chose à cacher ?

Elles se regardèrent dans les yeux et Anna ricana.

– Tu sais y faire. Non, c'est sans doute simplement un sentiment de honte à propos de tout et de rien. Je ne sais pas. Quand je sors de chez le psy, j'ai honte, comme un type qui sort furtivement de chez une prostituée, en tout cas, c'est ce que j'imagine. J'ai aussi du mal à sortir de l'argent, j'ai l'impression de ne jamais pouvoir payer assez pour ça. L'argent vient aussi troubler l'illusion que j'ai d'avoir rencontré quelqu'un qui s'intéresse à moi. Donc, je veux que la prostituée dise qu'elle m'aime ou mieux encore, qu'elle m'aime *pour de bon. C'est* pitoyable... Est-ce que je t'ai comparée à une prostituée? Vigdís hocha la tête et elles se mirent à rire. Je crois que je ne pourrais pas faire un truc comme ça ou bien un travail qu'on *rapporte à la maison.*

– On peut tout apprendre, rétorqua Vigdís. Même à garder ses distances professionnelles. Mais pour venir à bout de ton travail, tu es également obligée de faire telle ou telle chose, de faire un examen de ta propre vie, d'assumer les problèmes du passé et de rouvrir d'anciennes plaies. Comme je pense l'avoir fait.

Tout en disant cela, elle sut que ce n'était pas la vérité et elle eut l'impression que dans sa tête allait s'ouvrir une brèche où s'engouffrerait un douloureux chaos.

– Alors, on s'habitue, tout simplement, c'est évident, ajouta-t-elle en regardant par la fenêtre les sandurs qui défilaient. Est-ce que ce n'est pas l'explication la plus simple?

Vigdís ne se souvenait plus où elle avait entendu parler pour la première fois des représentants du peuple ni à propos de quoi, mais depuis lors elle avait toujours le sentiment qu'il s'agissait de ses parents. Sa mère était fille de marin et mère au foyer. Elle avait été élevée à Akureyri et avait déménagé à Hafnarfjördur à l'adolescence. C'est à un bal qu'elle avait fait la connaissance du père de Vigdís, qui était plus âgé qu'elle. Elle s'était embarquée sur un paquebot pour les États-Unis et Hambourg, et était revenue les bras chargés de jambons, de chewing-gums et de bas en nylon. Après de brèves fiançailles, ils avaient emménagé dans un studio rue Framnesvegur, dans les quartiers ouest, où ils avaient toujours vécu ensuite.

Sa mère avait commencé ses études à l'école normale d'instituteurs mais avait brusquement arrêté à cause d'une maladie qui, à ce que Vigdís avait compris plus tard après avoir entendu son père en parler, avait quelque chose à voir avec les nerfs. En outre, il avait marmonné quelques mots au sujet d'une fausse couche, des temps difficiles, ajoutant que sa mère avait toujours été de santé délicate.

Peut-être que c'était parce que celle-ci avait peur des changements ou tout simplement parce que ça leur était indifférent à tous les deux que Vigdís soit venue au monde alors que sa mère avait largement dépassé la quarantaine et que son père approchait la cinquantaine. À ce qu'elle comprenait, elle n'avait pas été programmée ni été un accident, et lorsqu'elle avait demandé ce qu'il en était, sa mère lui avait dit avec un tact inouï: "C'est toi, bien sûr. *C'est toi* qui as décidé de venir", ce qui en même temps fit comprendre à Vigdís quel genre de personne était sa mère et quelle était sa philosophie, si l'on peut dire.

Sa naissance ne bouleversa aucunement la vie de ses parents, qui avaient eu suffisamment de temps pour mettre de l'ordre dans leur existence. Son père faisait encore des virées à Hambourg, sur le canal de la Baltique, jusqu'en Norvège et, de là, rentrait à la maison, mais il n'allait pas beaucoup à terre, quand il accostait, car on trouvait du jambon partout en Islande, comme il disait. Après sa maladie, la mère de Vigdís avait réussi à apprendre la sténo par correspondance et, après avoir été intérimaire une brève période, elle avait été engagée comme secrétaire d'un économiste de la Banque centrale d'Islande qui, à l'époque, avait ses bureaux dans la rue Austurstræti.

Vigdís commença à habiter à l'école primaire de Vesturbær où on lui attribua une chambre à elle et où elle attrapa son premier et unique coup de folie quand on lui imposa un chat et qu'elle ne cessa de rouspéter jusqu'à ce que sa mère emporte l'animal chez les voisins. Après ça, rien de notable. Vigdís s'en sortait brillamment à l'école, elle était discrète, consciencieuse et avait peu d'amis, mais des bons. Elle ne voyait son père que quelques semaines par an et, plus tard, elle se douta qu'en mer il buvait autant de tournées qu'il pouvait, mais elle ne posa jamais de questions.

Sa mère ne parlait pas beaucoup, mais s'occupait d'autant mieux d'elle, ressemblant davantage à une grand-mère discrète et prête à tout pour lui faire plaisir, ce qui constituait la preuve qu'elle essayait de combler l'étrange fossé qui s'était creusé entre elles, fossé que Vigdís n'avait jamais constaté chez les autres dans les rapports mère-fille. Il ne fallait peut-être pas en chercher la raison ailleurs que dans l'âge et dans le fait que ses parents l'avaient eue sur le tard. Sa grand-mère et son grand-père, qui habitaient dans le Nord, venaient rarement leur rendre visite. L'autre grand-mère était morte et l'autre grand-père était malade et résidait dans un foyer de personnes âgées à Kjalarnes dont elle apprit par la suite que c'était un lieu de séjour pour alcooliques du troisième âge. Pour rares que soient les visites que ses camarades de son âge lui rendaient, ils considéraient sa mère comme une grand-mère et, en général, elle ne les reprenait pas.

Pendant son adolescence, Vigdís avait fait des tentatives pour échapper au silence incompréhensible et à l'indifférence qui planaient comme un cauchemar sur son foyer ou, plutôt, cet appartement pareil à un monstre silencieux qui l'avait engloutie depuis bien trop longtemps – pour reprendre l'expression de son amie Gudlaug – lui pesait. Grâce à l'aide de cette dernière, elle avait cessé d'être la fille de sa grand-mère et de son grand-père et elle avait appris à se lâcher au moins une fois par mois, s'était mise à fumer et à boire, et à l'âge de quinze ans elle s'était fait dépuceler par un garçon plus âgé qu'elle de trois ans. Il habitait seul dans un grand pavillon de Skerjafjördur et avant qu'elle eût le temps de dire ouf, elle s'était retrouvée toute nue à pouffer de rire dans un jacuzzi, dans le jardin derrière la maison. Elle n'avait pas été vraiment déçue du voyage, mais dans son journal intime elle avait déclaré avoir ressenti une certaine tristesse à ne plus pouvoir imaginer la sexualité comme une libération, quelque chose qui l'aurait fait sortir d'elle-même. Peut-être avait-elle du mal à faire confiance, à se livrer à quelqu'un qu'elle ne connaissait pas.

Lorsqu'elle entama sa seconde année au lycée de Hamrahlíd, sa mère se fit écraser. Un vendredi, elle rentrait chez elle à pied après son travail quand une voiture déboucha à l'angle de la rue, tout près de la Landakotskirkja[1], et la heurta avec une telle

---

1. La cathédrale catholique de Reykjavík.

violence qu'elle fut projetée au-dessus de la clôture et atterrit sur la pelouse qui jouxtait l'église. Dans un sac, elle avait des provisions qu'elle avait achetées pour dîner avec sa fille. Quelques jours plus tard, Vigdís trouva une barre de chocolat Prince Polo sur la pelouse, tout près de l'endroit où sa mère était tombée. Pendant plusieurs mois, elle avait décidé de leur acheter du chocolat pour le goûter du vendredi et Vigdís était convaincue que cette barre était pour elle. Elle la rapporta à la maison alors que son père revenait de l'enterrement et elle continua à râler silencieusement et essaya de se comporter comme il faut avant de se soûler longuement – une fois son père reparti en mer.

Elle s'assit pour écrire une notice nécrologique, puisqu'il lui semblait que personne d'autre ne le ferait, c'était une idée trop désolante pour qu'elle la tolère ne serait-ce qu'un instant. Il fallait y mettre les faits marquants de la vie de sa mère. Elle écrivit tout ce dont elle se souvenait et eut l'impression de mentir, sauf peut-être pour un bref chapitre qu'elle se remémora, où elles étaient ensemble dans le jardin derrière la maison. Il était exigu et commun à plusieurs locataires, mais sa mère avait la permission de s'installer dans un coin où elle buttait des pommes de terre, semait des carottes et des choux et plantait des arbres. Au printemps, Vigdís l'aidait à planter des choux et à semer ainsi qu'à arracher les mauvaises herbes, les racines de pissenlit et les boutons d'or. Un été, son père leur avait confectionné une cabane pour leurs outils qu'ils peignirent en vert, et ils accrochèrent des rideaux à la petite fenêtre carrée qui donnait sur le jardin et installèrent une étagère à l'endroit où sa mère cultivait ses boutures. Au fil du temps, elle avait collectionné les outils qu'elle avait accrochés aux murs, des sacs remplis de graines qu'elle n'avait pas la place de planter. Elle avait ajouté une table et deux tabourets sur lesquels Vigdís et elle s'asseyaient parfois et bavardaient.

Après avoir réfléchi, Vigdís avait le sentiment qu'en étant restée assise avec sa mère à un endroit où il lui était plus difficile de se retrancher derrière des tâches pratiques – ainsi qu'elle le faisait chez elle – elle avait frisé l'aberration et qu'elles avaient absolument besoin de se parler. Ça ne lui ressemblait pas de donner prise sur elle-même, et bien qu'elles n'aient pas dit grand-chose de concret, Vigdís découvrait chez sa mère une facette plus complexe à saisir pour son intellect ou son expérience de l'époque. Elle repassait dans sa tête ces instants où sa mère restait assise à fumer en regardant par la fenêtre. Elle se taisait et savait que quelque chose de sa vie lui avait échappé. C'était à la fois plus important et bien plus varié que ce qu'elle en savait, ça ne résidait pas dans ce qu'on voyait, mais plutôt dans ce qu'on percevait. – Toujours est-il qu'elle s'autorisait à espérer.

Après l'enterrement, son père était retourné en mer et rentrait encore moins souvent qu'avant à la maison. Gudlaug avait surnommé son amie Fifi Brindacier et dormait de plus en plus fréquemment chez elle jusqu'à ce qu'elles en viennent à habiter ensemble. Son père leur avait laissé le studio, il se refusait à exiger un loyer et leur rendait rarement visite quand il était à terre car il logeait alors à l'auberge.

Vigdís acheva ses études secondaires et s'inscrivit à l'université en psychologie. Elle buvait parfois jusqu'à se soûler et fit quelques rencontres de passage, généralement des camarades d'études, et le reste du temps elle le passait à la bibliothèque. Elle était douée pour assimiler les théories et figurait parmi les meilleures élèves à la fin de ses études ; elle s'en alla au Danemark terminer son master 2 à l'Université de Copenhague avec un mémoire sur l'interaction entre dépression et diabète.

Les études constituaient en partie une sorte de thérapie au cours de laquelle elle essaya d'une certaine façon de faire le point sur sa vie et d'échapper à elle-même et au *silence*. Parfois, tout lui paraissait impossible, elle ressemblait trop à sa mère et elle avait en elle ce je ne sais quoi qui devait bientôt prendre le contrôle de sa vie et la plonger dans le silence, si ce n'était déjà fait. Après être rentrée, elle ouvrit son propre cabinet rue Klapparstígur où elle accueillit des malades, elle leur appliqua *un traitement de thérapie cognitive* en évitant l'interprétation jungienne des rêves, même si elle se laissait tenter de temps en temps. Elle commença en World Class avec des milliers d'autres Islandais et découvrit la méditation de fin d'après-midi des bouddhistes zen à Grensásvegur où elle perfectionna son nouveau silence plus ouvert.

C'était la belle vie. Avec sa copine Gudlaug, qui était devenue l'un des directeurs adjoints de la banque Kaupthing, elle participait à des activités visant à favoriser la mise en réseau des femmes et qui consistaient en sorties hebdomadaires au restaurant, parties de golf mensuelles, sorties de pêche ou la natation et voyages annuels à l'étranger, généralement en tout bien tout honneur. Au cours d'un séjour à Milan, elle se laissa emmener par un Italien dans une discothèque alors qu'elle n'avait plus couché avec un homme depuis un an, et c'est là qu'elle entendit pour la première fois parler de Hrafn – l'un des pires vampires d'Islande. Peu après, cet homme était venu la voir à son bureau, cet homme dont la vie était un sac de nœuds inextricables que la psychothérapie cognitive commença immédiatement à simplifier.

Elle eut très vite le sentiment qu'elle le fascinait. Un après-midi, après une discussion au bureau, ils allèrent se promener au lac Tjörn, dînèrent au restaurant et terminèrent la soirée dans son lit, chez lui, une grande villa à Seltjarnarnes, qui ressemblait à celle où elle avait perdu sa virginité : il y avait un jacuzzi dans la véranda au premier étage avec vue sur le mont Esja, et devant le garage il y avait une voiture non pas rouge mais noire. Le lendemain, il lui déclara qu'il l'aimait et voulait passer sa vie avec elle. Il la combla de cadeaux et avait l'air de penser sérieusement ce qu'il disait. Elle lui fit promettre de ne parler à personne de leur liaison, car cela aurait pu la compromettre à son travail, et peu de temps après elle dormait chez lui toutes les nuits. – Avec Hrafn, tout allait très vite, et en plus il était drôle, parlait davantage au petit-déjeuner que ses parents ne l'avaient fait de toute leur vie, et il savait par cœur la première page de *La Cloche d'Islande*[1].

Depuis lors, elle ne se renseigna plus sur ce qu'il faisait, mais alla chercher des informations sur Internet sur son entreprise. Elle rencontra ses parents rue Laufásvegur et séjourna une semaine chez eux dans leur villa de Floride au bord de la

1. Roman d'Halldór Kiljan Laxness, prix Nobel de littérature en 1955.

mer, vit le père qui souriait, gonflé de fierté, le nez dans son verre, hochant la tête d'un air pensif en écoutant les histoires drôles que racontait son fils sur son vieux père, où il brossait un tableau d'allègre sociopathe qui, le matin, décrétait la dissolution des syndicats, l'après-midi distribuait des fauteuils roulants aux paralysés et pendant le dîner essayait de violer une serveuse de l'hôtel Holt. Cette famille tirait de plus en plus d'argent de la mer en pêchant sous pavillon islandais, tout à fait légalement d'ailleurs, mais peut-être y avait-il au fond quelque chose d'immoral à cela. Tout dépendait de la personne à qui on demandait son avis.

Après que Hrafn eut vendu à son frère la majorité de ses parts dans l'entreprise, il se mit à investir, à déplacer des capitaux en divers endroits du monde, d'un compte à l'autre, et à les regarder se multiplier. Il disait qu'il travaillait dur et prenait des risques, mais elle ne trouvait pas qu'il se cassait beaucoup la tête ni qu'il se tuait au travail. De temps à autre, ils se rendaient à une soirée de l'ambassade ou à un cocktail de banquiers, des connaissances de Hrafn ou des amis du Parti[1]. Il disait qu'il n'était pas un politique, mais *un pragmatique* ; qu'il n'avait ni grande ni petite ambition, mais qu'il se considérait lui – et son frère – comme les dépositaires de la richesse familiale qu'il fallait transmettre au moins en l'état à la génération suivante. À l'avenir, il avait envie d'avoir des enfants et il voulait qu'ils soient éduqués avec davantage d'affection que lui. Pour sa vieillesse, il se contenterait de la maison de Gran Canal où il pouvait faire des aquarelles sur la véranda et lire des livres. Il ne savait pas lui-même s'il plaisantait en parlant ainsi, mais en général ça le faisait ricaner.

Vigdís ne savait qu'en penser. Elle n'avait pas fréquenté beaucoup d'hommes dans sa vie et se faisait en fait davantage de souci sur ce qu'un homme comme Hrafn pouvait bien lui trouver. Elle avait beau se considérer comme assez séduisante et cultivée pour lui, elle avait parfois le sentiment d'être *une femme comme tout le monde*, d'avoir un côté chien battu, taciturne, elle qui ne savait ni n'osait se frayer son chemin et

1. Le Parti de l'Indépendance, de centre droit, principal parti islandais.

revendiquer tout ce qui pour des gens comme Hrafn et sa famille semblait aller de soi. Ils n'ignoraient pas les problèmes, mais aucun d'eux ne manquait d'argent ni ne souffrait d'un excès d'humilité; ils n'avaient aucune hésitation à assouvir leurs désirs et ne s'excusaient jamais. En réalité, ils paraissaient penser qu'ils avaient un droit inné leur permettant d'exiger des autres davantage que d'eux-mêmes et, indubitablement, on pouvait percevoir dans tout cela une certaine impudence. Mais Vigdís prenait sur elle; entre eux, il y avait une différence de classe, se disait-elle, et un soir Hrafn s'était expliqué et lui avait déclaré qu'il l'aimait plus que tout et qu'elle serait indépendante, qu'elle était empreinte d'une sérénité qui transparaissait dans ses regards et ennoblissait tout autour d'elle; qu'en outre elle était d'une grande beauté, douce et incapable de fausseté – bref, tout ce que sa famille à lui n'était pas.

Elle voyait son propre père trois fois par an, ils mangeaient ensemble et parlaient du passé ou des actualités de la semaine. C'était un brave homme, évidemment, mais si distant que parfois elle avait l'impression d'être seule à table, car le silence qui l'enveloppait était si profond et intériorisé qu'il n'en était même plus gênant. – Ce qui n'était pas le cas de son grand-père, un homme débonnaire, qui jouait plutôt le rôle d'un oncle bienveillant. Parfois, elle en voulait à ses parents de ses problèmes, mais pas sérieusement. Sans aucun doute, sa jeunesse aurait pu être plus riche d'intimité, mais si c'était la seule injustice qu'elle avait subie dans sa vie, il fallait considérer cela comme une peccadille. À tout prendre, c'étaient de très braves gens, paisibles, craintifs, et la seule chose qui sautait aux yeux chez eux, c'était le fait qu'ils ne s'étaient jamais mariés, probablement par passivité et aussi par peur panique du côté cérémonieux que revêt en cette circonstance le banquet.

Peut-être que rien de tout cela n'arriverait ou que l'avenir serait différent de ce qu'elle pensait; Vigdís pressentait que certaines choses n'étaient rien d'autre que des suppositions à partir des photos de cet unique album de famille que sa mère avait confectionné et qu'elle, Vigdís, avait consulté après la mort de celle-ci. Elle n'avait pas de frères et sœurs et n'avait pas tellement de questions à poser, et quand son père se murerait définitivement dans le silence, il ne resterait plus personne.

Parfois, elle rêvait de sa mère, entendait le choc contre la voiture et elle la voyait s'élever dans le ciel comme Mary Poppins, mais sans parapluie et sans chanson, les pieds et les mains abîmés, planant au-dessus du pré clos de la Landakot, avec un sourire doux et bienveillant.

Elle saisit le dossier du siège. La route s'était détériorée, rétrécie, comportait plus de nids-de-poule et se faisait plus rébarbative. Autour d'eux, le sandur devenait plus accidenté et çà et là il y avait de gros amas de rochers.

La jeep était davantage secouée par les cahots et, pour ne plus claquer des dents, Vigdís serrait les mâchoires. Par la fenêtre, elle voyait que la piste suivait le paysage le plus rocailleux et où il y avait le plus de graviers, mais évitait les ondulations et les arêtes du sandur qui se trouvaient maintenant de chaque côté de la voiture. Ils passèrent sur des planches à laver sur la couche de gravier, sur deux ou trois profonds nids-de-poule jusqu'à ce que la voiture subisse un énorme choc. On entendit une explosion, la voiture cala et s'immobilisa.

– *Sjitt*[1] ! s'exclama Anna qui s'était cogné la tête contre le siège avant. Qu'est-ce qu'on fait maintenant ?

Hrafn ne répondit pas, sortit de la voiture, suivi peu après par les autres.

La voiture était inclinée et le pneu avant côté passager avait éclaté.

1. Islandisation de l'anglais *shit*, "merde".

6. Parmi les grains de sable

– Merde ! s'écria Egill qui faisait le tour de la voiture en hochant la tête.

Hrafn se mit à plat ventre pour jeter un coup d'œil sous la voiture et Egill fit de même de l'autre côté. Au milieu, du côté passager, il y avait un grand nid-de-poule sur lequel ils étaient passés. Son rebord était tellement coupant qu'en heurtant le pneu il l'avait fait éclater.

– Foutue saloperie ! marmonna Egill pour lui-même. Il se releva et s'épousseta. La piste passait entre deux collines parsemées de pierriers, et c'était probablement là le seul endroit qui les aurait arrêtés. Tryggur fixait des yeux l'une des collines, gémit doucement et rentra la queue entre ses pattes.

– Je crois que l'essieu est cassé, fit Hrafn en se relevant. Ou bien c'est, je ne sais pas comment ça s'appelle, la barre sur laquelle sont fixées les roues… Ce qu'il y a de bien au moins, c'est qu'on soit ressortis du nid-de-poule.

Anna était assise dans le sable non loin de là. Elle tripotait ses lobes d'oreilles et fumait. Egill n'avait pas envie de lui adresser la parole.

– On va se débrouiller, hein ? s'enquit Egill.

– Si les vieux ont un chalumeau, oui, assura Hrafn. Et un pneu de rechange en plus. On a les deux pneus avant crevés.

Le pneu qui n'avait pas éclaté fit entendre un léger sifflement en se dégonflant peu à peu.

Hrafn alla voir les filles pour leur dire de retourner à la ferme. Pendant ce temps-là, Egill semblait farfouiller dans quelque chose de l'autre côté de la voiture. Elles attachèrent leurs sacs à dos, se mirent en route, Egill était content d'être débarrassé d'elles. Il entendit Vigdís tenter de réconforter Anna, qui paraissait – comment aurait-il pu en être autrement? – épouvantée à l'idée de ne pas pouvoir partir de là.

– Ce n'est que le premier essai, lui expliqua Vigdís. D'une façon étonnante, Tryggur se mit à glapir et courut pour les précéder et ensuite elles disparurent dans le lointain.

Hrafn fouilla dans le coffre, trouva les outils et se remit à plat ventre sous la voiture, tandis qu'Egill s'asseyait sur l'une des pentes, ouvrait une canette de bière et prenait une goutte de whisky. Il avait un joint prêt dans sa poche de chemise.

Le temps continuait à s'améliorer; bientôt, ce fut le calme plat suivi d'une forte chaleur qui les fit se mettre torse nu et Egill remonta les jambes de son pantalon.

Il s'alluma une cigarette. Anna était trop sur son dos. Elle ne se connaissait pas très bien elle-même, moins bien en tout cas qu'il ne la connaissait. Parfois, il n'avait besoin de rien faire, il était simplement là, assis, le regard vide, sans penser à rien, à l'observer faire des pirouettes – en essayant d'entrer en relation avec lui, comme si elle zappait d'une chaîne à l'autre à la recherche de quelque chose de distrayant qui l'aide à chasser l'angoisse qui l'envahissait toujours quand elle ne savait pas quoi faire et qu'elle était livrée à elle-même.

Au bout de cinq minutes à peine passées sous la voiture, Hrafn semblait en avoir assez, il essuya la rouille et l'huile de ses mains et flanqua les outils dans le coffre. Ensuite, il resta là, à côté d'Egill, à boire de l'eau à la bouteille et à scruter l'horizon. Sous son aisselle, il avait coincé une boîte en plastique rouge qu'il avait prise dans le coffre.

– Ç'a été? demanda Egill. Qu'est-ce que tu faisais?

– Je regardais si je pouvais fixer l'essieu.

– Tu t'y connais en mécanique?

– Plus que toi en tout cas… Le nid-de-poule est récent.

– Qu'est-ce que tu veux dire?

– Le nid-de-poule sur lequel on est passés. Je crois qu'il s'est formé il n'y a pas longtemps. Ou qu'il s'est approfondi. La terre qu'il y a au-dessus est plus sombre que le sable tout autour.

– On est passés dedans, c'est normal qu'il ait bougé! Mais qu'est-ce que ça change?

Hrafn haussa les épaules.

– Dans le coffre, j'ai trouvé des fusées de détresse, annonça-t-il en manipulant la boîte. Elles pourraient faire l'affaire.

La boîte contenait cinq ou six bâtons en plastique munis d'un manche en bois et pourvus d'un mode d'emploi peint dessus.

– Voilà qui est réconfortant, fit Egill. Elles sont du moins plus neuves que la voiture.

Ils rebroussèrent chemin. Hrafn déclara que l'essieu était vraisemblablement trop rouillé pour qu'on puisse l'arranger, quels que soient les outils que le vieux couple avait à sa disposition.

– Tu veux dire que le nid-de-poule a été creusé exprès ? insinua Egill.

– Je ne sais pas… Qui pourrait bien avoir fait ça ? Hrafn secoua la tête. Ne dis rien aux filles. Je ne veux pas les effrayer.

– Qu'est-ce qui va se passer si on n'arrive pas à faire redémarrer la voiture ?

– Je n'en ai aucune idée. Nous irons nous coucher et nous commencerons à moisir ici, grogna Hrafn qui semblait agacé.

Du sud arrivait une légère brise. Les sandurs s'étendaient tout autour d'eux et l'horizon n'était nulle part barré par les montagnes et les collines. Il vint à l'esprit d'Egill qu'il y avait peu d'endroits au monde où il était aussi improbable de tomber sur d'autres êtres humains : la Sibérie, le Sahara, les déserts du Canada, les pôles.

– Nous sommes tellement petits, bredouilla-t-il. Il avait voulu dire tout autre chose.

– Qu'est-ce que tu dis ? Tu as peur, tu veux ta maman ?

Hrafn roulait des yeux. Il avait eu des sautes d'humeur comme ça pendant tout le voyage.

– Je ne sais pas. Egill avala une rasade de son flacon et grimaça. T'as changé, fit-il, et il décida de ne pas le laisser lui mettre la pression. L'année dernière. L'autre jour, quand j'y ai repensé, ça m'a paru évident. Tu es devenu plus taciturne, mais tu parles aussi davantage. Tu es plus extrémiste, comme si tu étais… Il était sur le point de lui demander si son travail ne marchait pas bien, s'il avait *tout perdu*, mais c'était idiot et trop évident. J'ai parfois l'impression que tu me caches des choses. Tu sais que tu peux me faire confiance, non ?

– Qu'est-ce que tu veux que je te dise ? Que je te résume ma vie en une seule phrase ?

– Ça va bien, entre toi et Vigdís ?

– Évidemment que ça va. Elle est ce qui pouvait m'arriver de mieux, sans conteste. Pourquoi est-ce que tu me poses des questions sur *elle* ?

– Comme ça, l'ami. Parce que tu me parais avoir des soucis.

Ils continuèrent leur marche, ils ne virent nulle part les filles, mais suivirent les traces des roues.

Hrafn s'arrêta et s'excusa de s'être énervé.

– L'autre jour, Vigdís m'a conseillé de me mettre à boire. Plutôt que d'être irascible comme je le suis. Il éclata de rire en ajoutant qu'ils avaient eu une passe difficile récemment et que ça n'avait pas tiré à conséquence, que ce n'était rien de grave. Il lui révéla combien il était difficile de gérer une entreprise aujourd'hui – dans des conditions difficiles, et Egill eut l'impression qu'il allait éclater en sanglots, mais il parvint à se ressaisir.

– Je ne sais pas, commença Egill, et ils se remirent en route. Anna et moi, on est déboussolés, en tout cas. Notre sexualité est au point mort, c'est fini. Elle veut que nous allions consulter... Tous ceux que je connais sont déboussolés. On dirait que cette société est une machine qui broie les gens et les recrache tout collés comme ça et homos – le trou du cul dans la bouche, les yeux dans l'entrejambe.

Ils montèrent sur une ondulation du sandur, une petite lame de fond sur une mer habituellement étale, et ils ne virent pas la maison mais juste la piste obstinément rectiligne. Hrafn se maudit d'avoir oublié ses jumelles, s'assit sur le sandur et s'aspergea d'eau avec la bouteille.

Egill prit une gorgée au flacon et le jeta sur le sable entre eux, tira le joint de sa poche de chemise, le porta à son nez et fit encore moins attention à Hrafn.

– Il ne t'arrive jamais de penser à la ferme d'Árbær[1] ? s'enquit Egill. C'était sympa, tous les deux. Vachement sympa.

---

1. Quartier de Reykjavík.

Et depuis, est-ce que ça a été toujours *aussi* sympa ? Mais peut-être que t'étais dans un autre univers que moi, là-bas à Selás[1] ? Egill se mit à rire. L'oiseau dans sa cage dorée.

Hrafn n'avait pas grandi en HLM, mais à Selás. Ses parents habitaient l'une des plus vastes villas rue Fjardarás où Egill vit pour la première fois de sa vie un salon de bronzage, un congélateur avec distributeur de glaçons et un téléphone sans fil. Dans la salle de loisirs, à côté de la console de jeux vidéo, était accroché un poster géant du village de Val-d'Isère, dans les Alpes françaises, où Hrafn et sa famille allaient aux sports d'hiver depuis qu'il était petit. Par ailleurs, les membres de la famille ne semblaient pas faire très attention les uns aux autres, contrairement à ce qui se passait chez Egill, dont les parents avaient un appartement bien moins grand et où il était difficile de se cacher.

Le frère de Hrafn et ses amis leur avaient fait découvrir l'alcool et ses attraits. Ils avaient organisé une boum de trois semaines dans l'appartement, au grand dam de ses parents qui skiaient à Val-d'Isère. Ils avaient commencé par se soûler sur le canapé du séjour, avaient sévi dans la salle de jeux, sur la table de ping-pong et sur le billard, et avaient rivalisé de force au rameur pour finir dans le sauna où Hrafn s'était vomi dessus et Egill avait rendu sur le poêle à bois. Ils juraient chaque jour de ne plus recommencer et se couchaient ivres morts. Il fallut des mois pour faire partir l'odeur de vomi et, dès le lendemain, il y avait des filles qui venaient à la boum du premier étage. Ce qui les faisait se ressoûler en moins de deux et Hrafn se retrouva au lit à Ártúnsholt avec une fille plus âgée que lui qui l'avait dépucelé sans qu'il se souvienne de rien, hormis qu'elle s'appelait Valdís. Egill lui fit remarquer que ce nom ressemblait curieusement beaucoup à Val-d'Isère et il a toujours été persuadé que c'était un mensonge qu'il avait inventé afin d'être sûr d'avoir *une longueur d'avance.*

Lorsque les parents d'Egill eurent emménagé à Vesturbær, il put disposer de son propre studio. Hrafn venait souvent y passer la nuit en semaine et ils cessèrent alors les chapardages

1. Dans le quartier d'Árbær.

et autres menues sottises qu'ils avaient affectionnées à Árbær et au Kringlan[1]. Ils se mirent à siphonner de l'essence dans un garage de la société Grandi et à faire des randonnées à vélo en emportant un thermos depuis la rue Raudarárstígur jusqu'à la péninsule de Seltjarnarnes. Pendant la dernière année de collège, ils commencèrent à fumer de l'herbe à côté des cabanes d'Ægisída et, très rapidement, comme s'il n'existait rien d'autre, Hrafn avait perdu pied. Tout ce qu'ils avaient fait ensemble pour la première fois – boire, consommer de la came, casser des réverbères, vandaliser des abribus et agresser les gens, voilà ce qu'Egill enseigna Hrafn à refréner alors que celui-ci perdait le contrôle de lui-même, poussé par quelque chose qu'Egill ne comprenait pas. Après son départ du lycée et de chez lui, Hrafn avait commencé à vendre de la drogue qu'il consommait et avait plongé sans même se rendre compte du changement. Egill ne parvenait plus à lui faire la leçon et quand l'occasion se présenta, peu avant leurs dix-huit ans, Egill rompit avec son ami à cause d'une jeune fille dont Hrafn était follement amoureux. C'est ainsi qu'Egill évacua Hrafn de sa vie sans jamais regarder en arrière, jusqu'à ce qu'ils retombent l'un sur l'autre dans un cocktail dix ans plus tard.

Egill tournicota plusieurs fois le joint entre ses doigts et finit par l'allumer. Il aspira la fumée et la retint, et au bout d'un instant il passa le joint à Hrafn qui le prit comme s'il n'y avait rien d'autre à faire. Egill rejeta la fumée sans regarder Hrafn, mais il vit que celui-ci l'aspirait aussi, une fois, et une fois encore. Ils se repassèrent le joint plusieurs fois.

– Tu savais qu'un pour cent et demi de la surface de l'Amérique du Nord est goudronnée ? fit Egill en regardant les sandurs.

– C'est beaucoup ?

Egill pouffa de rire et eut l'impression que sa tête était élastique et que là, elle allait éclater et qu'elle se dilatait à chaque fois qu'il ouvrait la bouche pour parler.

Il tira son portable de sa poche et l'alluma.

– T'as du réseau ?

1. Centre commercial de Reykjavík.

Egill dit que non et rangea le téléphone. Il prit le joint, aspira la fumée et la retint longtemps. Il sentit tout son corps se détendre, la fumée passa à travers ses poumons et, lorsqu'il rejeta un filet d'air gris pâle, il sentit chaque cellule de son corps. Tout était exactement à sa place et il ne pouvait pas en être autrement. Quand ils étaient plus jeunes, Hrafn appelait ça agrémenter sa cuite – pas trop, mais juste pour se shooter. Il tendit à nouveau le joint à Hrafn et reprit :

– J'ai été invité par un écrivain auteur d'un livre sur les vaches. Il affirmait qu'à certains endroits du pays où aucun portable n'a de réseau, où les ondes ne passent pas ni aucun de ces foutus trucs qui polluent le ciel des villes et des villages, c'est là que se rassemblent tous les revenants, tous les diablotins, les fantômes des enfants abandonnés à la naissance, les gens cachés, les alfes[1], les esprits tutélaires et les monstres. Parce qu'ils ne peuvent plus aller ailleurs.

– Ça paraît sensé.

Egill opina du chef.

– S'il existe d'autres espaces et d'autres êtres qui y habitent, il faudrait qu'ils émettent sur une autre fréquence, sur d'autres longueurs d'ondcs, et que certains d'entre eux brouillent nos petits réseaux de portables – ce qui dans leur univers est comparable au feu nourri d'une mitrailleuse dans le ciel, à une bombe remplie de clous qui a explosé. Évidemment, ils fuiront tous dans les montagnes. Et ils s'établiront ici, dans les sandurs, parmi les grains de sable.

Egill tendit le bras vers le flacon, en avala les dernières gouttes et se rinça la bouche. Dans une main, il tenait le joint, ne se souvenant plus quand il l'avait pris, et il s'aperçut qu'il était presque terminé. Il l'offrit à Hrafn qui déclina d'un geste, l'écrasa entre ses doigts et contempla la braise dans le sable, comme interloqué, l'œil rouge à l'instar des fleurs du mal. Avant de faire sa connaissance, Anna avait mené une

1. "Alfes" (et non "elfes", qui est une déformation ultérieure, populaire et publicitaire). Ce sont les esprits des morts, des esprits de la fertilité-fécondité qui vivent dans les rochers. Au temps du paganisme, on leur offrait des sacrifices.

vie insatisfaite et lamentable. Sa sexualité n'y avait pas trouvé son compte. Il trouvait épuisant d'être toujours demandeur pour coucher avec elle, d'essuyer un refus, d'être parfois obligé d'aller voir ailleurs, ce qui n'était pas forcément l'idéal. Il avait besoin de plus de chaleur humaine, d'ardeur qui lui irradie le corps. Ou bien d'argent.

– Anna n'avait jamais eu d'orgasme avant de faire ma connaissance.

– Ton front commence à saigner.

Egill porta la main à son front, sentit le pansement qu'on lui avait fait ainsi que la ouate dessous, et vit qu'il avait du sang sur les doigts.

– La chaleur, je suppose.

Il ne fit rien et ne comprenait pas non plus ce que c'était. Il réfléchit de façon désordonnée au collyre qu'il utilisait pour masquer les vaisseaux sanguins de ses yeux quand il avait fumé.

– ... qui courait à quatre pattes et a disparu dans l'obscurité, énonça Hrafn qui décrivait ce qu'il avait vu par la fenêtre la veille.

– Tiens... Tu deviens parano ?

– Non, ce n'est pas une hallucination. Ça a couru à quatre pattes et a disparu dans le sandur.

Ils marquèrent une pause. Egill essayait d'imaginer comment on avait pu élever des enfants dans ces sandurs. – Au XIXe siècle. Ou au XVIIIe, au XVIIe ou au XVIe.

– Je ne comprends pas comment des gens ont pu habiter ici autrefois. Imagine le silence qui règne ici et *les ténèbres*. Pas de couleurs, pas de bruits, pas d'odeurs de nourriture, pas de clarté, tout au plus un petit lumignon ou une goutte d'huile de foie de morue. Rien à regarder, rien à lire, pas de friandises. Rien... Tous les jours, toute *la vie*. Pendant mille ans. Des corps petits et émaciés, des petites âmes couvertes d'épines comme des raisins de Corinthe dans le sandur.

– En tout cas, ils avaient leurs histoires à eux, fit Hrafn, qui parlaient d'autres espaces, d'autres êtres habitant dans les rochers et les pierres, les gens cachés, les revenants et les fantômes des enfants exposés. La même chose que tu as racontée tout à l'heure, non ?

– Les histoires de leurs maladies mentales.

Egill trouvait cette conversation désagréable.

– Il faut qu'on rentre au plus vite et qu'on laisse tomber.

– Ça va s'arranger, on va y arriver… Il voulait ajouter quelque chose, mais il avait déjà oublié quoi, il regarda l'horizon où le crépuscule semblait s'annoncer, bien que la montre indique qu'il était beaucoup trop tôt. Des monstres, des trölls[1] nocturnes, marmonna-t-il, et il vit devant lui *la civilisation islandaise*: un bureau d'armateur dans un univers de tôle ondulée en bas dans le port, vaste et vide. Une légère odeur de poisson flottait dans l'air et se mêlait au désodorisant des toilettes, le bourdonnement d'un ordinateur sur le bureau, un téléphone avec un kit main libres; en haut du mur, une carte de membre du Parti de l'Indépendance, alibi de tous ceux qui parlaient de *l'école de la vie*, la plus parfaite justification de ceux qui se battaient pour l'indépendance et la liberté; sur les étagères, des dossiers avec des chiffres et des quotas et des coûts de main-d'œuvre, et derrière le bureau trônait le génie lui-même; un petit bonhomme avec une grande envie, un énorme appétit, lecteur assidu des œuvres d'Arnaldur Indridason tout à fait *intraitable* quand on en faisait pas assez de cas, proclamant à grands sons de trompe son enthousiasme pour les qualités d'Arnaldur, observateur attentif des marchés, de la sélection des marchés et de la vertu des marchés, observateur attentif de lui-même et de ses propres désirs, mettant au même niveau – à sa convenance – telle chose ou une autre, la culture et l'argent, la sexualité et l'appétit, se vautrant sur les femmes au milieu de ses propres ronflements, se considérant comme très compétent, expert, avisé. Il était arrivé au pouvoir et s'y accrochait le plus longtemps possible, et même pour toute la durée de la République, au prix de toutes les contorsions possibles, maniant la dérision et l'ironie, monopolisant la discussion, méprisant et écrasant les autres.

1. Les *tröll*, dans la mythologie nordique, sont des géants monstrueux et maléfiques. Rien à voir avec les charmants petits lutins appelés *troll* en Norvège et qui en sont la démythification folklorique.

– Mon père, comme je disais, articula Hrafn. Egill découvrit qu'il avait dit ça à voix haute et que Hrafn avait raison. Il parlait de son père, Halldór d'Andri.

– Excuse-moi, fit Egill sans le penser vraiment. Il ne savait pas pourquoi il disait ça. Il alluma une cigarette. Je voulais dire seulement qu'il y manquait une âme… Il manque *une âme,* tu comprends ? Pourquoi ne pouvaient-ils pas avoir d'honnêtes discussions à bâtons rompus quand ils étaient tous les quatre ensemble ? Leurs discussions tournaient toujours court, se diluaient et ne parvenaient jamais à s'élever au-dessus d'un plus petit dénominateur commun conforme à la bienséance et admis par tous. Étaient-ils vraiment amis ? L'un d'entre eux avait-il seulement le désir de fréquenter les autres ? Pourquoi ne pas dissoudre le groupe afin de le secouer et de le ressouder ? S'il se retrouvait seul avec Vigdís, il pourrait parler franchement, entrer en contact, lui qui désirait *tendresse et douceur.*

– C'est une femme chic, Vigdís, reprit-il en s'appuyant à nouveau sur ses coudes, et il jeta un coup d'œil aux nuages qui filaient à toute vitesse dans le ciel. Elle est gentille et douce, sans affectation, je vois bien ce que tu lui trouves… Elle te fait grandir, elle n'est pas égoïste, elle ne profère jamais de parole assassine et, quand elle fait quelque chose, ce n'est pas pour elle *une compétition.* Il n'avait pas voulu dire ça à voix haute, mais il semblait qu'il n'avait pu se retenir. Maternelle, éventuellement… c'est rare aujourd'hui. Elle a du cœur. Je donnerais tout pour avoir ce que tu as. Tu ne sais pas ton bonheur, d'ailleurs tu ne l'as jamais su.

– *C'est sûr,* lui fit écho Hrafn, comme à distance, depuis un univers froid qui se voûtait au-dessus d'eux. Sa voix était aussi acérée qu'une stalactite.

– Ce qui nous manque… commença Egill, mais il fut pris par le sommeil finalement et il décida de fermer les yeux pour un petit moment, de laisser de côté toutes ces idées, soucis, bons sentiments, bref, tout ce qui était Egill.

– … c'est de marcher, compléta Hrafn, et Egill agita son bras engourdi. Mais son pouls était normal, tout irait bien.

– C'est bon de ce côté-ci, souffla-t-il, hors d'haleine. Il sentait sur son visage la lueur du glacier invisible dont la froidure dominait le pays, son passé et son avenir, s'immisçait dans ses moindres crevasses en se répandant partout, et il entendit les pas de Hrafn s'éloigner, le sandur se disloquer, les grains de sable s'émietter au moindre de ses mouvements, pour finir par disparaître.

ANNA

7. La photo des belles personnes

Quand Egill se glissa jusqu'à elle dans le lit, Anna se réveilla. Après leur promenade, Vigdís et elle s'était couchée dans les chambres qui leur avaient été attribuées la veille. Il se blottit contre elle et ils s'étaient réconciliés plus vite que prévu sans s'être rien dit.

Ils ouvrirent chacun une canette de bière et sortirent de la chambre alors que Hrafn et Vigdís, totalement absorbés par la préparation du dîner, avaient installé une table et des chaises sur le sandur tout près de la maison, et que Vigdís disait à voix basse à Anna qu'elle ne voulait pas rester plus longtemps que nécessaire dans cette maison.

– Je te comprends, avoua Anna. Des bribes de rêves lui revinrent : un glacier en pleine débâcle qui découvrait trois pierres tombales de la hauteur d'un gratte-ciel. Leurs fenêtres diffusaient une lumière rouge sombre, des renards affluaient sur les sandurs et se dispersaient dans toute la campagne comme un feu flottant.

Ils se répartirent les tâches. Hrafn installa le barbecue et disposa les charbons, enveloppa dans du papier alu des champignons farcis au fromage bleu et badigeonna d'huile des côtes de bœuf au pinceau, Vigdís éplucha des oignons blancs et des légumes sous l'œil vigilant d'Ása qui se tenait à côté de la fenêtre de la cuisine tandis qu'Anna allait chercher des pommes de terre dans la voiture. Egill, qui avait un nouveau pansement au front, buvait de la bière et ne fournissait absolument aucune aide, sauf si on le lui demandait expressément et encore, à plusieurs reprises. Il s'amusait avec Tryggur, le flattait et lui lançait une balle, ce qui surprenait Anna, car en général il n'aimait pas ce chien et se plaignait des yeux ronds et suppliants que celui-ci faisait quand le groupe était à table en train de manger. Il aimait le savoir confiné dans l'entrée afin qu'il ne répande pas ses poils partout.

Ils avaient commencé à économiser la nourriture lors de leur départ du lac Mývatn car ils ne s'attendaient pas à s'approcher de si tôt d'une zone habitée. Dans le coffre, Hrafn avait fait installer une glacière pour que les plats de viande ne moisissent pas ainsi que le homard qu'Egill avait voulu faire griller quand ils étaient arrivés au centre du pays, ce qui, à ses yeux, représentait une victoire remportée sur la nature.

Elle ne se souvenait plus depuis combien de temps ils étaient en route. Le voyage n'avait fait qu'une bouchée d'elle ou bien l'inverse. Elle était trop influençable ; au bout de quelques jours, quelle que soit l'activité, elle avait le sentiment de ne jamais avoir rien fait d'autre. Ils étaient partis depuis une semaine ; ils s'étaient mis en route dimanche, avaient passé la première nuit à Thingvellir et la suivante à proximité du grand Geyser parce qu'ils n'avaient pas envie de camper. Alors, ils étaient allés au lac de Hvítárvatn où ils avaient dormi deux nuits, et de là ils s'étaient dirigés vers les monts appelés Kerlingarfjöll dont elle pensait que c'était les plus jolies montagnes de liparite de toute l'Islande ; ils avaient gagné les Hánýpur, s'étaient baignés dans les Hveradalir, avaient ensuite traversé le Kjölur avant de prendre vers l'est la direction du lac Mývatn où ils avaient dormi à l'hôtel. Ils étaient restés là deux nuits à se détendre et avait fait le plein de provisions.

Elle alla à la cuisine demander à la vieille s'ils pouvaient en vitesse faire cuire chez elle des pommes de terre, mais elle n'était nulle part. Là, Anna s'arrêta sur une photo qu'elle avait aperçue auparavant et découvrit qu'elle ne lui était pas sortie de l'esprit depuis leur arrivée. Cette photo en noir et blanc sous un cadre en verre n'était pas vraiment nette. À première vue, il lui avait semblé qu'elle représentait le vieux couple dans ses jeunes années, mais maintenant elle était convaincue que la femme n'était pas Ása, mais une autre, bien plus belle. La femme de la photo penchait la tête avec un sourire rêveur ; elle avait la trentaine, était plus jeune que l'homme, qui avait de larges épaules, se tenait droit comme un piquet et avait l'air d'une vedette de cinéma avec ses mèches de cheveux bruns en arrière, de grands yeux et une mâchoire volontaire, qui ne durcissait nullement son visage. Il avait un costume trois pièces parfaitement coupé, un regard sérieux et concentré qui ne manquait pas d'aménité à travers des lunettes tellement fines qu'on ne les voyait pas sur la photo. Si Anna n'avait pas su ce qu'il en était, elle aurait pensé que c'était un intellectuel de bonne famille et non un paysan, et qu'il en allait de même pour la femme qui se tenait à ses côtés.

Quelque part, cette photo la troublait : comment cette femme pouvait-elle s'appuyer contre l'homme en ayant une épaule plus haute que l'autre, comme si elle tenait quelque chose qu'on ne voyait pas ? Ou bien : est-ce que ça ne provenait pas du cadrage insolite de la photo elle-même ?

D'ailleurs, y avait-il quelque chose qui excluait que l'homme soit un intellectuel ou de bonne famille ? Anna avait de plus en plus de mal à voir Ása, autrement, mais alors quoi ? Cette femme avait sans doute été mère de famille, comme elle l'avait toujours désiré. Mais son mari et elle devaient bien *faire* quelque chose dans la vie pour gagner de l'argent ou bien peut-être ils en avaient déjà suffisamment.

Elle entendit un craquement à l'étage, décida de laisser tomber sa demande concernant les pommes de terre et se dépêcha de ressortir.

Ils s'assirent à la table garnie d'une nappe et levèrent leurs verres remplis de vin blanc, tous à l'exception de Hrafn qui sirotait une sorte de jus de pomme. Anna eut pitié de lui parce qu'il ne pouvait pas boire, mais aussi parce que ça paraissait puéril. Vigdís tira de son sac le polaroïd qu'elle avait hérité de sa mère et prit une photo d'eux.

– À la nature ! s'écria Anna, et ils trinquèrent devant l'appareil. En une minute, la photo était développée. Anna avait les yeux rouges et sa bouche grimaçante laissait apparaître des dents jaunes en train de blanchir. Pendant le voyage, Vigdís s'était servie de l'appareil pour photographier des fleurs et la végétation, et elle se targuait d'être la première à découvrir une nouvelle espèce de fleur qui avait poussé sur les hautes terres sous les pas des étrangers ; elle lui donnerait son nom et l'appellerait : Vigdísia.

– C'est comme ça que chassent les femmes, avait souligné Anna, mais probablement que Vigdís préférait se souvenir de sa mère qu'elle avait apparemment beaucoup aimée : en se servant de l'appareil photo qu'elle avait hérité d'elle et en parvenant à donner des noms aux plantes, elle semblait avoir les mêmes centres d'intérêt que sa mère.

Egill but encore un verre et Anna exprima le souhait qu'il se modère afin de ne pas compromettre la soirée. La maison se trouvait au sud, près d'eux, mais sinon ils avaient une vue imprenable sur les sandurs.

Tryggur était couché sous la table à ses pieds. De temps en temps, il gémissait doucement et se frottait contre elle jusqu'à ce qu'elle lui donne l'un des os qu'elle avait apportés de la ferme. *Fatigué de courir*, se dit-elle. Entre la voiture et la maison, il s'éclipsa et réapparut à l'instant où Vigdís et Anna parvenaient au logis. Il était exténué, comme s'il avait couru tout le temps.

Hrafn déclara qu'après avoir brièvement discuté du temps il avait parlé de la voiture à la bonne femme.

– Ici, on n'a pas d'outils pour réparer l'essieu. En plus, les deux pneus avant sont crevés et il n'y a qu'un seul pneu de secours. Et pas de colle ni de pièces de rechange. Mais elle a dit qu'on pouvait avoir des fusées de secours.

– Ça serait bien, déclara Vigdís.

– Bon, autre chose, dit Anna. Nous n'allons pas rester plus longtemps ici alors qu'il n'y a rien à attendre, non ? Comment partir d'ici ?

Elle n'avait plus faim, elle prit le verre de vin et le fit tourner entre ses doigts.

– On marche ? proposa Vigdís. Pour essayer d'avoir du réseau. Si on a de la chance, on pourra contacter les secours. Sinon, on suivra la piste vers le nord et aussi l'Askja qui n'est plus très loin.

– À quelle distance ? demanda Anna.

– À une demi-journée de marche, je crois, l'informa Vigdís. Ça dépend juste d'où on est sur la carte. Et vu le temps qu'on a passé perdus dans la voiture, ça ne devrait faire que quelques heures aller-retour. On trouvera bien des indications dans les parages et on se servira de la boussole et de la carte.

L'obscurité s'épaississait et ils discutaient d'un album de musique, *Ambient,* alors en vogue. Egill essayait de leur expliquer la différence entre *Ambient* et *Minimal,* sans y parvenir. Vigdís alluma les bougies qu'elle avait alignées au milieu de la table et, alors, les ténèbres qui les enveloppaient parurent se faire plus profondes encore. Hrafn prit Vigdís par la taille et l'embrassa tendrement sur le front.

Anna essayait de renouer contact avec Egill, mais ça ne marchait pas. Il continuait à boire et fixait les ténèbres de ses yeux hagards. La première fois qu'ils s'étaient rencontrés, il était ivre, mais pas grognon, pas comme le gros chat qu'il serait plus tard, mais pétillant de vie et d'assurance. Il avait le visage basané, était vêtu d'une chemise blanche déboutonnée au col et d'une veste moulante. Ils étaient à la réception de la banque Kaupthing dans la rue Borgartún où elle interviewait les épouses de financiers islandais. Il s'était présenté en disant qu'il se souvenait d'elle au lycée de Reykjavík. – La réciproque n'était pas vraie, mais après quelques instants de conversation, elle se rappela vaguement un camarade de classe plutôt froid, vêtu d'un pull-over, et qui un automne avait été candidat à un poste quelconque, probablement de trésorier, à la revue *Framtíd,* "Avenir". Il avait généralement le nez dans un manuel d'astronomie et un ou deux ans de moins qu'elle.

"Je suis mieux, maintenant, reconnais-le", fit-il en souriant, mais pas jusqu'aux oreilles. Lorsqu'ils firent plus amplement connaissance, elle s'aperçut que ses yeux étaient très rarement en accord avec ce qu'exprimait son visage. À cette époque-là, il venait d'ouvrir sa boutique dans la rue Sudurgata et avouait qu'il n'était pas encore assez riche pour ne pas se soucier de l'argent. Il avait un appartement au centre-ville, deux voitures, une motoneige, une résidence d'été dans le Snaefellsnes, faisait des investissements dans l'or tous les mois, possédait un gros portefeuille d'actions et un hors-bord pour faire un tour jusqu'au Vatnajökull. Il n'avait pas encore trente ans et ça lui semblait peu de choses.

Elle disait elle-même qu'elle cherchait seulement à être heureuse en espérant un petit peu le mettre à l'épreuve, le faire sortir de lui-même, mais à la longue quelque chose la conduisit à cette escalade impitoyable, immorale et sans fard. Elle ne posait pas de questions et, contrairement à ses parents à lui, elle ne s'imaginait pas qu'il n'y avait aucun perdant ou que ses magouilles étaient *clean*, mais elle ressentait plutôt le brûlant désir de se rapprocher de lui pour comprendre ce qui le faisait marcher. Quand tout faillit échouer, elle essaya de s'installer dans sa vie, de se rendre indispensable et commença en même temps à chercher ses points faibles – d'autant plus misérables et réprouvés – mais seulement à contrecœur, en clignant des yeux. Et quand elle finit par les découvrir, ce ne fut pas grâce à sa sagacité, mais à cause de ses erreurs à lui.

Anna sentit à nouveau de l'inquiétude, vida son verre d'un seul trait et mit de la musique plus entraînante. Plus tôt que prévu, Hrafn et Vigdís s'étaient levés et avaient commencé à danser chacun d'un côté de la table, ils virevoltaient sur le sandur et Anna n'abandonna pas avant qu'Egill ne la fasse crier en la faisant tourner autour de lui. Elle remarqua qu'il suivait les mouvements de l'autre couple, ou plutôt ceux de Vigdís. Maintenant qu'elle y pensait, ce n'était pas la première fois de la soirée qu'il regardait Vigdís comme ça. Et elle n'était pas la seule à l'avoir remarqué. En effet, Hrafn l'avait vu aussi, en buvant son verre de jus de fruits ; mais elle ne devinait pas pourquoi il regardait Egill, non, ils ne se regardaient plus, mais elle se demandait pourquoi il observait *Vigdís*. Anna était sensible à ces choses, d'ailleurs elle avait toujours été trop sensible.

Elle résolut de repousser ces pensées, sentit l'amour s'éveiller en elle et bientôt elle ne s'intéressa plus qu'au rythme accéléré des battements de son cœur et aux étoiles qui apparaissaient les unes après les autres dans la voûte du ciel au-dessus d'eux.

8. La couronne de Skimmi stokkur

Après, ils se retrouvèrent assis à table à fumer. La musique s'était arrêtée et rien ne venait troubler le silence si ce n'est le hurlement de Tryggur.

– Il a peur des renards quand ils viennent rôder par ici, expliqua Hrafn. Egill roulait des yeux jusqu'au moment où Anna en eut assez. Elle emmena Tryggur à l'intérieur de la maison et l'enferma dans une pièce avec son os.

Quand elle revint, Vigdís proposa de raconter des histoires de fantômes.

– Ce n'est pas ce qu'il faut faire quand on est exilés et bannis ? Est-ce qu'il nous faut un feu de camp ?

– Vigdís est une spécialiste des histoires de fantômes, fit Hrafn.

– D'ailleurs, elle est *psychologue*, précisa Egill.

Ils eurent leur histoire de fantômes et Vigdís déclara en avoir beaucoup lu quand elle était petite. Et aussi des histoires d'horreur et des contes populaires.

– Je me souviens d'une histoire que j'ai entendue il n'y a pas si longtemps que ça. Elle se passe dans des résidences d'étudiants. Je ne sais pas s'il faut que je la raconte…

– Continue, tant qu'à faire ! fit Anna qui en eut le frisson. J'aime avoir peur.

– On la classerait volontiers parmi les contes populaires, et pourtant elle est authentique. Ça s'est passé et ça se passe sans aucun doute encore de nos jours. Je vous avertis seulement. C'est vous qui me forcez à la raconter…

– Arrête et commence ! lui ordonna Anna qui se mit à rire, imaginant Vigdís en voyage avec des guides, une petite fille avec un foulard rouge autour du cou, assise parmi ses camarades auprès d'un feu de camp dans la vallée Skorradalur après une longue journée passée à faire des nœuds et des B.A.

– C'est d'accord, fit Vigdís qui se mit à raconter : Il était une fois un couple qui avait deux enfants de trois et sept ans. Quand les parents allèrent à l'université, ils emménagèrent dans un des immeubles pour étudiants de la rue Eggertsgata prévus pour les gens avec des enfants. Beaucoup de ces appartements se trouvent au rez-de-chaussée et sont orientés au sud, vers l'aéroport, à quelques mètres seulement des rochers dont certains disent qu'on les a malencontreusement déplacés quand on a construit les immeubles. La petite famille s'installa dans l'un de ces appartements et, au bout de quelques semaines, ils remarquèrent que leur fille avait un comportement bizarre. Elle semblait avoir un ami invisible qui venait la voir quand elle jouait. Les parents découvrirent le pot aux roses un jour qu'elle alla sur le balcon ouvert dans le séjour pour faire au revoir à quelqu'un. Sa mère lui demanda qui c'était et elle expliqua d'abord que c'était Skimmi stokkur, son nouvel ami qui habitait dans les rochers devant le balcon.

Après cela, Skimmi stokkur vint plus souvent lui rendre visite et ses parents ne s'en offusquèrent pas, car leur fille avait l'âge d'avoir un ami invisible et, quand Skimmi faisait ses visites, elle était plus gentille. Quant à son frère cadet, il semblait ne rien voir, mais un jour la petite fille annonça que Skimmi avait confectionné une couronne pour lui, d'un bleu ciel éclatant avec des boules rouges autour du front et que ce n'était *pas bien*. La petite fille était très excitée en racontant cela et ses parents se mirent à s'inquiéter ; ils lui demandèrent de leur donner des détails sur Skimmi et elle le leur décrivit comme svelte, osseux et de sa taille. Ses vêtements était multicolores, ses yeux clairs et étincelants, mais d'aucune couleur, et il murmurait tout le temps, mais pas avec la bouche, avec les yeux. En outre, il avait un drôle de nez et, d'après cette description, les parents devinèrent qu'il n'avait pas de septum nasal.

– Ce qui signifie ? insista Egill.

– Qu'il n'avait pas deux trous de nez, mais un seul, s'énerva Anna qui s'impatientait. Et alors ?

– Eh bien, un jour la mère est en train de faire la vaisselle lorsque sa fille sort de la salle de bains, la tire vers elle, lui parle de la couronne et de son petit frère, et lui apprend qu'il leur faut immédiatement aller dans sa chambre pour lui porter secours. La mère dit qu'elle a quelque chose à terminer et ne comprend pas la hâte de sa fille avant que les lumières de l'appartement se mettent à vaciller. Alors elle comprend qu'il se passe quelque chose d'anormal, elle se dépêche d'aller dans la chambre où se trouve son fils assis par terre auprès de son lit, qui est secoué et fait des bonds tandis qu'une fumée noire s'échappe de sa tête. Les plombs de l'appartement sautent, une odeur de brûlé envahit la chambre et la maman attire son garçon à elle, traverse les couloirs avec son petit qui fume toujours jusqu'à ce que l'ambulance arrive. Mais, à ce moment-là, il est mort.

"Ensuite, après qu'on eut parlé avec elle, la petite fille décrivit ainsi ce qui s'était passé : elle était seule dans le séjour quand Skimmi stokkur est entré par la porte du balcon et s'est assis près d'elle. Ils ont commencé à s'amuser et, très vite, le petit frère est arrivé aussi et s'est joint à eux. Alors Skimmi lui a mis la couronne sur la tête, lui a vite murmuré quelque chose d'incohérent à l'oreille et lui a tendu une clé qu'il possédait pour percer le mur de la chambre. À cet instant, sa sœur a pris peur, elle s'est avancée et a essayé d'avertir sa mère, mais Skimmi lui a mis une écharpe magique devant la bouche, de sorte que cela lui a pris beaucoup de temps. Lorsqu'elle est revenue dans la chambre avec sa mère, la couronne sur la tête de son frère était tellement étincelante qu'elle ne pouvait pas la regarder, ensuite tout était devenu sombre et Skimmi avait disparu.

"Après l'enterrement, les parents arrêtèrent leurs études universitaires et déménagèrent en Norvège, mais les histoires sur Skimmi stokkur se racontent encore. En général, il entre par le balcon des appartements au rez-de-chaussée, ceux qui donnent au sud et se trouvent près de rochers, mais il va aussi dans les autres appartements s'il y a des enfants. S'il y en a deux, il se fait le compagnon de jeux de l'aîné et le cadet est ensuite victime d'un accident. Si l'enfant est seul, il devient peu à peu de caractère instable, tombe gravement malade ou bien ses parents sont victimes d'un accident."

– Doux Jésus ! s'exclama Anna. On dirait qu'il y a une certaine logique dans tout ça. D'où tiens-tu cette histoire ?

– J'ai travaillé avec la sœur de cette femme quelques années après les faits. Cette dernière n'était pas retournée à l'université et travaillait comme femme de chambre dans un hôtel de Bergen[1]. Après les événements, elle et son mari divorcèrent, mais la petite fille avait tout oublié au sujet de Skimmi stokkur... La sœur de la femme avait elle-même deux enfants en bas âge et la morale de l'histoire, avait-elle conclu, est la suivante : écoute tes enfants, et s'ils voient quelque chose que toi tu ne vois pas, alors *prends peur*.

1. En Norvège.

9. “Il ne faut pas tenter le diable!”

Anna se mit à rire sous cape, ensuite tous éclatèrent de rire sans savoir pourquoi. Hrafn se leva et s'éclipsa dans les ténèbres pour aller uriner et Anna s'alluma une cigarette. À ce moment-là, elle était en train de demander si quelqu'un avait aperçu la station spatiale lors de sa rotation autour de la terre lorsque Hrafn se rassit à la table et dit:

– Vous ne trouvez pas que c'est une drôle de maison ici? Ils portèrent leurs regards vers la maison qui était assombrie parce que la cuisine était dépourvue de fenêtres. On a muré les fenêtres du bas, poursuivit-il, mais on en voit encore les traces. Et je suis presque sûr qu'à l'origine l'entrée était au rez-de-chaussée, là où est l'escalier maintenant. On a condamné l'ancienne porte pour rehausser l'entrée.

– Il n'y a pas de fenêtres au rez-de-chaussée? s'enquit Vigdís.

– J'ai fait le tour de la maison, il n'y a pas une seule ouverture en bas sauf à l'endroit où la jeep a embouti le mur. Ce vieux couple semble s'être construit un petit château fort. Il ne manque plus que les douves... Et la question est: *pourquoi?* Quelle horreur des sandurs a poussé ces braves gens à se retrancher dans leur château fort?

Il se tut et ils se regardèrent les uns les autres et la maison alternativement.

– Merde alors... fit Anna, relâchant son estomac. Elle sentait la vie revenir dans ses extrémités. C'était ça, ton histoire?

Hrafn sourit. Ils se remirent à rire, sauf Egill qui paraissait irrité par cette blague et par l'intérêt que les filles portaient à Hrafn. Ou peut-être que c'était seulement l'alcool qui semblait finalement faire effet sur lui, ses yeux humides étaient légèrement injectés de sang et ses mâchoires détendues.

– Oui, ça serait bien de s'en aller d'ici, intervint Egill comme pour faire suite à ses pensées qu'il n'avait partagées avec personne. Il se pencha sur la table pour saisir la bouteille et se versa un verre. Nous sommes tellement *petits*, ici... Anna se souvenait vaguement l'avoir entendu dire ça auparavant, mais dans de tout autres circonstances, en fait toute une foule de circonstances ces derniers temps. Depuis qu'il avait perdu sa stature morale – vis-à-vis d'elle, à tout le moins, et après avoir admis que toute la nation suivrait bientôt –, il avait tâtonné en arborant un certain relativisme philosophique, généralement quand il était soûl.

– C'est vraiment mal de vivre un peu sa vie ? interrogea Vigdís en levant les yeux au ciel.

– J'ai horreur de me trouver dans la campagne islandaise, depuis toujours. Il y a trop de rien ici. Tout le centre du pays est vide, c'est comme une vessie anémiée.

– Si c'était pas le cas, peut-être qu'on serait claustrophobes, suggéra Vigdís.

– Claustrophobes ? Pourquoi ? Dans vos cinq cents mètres carrés sur la presqu'île de Seltjarnarnes ?

Egill ricanait et semblait prendre un malin plaisir à jouer avec leurs nerfs. Il enviait à Hrafn sa maison, son argent, ses voitures, sa résidence d'été à Thingvellir, du moins depuis qu'il était sur le point de perdre tout ce qu'il avait amassé.

– Tous les Islandais vivent par rapport à cette étendue ici, le désert, fit Vigdís. Nous aussi, qui sommes venus ici rarement.

– Ou jamais, intervint Hrafn.

– Et aussi quand nous sommes chez nous, en ville, et regardons la télé. S'il y a quelque chose dans ce pays qui nous rend libres, c'est bien ça ; que les gens le sachent ou non. Les hautes terres d'Islande sont comme la caisse de résonance de chacune de nos pensées...

– Et il ne faut surtout pas y toucher ? l'interrompit Egill.

– Non mais, il a envie de se bagarrer, celui-là ! ajouta Anna en pouffant de rire. Comment ils disent, sur Internet ? Il ne faut pas tenter *le diable* ?

– Je n'ai pas dit qu'il ne fallait pas y toucher, s'empressa de se justifier Vigdís. Mais il faut un équilibre entre ce que nous prenons et ce que nous laissons derrière nous. Nous devons nous réconcilier avec la nature et revoir notre manière de l'envisager. La nature islandaise a toujours été soit idéalisée et mise sur un piédestal, soit bafouée et réduite en esclavage. On l'a fait travailler. Elle a toujours été une femme.

– Est-ce que son sexe y change quelque chose ? D'ailleurs, est-ce qu'il n'est pas souhaitable que les femmes investissent le marché du travail ? Est-ce qu'elles sont moins capables que les hommes ?

– Pas du tout, reprit Vigdís plus excitée qu'Anna ne l'avait vue auparavant. En fait, les femmes travaillent davantage. Et pour que la nature ait un tant soit peu la paix, le mieux serait que les gens apprennent à voir en elle un homme, de préférence un homme jeune, fier, plein de vie, sensible, doué, plein d'avenir. Les dégâts que peut faire un gouvernement pendant une législature peuvent être tellement importants que plusieurs décennies de victoires partielles ne sont rien en comparaison. Ce qui signifie que toute lutte qui ne vise pas à changer radicalement notre propre manière de voir est perdue d'avance. Nous devons nous-mêmes trouver un équilibre.

Anna applaudit.

– D'accord ! Le Yin et le Yang, déclara-t-elle, sachant très bien qu'Egill allait renâcler et ensuite rouler des yeux, ce qu'il fit. Je veux que les hautes terres d'Islande restent exactement comme elles sont maintenant, ajouta-t-elle. En échange, il ne faut pas toucher à une seule rivière de glacier, ne pas ajouter de lignes à haute tension, ni de routes, ni de magasins, ni d'hôtels. Fini ! Quand je voyage en Europe, je suis toujours affligée de ne rien voir d'autre que des œuvres humaines, des maisons ou des routes ou des panneaux publicitaires ou des ronds-points, où que mes regards se portent. Il n'y a pas un seul mètre carré en Angleterre qui n'ait été mesuré ou étalonné. Les Pays-Bas, l'Allemagne, la Belgique, la France sont pareils, et l'Italie est une longue autoroute avec des charcuteries, des stades de foot et des hôtels de chaque côté…

– Je suis le seul homme à cette table ! s'écria Egill en levant les bras au ciel. Est-ce que ça pose problème d'être *un homme* ? Je suis heureux d'être immergé dans la société des hommes… Dans le centre des villes, dans les aéroports, en roulant sur l'autoroute en Italie. Je peux rester assis dans la rue Skeifan à boire du café sans me mettre à pleurer ! Et est-ce qu'il n'y a pas d'herbe sur les terrains de foot ? Est-ce que l'herbe est plus belle ailleurs ? Est-ce que l'herbe doit être obligatoirement au sommet des montagnes ? Inaccessibles, inviolées et lointaines ?

– Nous avons besoin de la nature pour nous en sortir, concéda Hrafn. Un certain mélange d'ordre et de désordre qu'on trouve partout, sauf là où les hommes se sont établis. Imagine un mur ou un supermarché ou un navire de croisière – pas un seul centimètre qui soit laissé au hasard, tout est trop bien ordonné. Ça te fatigue d'avoir ça sous les yeux. Tout est aligné, construit et combiné parce que l'esprit se fatigue de lui-même. En ordonnant la planète entière selon nos désirs, nous nous éteignons, notre imagination s'émousse et notre désir de vivre s'estompe.

– Encore un cliché !

– Quand il y a un bug aux États-Unis ou en Grande-Bretagne, on accroche un panneau, s'amusa Vigdís en souriant. Vous savez ce qu'il y a dessus ?… *Out of order* : En dérangement. Nous sommes tombés malades au point de trouver tordu tout ce qui n'est pas carré, clair et net ou chiffré.

– Tout comme de dire qu'il est bon qu'il y ait d'autres langues dans le monde que l'anglais, fit Egill en s'étirant sur son siège. Cela provient d'une trop grande *sensibilité*. Ou d'une sorte d'obsession de la perfection. Et puis, ce qui est autour de nous, je n'appelle pas ça nature. Si la nature est un équilibre entre ordre et désordre, elle est vraiment surmenée à commencer par ici, elle a perdu le contrôle et elle a épuisé ses réserves. Ce que nous voyons ici est le cadavre de la nature, son squelette nettoyé au sable soufflé, c'est à vous *dégoûter*… Il est blanc, noir, froid et réduit au minimum, tout comme un appartement sur deux à Manhattan, tout le reste est quelque chose que l'homme concocte dans son imagination, c'est du romantisme à vous faire vomir.

– Exactement. C'est exactement ça, confirma Anna qui se sentait bouillir d'indignation à cause d'Egill et de ses jugements à l'emporte-pièce qui n'étaient jamais que l'explicitation de son humeur du moment. Et si on parlait d'autre chose, *pour l'amour du ciel* ? Nous pouvons au moins être d'accord sur le fait que la nature ici est singulière, que ce soit de façon agréable ou bien horrible.

– J'ai quand même du mal à comprendre, poursuivit Egill sur un ton de plus en plus irrité, pourquoi ça vous tient tellement à cœur à vous, les défenseurs de la nature, que tout le monde soit d'accord pour que comme ça tout soit bel et bon. Pourquoi ? Il n'est pas évident que la nature soit bonne ! Ce serait facile d'avancer de meilleurs arguments pour démontrer qu'elle ne l'est pas.

– En se donnant un peu de mal, peut-être, ricana Hrafn en regardant Egill. Dans la nature, on voyait que tout est constamment en mouvement et s'interpénètre et que les seules clôtures sont dans notre tête. Ce qui est bon. Comment pourrait-il en être autrement ?

– Elle nous enseigne l'humilité, intervint Anna sans autre intention que de faire écho à Hrafn.

Egill roulait des yeux.

– On croirait entendre les syndicats, n'est-ce pas ? Des phrases toutes faites pour enseigner une thérapie, sorties tout droit des décharges du jargon des temps modernes. Tout communique avec tout ?... Non, une chose *engloutit* l'autre, est engloutie elle-même par une autre et ainsi de suite. Ainsi va la vie, compartimentée en toute étanchéité, ni bonne ni mauvaise...

– Au fait, à quoi tu crois, Egill ? demanda Hrafn toujours en train de ricaner, mais qui semblait irrité. Tu crois à Gandhi ? À quelque chose d'autre que toi-même ?

Egill sortit son flacon argenté et but un coup, le revissa et le posa sur la table.

– Je suis quand même arrivé là où j'en suis *par mon propre mérite,* fit-il en souriant. Je n'ai rien eu gratuitement.

– Comme on dit, tu es bon, à ce que j'entends. Ce que la nature, elle, n'est pas, rétorqua Hrafn, et Anna eut l'impression qu'ils allaient se disputer au sujet de tout autre chose. Je n'ai jamais rien volé à qui que ce soit, je n'ai jamais menti, j'ai toujours observé les Dix Commandements...

– *Les Dix Commandements* ! Entendre ça de quelqu'un qui cassait des chaises au nez des gens ! Qui a peiné toute sa vie sans pour autant penser aux autres, qui a jeté de la poudre aux yeux… Egill se tut. Hrafn lui jeta un regard inexpressif qui, cependant, laissait paraître un sourire qui fit peur à Anna. Non, tu vas sûrement ricaner, d'ailleurs vous êtes tous en train de ricaner, je ne vous crois pas, marmonna Egill dans sa barbe et, en entendant des coups en provenance de la maison, il finit par se taire.

La vieille était dans la cuisine et frappait à la vitre sur laquelle se détachait sa silhouette sombre. Elle cria quelque chose qu'on n'entendit pas bien et qui devait être un ordre : celui de rentrer dans la maison. Ensuite, elle se recula de la fenêtre, cessa de crier tout en continuant à regarder dans leur direction.

– C'est ça ! s'écria Egill, en levant le pouce en direction de la maison.

Il balbutia quelque chose du genre foutue vieille chouette, avec un air et des manières de voyou, si bien qu'Anna n'essaya même plus de se contenir. Elle se pencha sur la table et vociféra :

– Veux-tu te comporter comme un être humain, *tu me fais honte !*

Elle vit passer une lueur de surprise puis de confusion dans ses yeux, mais ensuite il reprit son air dur.

– Je crois qu'il faut qu'on se calme tous, intervint Vigdís. Soyons polis les uns envers les autres, quel que soit le stress que nous subissons. Nous sommes tous entre amis, ici, Egill.

– Je ne sais pas, ma chère Vigdís. Laissons ça, c'est compliqué de programmer… Tout le monde à cette table a l'impression *sérieusement* que nous avons à dire notre mot sur tout. *Vous*, soyez amis. Est-ce trop demander ? Vous êtes tous bons, vous êtes d'accord et vous êtes bienveillants envers tout le monde…

La dispute commença à la table mais Anna n'y participa pas, elle observait l'ombre de quelqu'un qui était apparu au coin de la maison, se tenait immobile et regardait dans leur direction. Les doigts d'Anna s'engourdirent, le nœud de sa gorge voulait se desserrer et elle avait des frissons dans le dos, non sans analogie avec ce qu'elle connaissait au début de l'orgasme. En même temps, elle savait que depuis très longtemps elle n'avait rien désiré plus ardemment que de *lâcher prise* et elle décida de faire ce qu'elle voulait et poussa un hurlement hystérique suraigu. Tous se turent et suivirent son regard.

L'ombre se tenait silencieuse et les contemplait, puis s'avança dans leur direction. Dans la maison, on entendit Tryggur aboyer furieusement.

Lorsque l'ombre pénétra dans la clarté de la fenêtre de la cuisine, ils reconnurent le vieux, leur hôte. Il s'immobilisa au bout de la table, les yeux humides et la bouche légèrement entrouverte, comme s'il était ivre.

– Bonsoir ! fit quelqu'un.

Le vieux remua les lèvres sans articuler un son. C'est alors que, de colère, il fronça les sourcils et secoua la tête. Dans la maison, on entendit à nouveau frapper au carreau, la vieille cria quelque chose et disparut ensuite à l'intérieur.

Avant qu'ils ne puissent l'arrêter, le vieux avait saisi la table et l'avait renversée. La vaisselle, les restes de repas et les verres furent projetés sur le sable ou sur les genoux d'Egill et de Vigdís.

Ils se levèrent d'un bond, Anna pivota sur ses talons et faillit tomber, mais elle réussit à s'appuyer à la table qui était couchée sur le côté. Hrafn attrapa le vieux et le secoua comme un prunier si bien que sa tête oscillait.

– Qu'est-ce que tu fous, mon vieux ? interrogea Hrafn.

L'homme essaya de se dégager, mais Hrafn ne le lâcha pas avant que Vigdís s'interpose. Elle lui demanda s'il allait bien, mais il ne répondit pas, demeura tête basse, les bras ballants le long du corps, et esquissa un sourire.

– C'est la nature ! s'écria Egill tout joyeux en s'allumant une cigarette. Cette bonne vieille nature, ça devient la tarte à la crème dans notre tête !

– Tais-toi donc, Egill ! Va te coucher et ferme ton foutu clapet ! hurla Anna dont les yeux lançaient des éclairs. Elle sautillait d'un pied sur l'autre en gémissant et s'affaissa sur une chaise.

La vieille surgit des ténèbres et se dirigea directement vers le vieux, lui frotta doucement le dos et voulut savoir ce qui s'était passé. Anna était épuisée de sensations, elle avait un élancement dans le pied et la cheville qui enflait rapidement.

Lorsqu'elle leva à nouveau les yeux, la femme était en train de faire ses excuses pour l'agression du vieux et Egill n'était plus à table. Tryggur avait cessé d'aboyer.

À la fin, la vieille les invita à entrer, il faisait trop sombre pour rester dehors et elle éloigna le bonhomme.

– Pourquoi je ne pourrais pas moi aussi m'excuser pour mon mari ? insinua Anna en les suivant du regard jusqu'à l'angle de la maison, puis elle tâtonna encore pour attraper une cigarette. Hrafn ouvrit la bouche, mais Anna lui coupa la parole. Mais je ne le ferai pas. Je ne suis pas responsable de ce qu'il fait ou ne fait pas… Je vais vite aller dormir.

Elle avait envie d'en dire plus, mais ça aurait fâché tout le monde et elle l'aurait sans aucun doute regretté le lendemain. Elle avait tout simplement envie de dormir.

Elle se leva et Vigdís l'étreignit et lui assura que tout irait mieux le lendemain – et qu'ils étaient tous énervés et fatigués de la journée.

– D'ailleurs, tu as raison, dit Anna en détournant les yeux de Hrafn pour les diriger vers la maison. Cette maison a quelque chose d'horrible.

Ensuite, elle leur souhaita une bonne nuit et se mit à traverser le sandur en clopinant.

10. La clôture

Lorsque Hrafn se réveilla, il faisait jour. Il avait la bouche sèche, la langue gonflée, et quand il serra les dents, il entendit un bruit de broyage. Il s'assit, se massa vigoureusement le visage avec ses paumes et les événements de la veille lui revinrent en mémoire tout en lui paraissant lointains.

Après s'être habillé et brossé les dents, il descendit à la cuisine où les trois autres étaient déjà installés en silence. Vigdís était penchée sur une carte tandis qu'Anna et Egill fumaient une cigarette et buvaient du café. Le vieux couple demeurait invisible.

– Bonjour, tout le monde! tonna-t-il. Il se versa une tasse de café et s'assit. Anna et Egill semblaient avoir terminé leur dispute de la veille au soir. Il était tout penaud, blême, avec des poches violettes sous les yeux, ce qui indiquait qu'il avait plus mal aux cheveux que d'ordinaire. Après avoir toussé pour s'éclaircir la voix et manipulé l'interrupteur d'un air gêné, Egill les pria de l'excuser.

– Puisque nous sommes tous réunis ici... Je ne me souviens plus de tout ce qui s'est passé hier soir, mais Anna m'a récapitulé ça, très clairement. J'ai été stupide et j'en ai honte. Je regrette beaucoup et je vous fais mes excuses. Je suis un porc.

Il fit la grimace pour cacher un sourire.

– Il n'était pas dans le lit quand je me suis réveillée. Il a crevé sous un réverbère dans les sandurs, annonça Anna en secouant la tête et elle eut ensuite un petit rire.

– C'était idiot, s'insurgea Egill. Mais le temps était magnifique et maintenant on sait au moins que, la nuit, les réverbères sont allumés.

Vigdís se replongea dans la carte et, peu après, la conversation roula sur le voyage de retour.

– Nous allons suivre le même programme qu'hier, reprit-elle. Sauf qu'on ne part pas en voiture, mais à pied. On prendra la direction de l'Askja et j'espère qu'on trouvera une auberge sur la route et qu'on pourra téléphoner. On est le matin et nous avons le temps, de bonnes provisions, une boussole et une carte.

– Pourquoi est-ce qu'Anna reste ici ? demanda Hrafn en sirotant son café.

– Je ne peux pas marcher.

Elle leva son pied dont la cheville était bandée et révéla qu'elle s'était tordu le pied la veille quand le vieux avait fichu la table en l'air.

– Tryggur a disparu lui aussi. Elle se leva et clopina jusqu'à la fenêtre de la cuisine et regarda dehors. Je crois que le mieux, c'est que je reste ici s'il revient. S'il s'est sauvé sur un coup de folie cette nuit, il doit être en train d'errer dans les parages.

– Il a disparu quand ? s'enquit Hrafn.

– Je l'avais enfermé dans notre chambre pendant le dîner. Quand je suis allée me coucher, la porte était ouverte.

– Quelqu'un l'a fait sortir ?

– Ça lui est arrivé de gratter la poignée et d'ouvrir la porte tout seul, je pense qu'il est sorti avec Egill pour aller sur les sandurs, puisque lui aussi avait disparu. J'aurais dû faire plus attention… Et s'il avait été attaqué par des renards ? C'est eux qui ont dévoré *le renne*, après tout.

– Ma chérie, l'interrompit Egill.

Elle se tut et se blottit contre lui.

– Et alors, tu ne l'as pas vu toi non plus ? vérifia Hrafn auprès d'Egill, lequel se contenta de secouer la tête. C'est curieux. Mais il vaut peut-être mieux que l'un de nous reste ici. S'il arrive quelque chose, je ne fais pas confiance aux vieux pour nous avertir. Ils nous oublieront dès qu'on sera partis. Si personne n'a de nos nouvelles pendant un certain temps, Anna pourra prévenir si quelqu'un passe par ici.

– Que veux-tu qu'il arrive ? s'enquit Vigdís. Si nous ne trouvons pas d'auberge avec un téléphone, nous dégoterons bien un type avec une jeep. Et puis, nous sommes à douze heures de marche de l'Askja et à peine quelques heures en voiture.

– C'est vrai, confirma Egill. Le premier type avec une jeep qu'on trouvera nous amènera ici pour prendre Anna, ce petit bouchon.

Ils s'embrassèrent et Anna pouffa de rire.

– Vous ne serez pas long, risqua-t-elle, semblant n'avoir rien contre le fait de rester. Ne vous faites pas de souci pour moi. J'écrirai pendant que vous êtes partis, il y a pas mal de choses à faire ici.

Vigdís avait tracé un cercle sur la carte à l'endroit probable où ils se trouvaient. Ils organisèrent leur marche à partir des indications de la carte, mirent leurs affaires dans les sacs à dos et s'habillèrent. Hrafn se contenta d'emporter un cache-col, quelques barres de chocolat et des noix, il mit une boussole dans sa poche et prit des jumelles neuves. Ils avaient tous une thermos d'eau et Vigdís rangea deux fusées de détresse. Elle ne retrouva pas l'appareil photo de sa mère dans la voiture, ce qui la contraria.

Un vent chaud soufflait du sud et le ciel était clair. Le glacier n'était pas visible. Ils prirent congé et Anna les étreignit, embrassa Egill et fondit en larmes.

Ils se dirigèrent vers le nord-ouest à travers les sandurs, mettant le cap sur l'Askja. En passant devant les dépendances, ils virent le vieux qui se tenait là, tout seul, et leur faisait signe de la main. Ils lui firent signe aussi. Non loin de lui, il y avait deux renards. L'un d'eux poussa un glapissement aigu dans leur direction et s'en alla rejoindre l'autre.

Pour commencer, ils suivirent la piste qu'ils avaient empruntée la veille avant de la quitter quand ils avaient aperçu une montagne qui émergeait doucement du sandur à l'ouest. Cette montagne ne figurait pas sur la carte et ils décidèrent de la gravir pour voir s'ils auraient du réseau et pour admirer le panorama.

Rapidement, ils virent que la montagne était en fait plus loin qu'ils ne le pensaient. Ils continuèrent, taciturnes, et Vigdís sortit *La Flore d'Islande.*

Avant de se mettre en route, elle avait acheté quelques manuels et comptait profiter du voyage pour étudier la nature qui, à ce qu'elle disait, était pour elle un domaine inconnu.

Hrafn, lui, réfléchissait à l'espace et à la manière dont il allait se disloquer ou se contracter s'il était si *grand.* Egill les précédait, sans aucun doute pour leur montrer qu'il était bon marcheur, même s'il était soûl la veille. Il s'était toujours efforcé de faire ses preuves. La première chose que Hrafn entendit à son sujet durant la période où ils ne s'étaient plus parlé, c'est qu'il avait eu une relation avec la fille du président ; il y avait eu un banquet au cours duquel on devait annoncer leurs fiançailles et le président ainsi que sa famille avaient insisté pour que les journalistes n'approchent pas trop. Le banquet commença et la salle fourmillait de professionnels des médias qu'Egill avait conviés en douce, mais quand la mèche fut éventée, les fiançailles furent rompues. Ensuite, il fut question de lui aux informations à cause de ce banquet controversé où les jeunes loups de la politique et leurs clients se soûlèrent à qui mieux mieux pendant que, dans la salle, on projetait sur un écran géant des films pornos, et Hrafn apprit qu'il avait travaillé à la Landsbankinn et pris une part active à la vente d'actions de la société DeCode genetics qui gère et exploite le patrimoine génétique islandais. Les actions étaient estimées à un niveau élevé, sous réserve que l'entreprise soit cotée sur le marché de New York qui ferait croître leur valeur, ce qui paraissait une décision raisonnable aux hommes politiques et, en réalité, à la plupart des Islandais. Mais Egill ne se contenta pas de les vendre aux acheteurs potentiels, il lui vint à l'idée que la campagne de vente très agressive de la banque finirait tôt ou tard par élargir son réseau de clients aux étudiants, aux économiquement faibles, aux retraités, à tous ceux qui possédaient un peu d'argent et, en fait, aux autres également, ceux qui ne possédaient rien, mais qui pouvaient emprunter grâce aux actions.

Après leur réconciliation, Hrafn rencontra les parents d'Egill à un banquet pour fêter l'anniversaire d'Anna et pour faire honneur à la ville, et il tenta de faire leur connaissance. – Egill n'avait jamais laissé son ami approcher sa famille. Ses parents voulaient aussi entrer dans la société et essayaient à leur façon, mais ils étaient trop âgés pour avoir la férocité requise, et ils n'étaient sans doute pas capables non plus de la justifier.

Par ailleurs ils écoutaient les recommandations de leur fils pour leurs investissements, ils faisaient travailler l'argent. Son père était professeur de lycée et sa mère biologiste. Elle faisait des expériences de laboratoire avec des crustacés. De l'avis de Hrafn, tous deux n'étaient *a priori* ni bêtes ni particulièrement immoraux, mais ils lui semblaient ne pas s'intéresser vraiment à ce qu'ils faisaient. C'était, selon lui, de la *paresse intellectuelle* entretenue par une espèce de foi inébranlable en leur propre excellence. – C'était de braves gens qui ne voulaient de mal à personne et à qui trente pour cent d'intérêts paraissaient une perspective alléchante. Ils avaient mis tous leurs œufs dans le même panier en investissant dans une entreprise florissante qui rapportait beaucoup, et ensuite leurs fils avaient eu la certitude absolue – par idéologie ? – qu'un an plus tard cette firme s'associerait à une autre et que de cette union naîtraient des filiales. Personne n'y perdrait, c'était ça l'idée maîtresse. À en juger par les résultats des élections, ils n'étaient pas les seuls. Le peuple a élu pour gouvernants des arrivistes, les a hissés au pouvoir et les a encouragés à continuer, il les a vus se marcher les uns sur les autres, passer de ministères en instituts et en caisses de retraite, et il a aussi vu ceux qui réprouvaient cet arrivisme qui consistait à piétiner d'autres nations et des sociétés caritatives et civiles ainsi que des syndicats, et ce de plus en plus loin, jusqu'aux continents les plus éloignés.

Ils parvinrent à la montagne. Au pied de celle-ci, il y avait une petite colline qui attira l'attention de Hrafn. *Faite de main d'homme*, se dit-il en en faisant le tour. Sur le versant nord, il y avait une grande porte en fer, quasiment de la couleur du sable. La porte était divisée en deux parties, elle faisait dix mètres de large et un peu moins en hauteur. On ne voyait pas de cadenas.

– C'est quoi, ce bordel ? fit Egill qui arrivait après lui et poussa la porte, mais elle ne bougea pas. Quand il frappa, il n'entendit quasiment rien, ce qui semblait prouver que le fer était épais et solide.

Ils se tenaient silencieux devant la porte et la contemplaient.

– C'est un passage souterrain, constata Vigdís. À ce que je vois, du moins. La colline est trop petite pour contenir quelque chose de particulier, mais la taille de la porte suffirait à faire passer un camion sous terre.

– Pourquoi est-ce qu'il y aurait un souterrain ici ? déclara Egill.

– Nous arriverons peut-être à le savoir, répliqua Hrafn, et ils se remirent en route. En gravissant la montagne, Vigdís cherchait des yeux des renoncules des glaciers et montrait à Hrafn une illustration dans son livre. Ils cherchèrent ensemble cette fleur et essayèrent de trouver le nom de toute la petite flore qui s'offrait à leurs regards.

Du haut de la montagne, ils avaient une vue panoramique. Les sandurs s'allongeaient, sombres et lisses, et l'horizon s'étendait à perte de vue, sauf au sud-ouest où la terre s'élevait pour devenir montagne. Aux extrémités de la montagne, il y avait des crevasses ovales si bien que celle-ci ressemblait à une cellule en train d'opérer une mitose.

– Est-ce qu'on ne devrait pas apercevoir le glacier ? interrogea Egill sans recevoir de réponse.

Ils sortirent leurs portables et aucun n'obtint de réseau.

– Peut-être que nous allons manquer à quelqu'un, philosopha Egill en pensant à autre chose sans pouvoir éviter de dramatiser. Vigdís lui demanda ce qu'il voulait dire. Si on n'a pas de nouvelles de nous pendant quelques jours, tu comprends ? Qui crois-tu qui va s'en apercevoir le premier ? *Ma mère* n'a pas l'habitude que je lui dise où je suis et mes amis non plus. Aucun de nous n'a d'enfants. Aucun de nous n'est en service, nous sommes tous en vacances, il pourrait s'écouler des semaines.

– On commence à prévoir l'enterrement ? s'enquit Hrafn qui leva ses jumelles et les pointa vers le sud et les sandurs. Il les dirigea ensuite vers l'ouest sur la montagne en forme de cellule où ils virent scintiller quelque chose de plus clair que le sable alentour. Ce n'est pas une montagne. C'est un mur là-bas… Entre deux hauteurs.

– *Un mur* ? fit Vigdís. C'est peu probable qu'on construise par ici.

– Il est long et gris. Il leva à nouveau ses jumelles, les dirigea vers le mur et essaya de s'orienter. C'est un barrage, me semble-t-il… Je ne me rends pas compte de ses dimensions.

– Tu vois des gens ?

– Non, il n'y a personne.

Le barrage était situé entre les collines, mais l'angle de vue était biaisé et il était difficile de se rendre compte de sa hauteur ou de sa longueur. En haut du barrage serpentait une route carrossable que Hrafn avait repérée avec ses jumelles. Une clôture grillagée barrait la route et en haut, tout du long, il y avait des rouleaux de fil de fer barbelé.

– Remarquable… marmonna-t-il en abaissant ses jumelles vers une fissure au milieu du barrage.

– Je ne me souviens pas d'avoir vu un barrage par ici, fit Vigdís. Pas sur la carte en tout cas, ni à vrai dire à l'endroit qu'Ása nous a indiqué.

Hrafn lui tendit les jumelles.

– On le voit à peine, remarqua-t-elle peu après. Pourquoi y a-t-il une clôture là-bas, et aussi des *barbelés* ?

– À cause des moutons, peut-être. Hrafn ne savait pas s'il se moquait de lui, mais il vit clairement que ça pouvait avoir un rapport avec les maladies infectieuses du bétail. Tu n'as pas entendu parler des mesures préventives contre les maladies des moutons ?

– Si, des clôtures qu'on met sur la Route Nationale[1]. Et d'autres qui ne sont pas au-dessus des barrages, reprit Vigdís en tendant les jumelles à Egill. Le barrage paraît abandonné. Je peux voir qu'il est ancien, fissuré et usé par le sable… Je crois qu'il n'y a personne là-bas.

Ils se relayèrent à nouveau pour regarder avec les jumelles et Egill déclara avoir entendu parler de barrages abandonnés.

– Ça a au moins l'avantage d'expliquer la présence de la porte que nous avons vue, assura Hrafn. S'il y a un barrage dans le coin, il y a aussi un souterrain. Le trop-plein du lac est évacué par la galerie avec des drains. Et on aura de la chance si, pour les autres galeries, on n'a pas besoin d'en creuser une spéciale pour se débarrasser des graviers.

Avant de descendre de la montagne, Vigdís sortit la carte et l'examina.

1. Celle qui fait tout le tour de l'Islande depuis 1974.

– Ça doit bien être ici puisqu'il y a un barrage. Elle exhibait la carte. Ce trait pourrait être la rivière.

– Est-ce que le barrage figure sur la carte ? s'enquit Hrafn.

– Je ne le vois pas… Si ça, ce sont les montagnes où se trouve le barrage, alors nous sommes beaucoup plus au sud que nous croyons, nous sommes près du glacier. Ce qui rallongerait de quelques heures notre marche vers l'Askja… Si près du glacier qu'en fait, nous devrions le voir.

Elle prit les jumelles et pointa son doigt vers le sud ; elle ne vit le reflet d'un lac nulle part, mais déclara qu'il lui semblait qu'au bout d'un ou deux kilomètres la couche de sable s'interrompait. Ils décidèrent de longer la rivière, de marcher en direction du barrage et de voir s'ils pouvaient rencontrer quelqu'un – des gens avec une jeep, par exemple – et sinon de suivre la piste qui partait du barrage vers le nord pour se retrouver sur la même route qu'ils avaient abandonnée peu de temps auparavant.

– C'est trop loin, dit Egill. Si nous sommes plus au sud que nous croyions, il nous faut plus de temps, non ? Je n'ai pas l'intention de passer la nuit dehors.

– Voyons le temps que nous mettrons pour aller jusqu'au barrage, proposa Vigdís. Ils descendirent de la montagne, Vigdís en tête, puis Egill et Hrafn, et de là, ils prirent au sud et traversèrent les sandurs. De temps à autre, Egill jetait un coup d'œil aux fesses de Vigdís et il avait la mâchoire pendante sans s'en apercevoir. Il avait toujours fait ça et regardé trop longtemps et avec trop d'insistance les seins, les fesses et l'entrejambe des filles, en sale *chien* qu'il était.

11.

Ils traversèrent le sandur jusqu'à ce qu'ils distinguent un faible murmure et que devant eux s'ouvre un énorme gouffre.

– Tiens, tiens, enfin il *se passe* quelque chose ! s'écria Egill tandis que les grondements augmentaient à chaque pas qui les rapprochait. Ils se rangèrent au bord et scrutèrent attentivement le gouffre, l'eau de fonte du glacier couleur jaune grisâtre qui s'écoulait depuis les hautes terres vers l'est. Les rochers de l'autre rive étaient gris avec des impacts noirs, mais l'eau était blanche quand elle tourbillonnait dans les courants ou quand elle éclaboussait les parois ; un mouvement chaotique et vertigineux succédant à la sérénité des sandurs.

Rapidement, Hrafn se sentit mal en regardant l'eau et il s'éloigna, retroussa les manches de sa chemise et s'assit sur un banc de sable près du gouffre. La température ambiante avait monté au point de devenir presque désagréable.

– Il commence à faire chaud, se plaignit Egill en s'asseyant à côté de lui.

– C'est le dégel sur les sommets. Hrafn sortit son paquet de cigarettes et lui en donna une. Le vent se réchauffe en passant sur la montagne et refroidit en descendant.

– Quelle montagne ?

– Le glacier. Celui qui doit être quelque part par ici.

Ils fumaient en silence et regardaient derrière eux Vigdís qui se tenait toujours près du gouffre. La terre se mit à trembler sous eux, pas beaucoup, mais suffisamment pour qu'ils le perçoivent.

Egill devint pensif et exhiba un objet qui brillait.

– Vous n'auriez pas perdu une clé ? demanda-t-il.

Hrafn prit la clé et la contempla, elle était argentée avec un catadioptre rouge sur un côté. Une clé comme une autre.

– Je ne l'ai jamais vue. Où l'as-tu trouvée ?

– Sous le réverbère, quand je me suis réveillé ce matin. C'est la première chose que j'ai vue en ouvrant les yeux.

– Tu as interrogé Anna ?

– Je n'ai pas voulu lui faire peur.

– Lui faire peur ? Pourquoi veux-tu qu'elle ait peur ?

Egill était gêné.

– Je ne sais pas… La clé n'était pas là quand je me suis endormi. Je l'aurais remarquée, dans le sable juste devant mon nez, tu comprends.

– Ou alors tu t'es retourné en dormant pendant la nuit et tu t'es réveillé dans une autre position. La couleur rouge du catadioptre devenait plus profonde et foncée à mesure qu'il la regardait. Voilà qui permet en tout cas de résoudre l'énigme du réverbère. Les gens y vont pour y retrouver les clés qu'ils perdent sur les hautes terres.

Il tendit la clé à Egill qui la refusa d'un geste de la main.

Depuis le gouffre, Vigdís alla vers eux, examina la clé sans rien dire. Elle avait l'air absent, mais elle demanda les jumelles, scruta le gouffre et descendit le long des parois. Ils lui emboîtèrent le pas jusqu'à ce qu'elle s'immobilise et baisse les jumelles.

– Il y a quelque chose là-bas. Elle indiqua un endroit au-delà du gouffre. Sur l'autre rive apparurent des maisons, des hameaux de longues bâtisses à un étage qui s'étalaient sur le sandur, non loin du gouffre.

– Des hangars ? avança Egill.

– Tout un village, renchérit Hrafn qui ne comprenait pas comment ils avaient pu ne pas le voir depuis la montagne.

Ils descendirent plus loin le long du gouffre pour arriver à un panneau sur lequel avait été peint : PRUDENCE-DANGER. En bas de la rive, de l'autre côté, se balançait un pont suspendu, mais de leur côté il était attaché par une corde à l'un des trois troncs d'arbre qui avaient été fichés en terre.

Au nord-est, on apercevait la maison du vieux couple, grise et noire. Le soleil se réfléchissait sur la voiture, un peu à l'intérieur du mur, sinon la maison se fondait quasiment dans le paysage.

– On est si *près* que ça ? s'étonna Hrafn qui avait l'impression que la maison était beaucoup plus loin. Il avait le sentiment qu'ils avaient tourné en rond sans revenir au même endroit. – Quand ils étaient dans la cour et regardaient autour d'eux, ils n'avaient pas aperçu le gouffre ni le vieux village de l'autre côté.

– Pourquoi est-ce qu'on n'a rien vu, de la maison ?

– C'est peut-être parce qu'on n'a pas cherché ? dit Vigdís.

Hrafn se baissa pour saisir la corde qui était tendue au-dessus du gouffre et commença à tirer le pont à lui. Il était relativement léger car fait de bois et de cordes. Ils agrippèrent tous le pont par un bout et c'est alors qu'apparurent trois nœuds coulants qu'il fallait faire glisser sur les troncs d'arbres et fixer à un crochet *ad hoc*.

– Du beau travail ! s'exclama Egill, fasciné. Lui et Hrafn se mirent à démêler les nœuds qui s'étaient formés sur le pont de corde et passèrent les nœuds coulants sur les troncs d'arbres. Et pourquoi tout ce fourbi ? Pourquoi est-ce qu'on ne le laisse pas suspendu au-dessus du gouffre ?

– Pour empêcher que quelque chose de l'autre côté ne passe ici, expliqua Vigdís en jetant un regard lointain sur le gouffre. Comme le grillage au-dessus du barrage avec les barbelés.

– Qu'est-ce que tu veux dire ? fit Egill.

– Avec ça, il est facile de contrôler la circulation depuis ce côté-ci, expliqua Hrafn. Et d'empêcher les renards, les rennes ou n'importe quoi, d'empêcher les brebis de faire des bêtises par ici.

Ils terminèrent de fixer le pont qui se tendait en forme de v au-dessus du gouffre. Les cordages supérieurs et inférieurs étaient liés ensemble avec des cordes plus fines et une série de planches faisaient toute la longueur du v, sanglées solidement par un cordage doublé.

– Au fait, qu'est-ce qu'ils veulent dire avec ce PRUDENCE-DANGER ? s'enquit Egill en frappant du poing sur le panneau. Est-ce qu'il ne devrait pas être *interdit* de traverser le pont s'il ne peut pas supporter le poids d'un homme ? Ou alors PRUDENCE signifie qu'on peut passer, mais qu'il peut s'écrouler quand même ?

Hrafn agrippa l'un des cordages du pont et le tira comme pour vérifier les nœuds sur l'autre rive. Les planches étaient humides et luisaient à cause des embruns de la rivière.

– Ça ne me dit rien qui vaille, déclara Vigdís qui semblait reprendre ses esprits. Sans parler du reste.

– Non, le fait que le pont soit ici devrait être un indice suffisant, contesta Hrafn. S'il était dangereux, on l'aurait démoli.

Il lui prit les jumelles et les dirigea sur les troncs d'arbres de l'autre rive. Depuis le pont, on ne voyait plus les hangars à cause de la montagne qui s'élevait entre eux et le gouffre.

– Ce n'est pas du tout certain, fit remarquer Vigdís. Qui l'aurait démoli ? Les vieux ?

– Si ce pont est dangereux, ça ne serait pas un problème de l'enlever. Il suffirait de détacher un petit cordage ou d'en couper trois…

– Trois cordages pourris, justement ! Je n'ai pas l'intention de jouer le rôle de la femme ici, mais c'est stupide. Les planches sont vermoulues et de mauvaise qualité ! Regarde la brume qui monte de la rivière.

– La route qui va au barrage est là-bas, de l'autre côté, je suppose. Nous allons mettre le cap sur ces hangars et les longer.

– On pourrait découvrir quelque chose là-bas, dit Egill, qui tirait les cordages et s'apprêtait à traverser le pont. – Ou alors *il faisait mine* de vouloir traverser et espérait secrètement que Vigdís l'en empêcherait.

– Découvrir quoi? Un avion oublié? s'écria Vigdís en s'adressant à Hrafn. C'est des conneries. Il faut qu'on songe à rentrer au lieu de faire joujou.

– Quel est le problème ? cria Hrafn en retour. Il se sentait submergé par un étrange sentiment de haine comme s'il était soudain capable de lui tordre le cou et que cétait ce qu'il *voulait*. Pourquoi essayes-tu de dominer tout ça ? Ça ne change absolument rien à notre marche. Si nous ne trouvons rien d'utile, nous aurons au moins fait quelque chose d'amusant ! Peut-être qu'il y a un téléphone là-bas, ajouta-t-il, et il sourit pour tenter de lui taper sur les nerfs.

– Et peut-être qu'on va crever, se résigna-t-elle en montant sur le pont. On va voir de quoi vous êtes capables.

Elle saisit les cordages de chaque côté et s'engagea à toute vitesse sur le pont, son pied glissa au bout de quelques mètres mais elle traversa sans incident, se retourna et fit signe de la main.

– Mon Dieu! s'écria Egill qui jeta un regard horrifié à Hrafn.

Ensuite, ils se mirent à rire.

12. Le village

Ils déposèrent leurs sacs à dos auprès d'une grande remise à la lisière du village. Vigdís s'éclipsa en longeant le gouffre, *La Flore d'Islande* à la main, et, sans plus d'explications, elle annonça qu'elle ne voulait pas aller au village. Hrafn vit qu'elle avait peur, suite peut-être à son sprint pour traverser le pont. En effet, il ne l'avait jamais vue s'échapper de cette façon, il ne lui avait jamais vu cette intrépidité et, à la réflexion, cela lui parut d'autant plus étonnant.

Le vent continuait à forcir et faisait tourbillonner le sable çà et là, mais la visibilité était encore assez bonne pour voir leur chemin.

La remise se trouvait à quelques dizaines de mètres du pont ; elle était plus haute et plus longue que les granges du village et faisait penser à un hangar pour avions. Sur le flanc ouest où s'étendait à perte de vue un terrain plat continu, il y avait une énorme porte et une autre plus petite, encastrée.

– L'entrée, messieurs, marmonna bizarrement Egill. On avait accroché une chaîne et un verrou à la grande porte et aussi à la petite. La remise était en grande partie rouillée et les chaînes ainsi que les verrous n'avaient rien de neuf. Comme les chaînes passaient dans les trous des portes, Hrafn jeta un coup d'œil à l'intérieur de la remise et ne vit que du noir. Une odeur fade, analogue à celle de l'humidité ou de la terre, émanait des trous, indiquant la présence de gasoil.

– Est-ce que ça n'a pas servi pour des machines, des pelleteuses et des tracteurs ? interrogea-t-il. La remise a dû être vidée quand le village a été abandonné.

– Elle est quand même fermée, constata Egill. Ils n'auraient pas fermé ce truc-là aussi soigneusement s'il n'y avait rien dedans.

Hrafn se mit en route en passant devant la montagne qui s'élevait à côté du gouffre et s'immobilisa à la lisière du village.

C'était comme un arrêt sur image, une miniature sous un abat-jour de verre qu'on n'aurait pas secoué depuis longtemps.

Il y avait en tout trente ou quarante hangars construits en contreplaqué probablement destinés à servir de dortoirs aux ouvriers. Ils se trouvaient en deux demi-cercles autour du grand bâtiment au milieu de ce que Hrafn, dans sa tête, avait tout de suite qualifié de village, bien que ce terme soit un peu inadéquat car celui de baraques ou d'habitation aurait mieux convenu à un tas de hangars à machines édifiés dans un but spécifique. Les hangars semblaient tous pareils et de mêmes dimensions, mais parfois, on en avait réuni deux ou trois pour former soit un L, soit un U.

– Mais que c'est beau ça, mon vieux ! s'exclama Egill.

– Charmant petit village, renchérit Hrafn en soupirant. En rien différent des autres villages ouvriers islandais ! Il ne manque plus que la boutique de vidéos.

Incontestablement, il préférait appeler ça un village ; l'endroit était trop moche pour qu'on ne lui donne pas de nom, car un nom était un peu le reflet des impressions qu'on ressentait.

– Il y a combien de temps que personne n'habite plus ici ? questionna Egill en tirant son appareil photo de son sac et en montrant le village.

– T'es sûr que personne n'y habite plus ?

À l'orée du village, on voyait une route de gravier qui y menait depuis le sud-ouest, décrivait une boucle au nord en passant devant la remise et continuait en ligne droite jusqu'au grand bâtiment du centre. Sur sa longueur, il y avait cinq fenêtres avec une porte à l'autre bout ; à en juger par les marques qu'il y avait sur le mur, celui-ci devait avoir été bleu, mais le sable et le vent avaient enlevé presque toute la peinture.

Ils firent le tour de la remise et la contemplèrent. Hrafn se plaqua contre une fenêtre et essaya de regarder à l'intérieur, mais tous les rideaux avaient été tirés.

– Pourquoi est-ce qu'on a tiré les rideaux ? fit Egill.

Hrafn ne répondit pas et saisit la poignée, mais la porte était fermée. Il se dirigea vers la remise suivante, mais la porte était fermée aussi. Puis ils avancèrent dans le village.

Le bâtiment central était de plain-pied, tout comme les hangars, mais beaucoup plus grand. Toutes les fenêtres étaient également plus grandes et n'étaient pas faites pour recevoir des rideaux. Le bâtiment paraissait posséder plusieurs entrées, une sur chaque côté. Hrafn se dirigea vers la première porte venue. Elle n'était pas fermée et elle s'ouvrait sur une pièce claire ; un peu partout, on voyait des tables et des chaises, et au fond il y avait une commode.

– Un réfectoire, dit-il en entrant.

La salle était plus petite qu'il ne l'avait cru de l'extérieur. Ils passèrent entre les tables pour atteindre la commode et jetèrent un coup d'œil à la cuisine, laquelle était vide à l'exception d'un énorme réfrigérateur avec congélateur qu'on avait abandonné. Dans l'évier, ils découvrirent une assiette d'un vert éclatant et une chope à bière d'un demi-litre avec des marques noires séchées à l'intérieur du verre. Le réfrigérateur était vide.

Ils ressortirent, tournèrent à l'angle de la maison et parvinrent à une porte qui donnait sur une autre salle aussi grande que le réfectoire. Tous les meubles avaient été enlevés, sauf un bureau et dans un coin végétait un secrétaire gris et défraîchi qui laissait penser que le bâtiment avait jadis abrité des bureaux.

Les fenêtres de l'un des murs donnaient sur un coin de jardin carré ou des bacs à sable ; çà et là à travers le sandur, il y avait des bancs et deux bacs en argile – peut-être pour les mégots. De l'extérieur, le bâtiment avait l'air d'être d'un seul tenant, mais en réalité il se composait de quatre préfabriqués en carré qui se chevauchaient et s'ouvraient au milieu.

Hrafn déambula dans la salle, remarqua des taches marron sur un mur avoisinant une porte entrouverte. À l'extérieur du chambranle, à l'emplacement du verrou, il y avait un dallage qui menait à une petite chambre, comme si quelqu'un avait donné des coups de pied pour ouvrir la porte. Avec précaution, il poussa celle-ci et regarda à l'intérieur. Dans la pénombre, on apercevait un autre bureau, un secrétaire et des étagères remplies de dossiers. Une clarté bleu foncé pénétrait par les rideaux. Une odeur âcre de moisi flottait dans la pièce.

Il entreprit de tirer les rideaux. La fenêtre était cassée et le parquet en dessous sombre et gondolé, mais on ne voyait pas de débris de verre. Le sol était jonché de feuilles et de dossiers tombés des étagères. Les tiroirs du bureau étaient ouverts et recouverts par une montagne de papiers pleins de listes de nombres et de signes, des calculs et des comptes auxquels il ne comprenait rien.

Il avait un peu l'impression que le désordre qui régnait dans la pièce n'était pas le fait du hasard ou causé par quelqu'un qui cherchait des objets de valeur. – Non, c'était plutôt un voyageur en détresse à la recherche d'un abri qui avait forcé la porte en quête de nourriture, de bougies pour s'éclairer et de feu pour se chauffer. Il s'était installé là, dans cette pièce fermée, pour avoir plus chaud. Alors, pourquoi aurait-il cassé une fenêtre ? Il n'y avait pas de débris de verre par terre sous la fenêtre qui auraient pu laisser supposer qu'elle était vermoulue à l'intérieur. *Quelqu'un a fait irruption dans la pièce, a claqué la porte derrière lui et a fermé, et quand il a entendu qu'on donnait des coups dans la porte, il s'est échappé par la fenêtre…*

Il fit un nouvel aller-retour en direction de la porte où se tenait Egill qui fumait. Le village semblait encore plus silencieux que le désert qui les entourait et dont on percevait au moins le murmure du sandur. Tous ces rideaux et les pièces sombres derrière l'énervaient.

– Est-ce que nous cherchons quelque chose de particulier ? demanda Egill.

– Pas que je sache. Tu cherches quelque chose, toi ?

Hrafn ressentait le désir de chuchoter, comme s'il craignait de réveiller quelqu'un.

– On dirait que nous cherchons à sortir du doute.

– Du doute ? De quoi parles-tu ?

– Plus exactement, on dirait que tu cherches quelque chose… et que moi je te suis…

– Que je cherche quelque chose ! fit Hrafn en s'esclaffant. Moi ? C'est plutôt moi qui ai l'impression que tu as quelque chose à faire ici, non ?

– Peut-être que c'est seulement dû au paysage… au sandur, se risqua à avancer Egill qui s'éclaircit la voix et cracha par terre.

Hrafn était fatigué de l'avoir dans les jambes toute la journée, tous les jours depuis le début du voyage, et il s'aperçut que c'était pareil pour Vigdís car Egill et elle s'étaient fait les yeux doux la veille.

Hrafn alla à la fenêtre de la pièce qu'il venait d'inspecter. En dessous, il y avait des débris de verre attestant que le carreau avait été cassé de l'intérieur – ce qui là encore pouvait signifier tout et n'importe quoi. Il en ramassa un et, en même temps, quelque chose d'autre attira son attention. Dans le sable, ses yeux tombèrent sur un squelette, tout petit et blanchi. Il se pencha et le poussa avec le pouce. Il était léger.

Egill s'accroupit à côté de lui et Hrafn lui montra le squelette. Tout près du premier ils en virent un autre, puis encore un autre tout près de là.

– Tu vois ça ? demanda Hrafn, et Egill fit "Hum".

Sur le sable, tout le long du mur, étaient étendus des dizaines ou des centaines de squelettes plus petits. Hrafn en souleva un qui était tellement léger qu'il n'en sentait pas le poids. Quand il le lâcha, on aurait dit qu'il planait.

– Ce sont des oiseaux, non ?

– Il me semble que oui. Même si je ne suis pas spécialiste en la matière.

– Évidemment que ce sont des oiseaux, les os sont tellement légers. Et creux à l'intérieur. Hrafn longea le mur, souleva un bec à la hauteur de son nez et suggéra que les oiseaux qui étaient passés par ici avaient heurté les fenêtres et en étaient morts. Le plus grand danger, c'est quand le soleil se couche, je pense, quand il se réverbère dans les fenêtres.

Ils firent tout le tour du bâtiment. En se plaçant sous un certain angle, comme les fenêtres donnaient à la fois sur l'intérieur et sur l'extérieur, on avait une vue plongeante sur le bâtiment, et c'est sous ces fenêtres que se trouvaient la plupart des squelettes. Le long du mur menant à la cantine, là où il y avait le moins d'oiseaux, il y avait aussi moins d'os, ce qui semblait corroborer la théorie de Hrafn.

Mais ce n'était pas aussi simple. À propos du *sandur blanc*, il se rappela une chose – qu'il avait remarquée auparavant et à laquelle il n'avait plus prêté attention.

Il retourna dans les bureaux, trouva une porte donnant sur le jardin et s'immobilisa dans l'embrasure. Le sable était couvert de squelettes si nombreux qu'en certains endroits ils semblaient être les uns sur les autres, plus ou moins loin des murs d'enclos.

Il pénétra dans le sable, passant avec précaution entre les squelettes ou marchant carrément dessus, et il les entendait alors craquer en se disloquant. Egill le rejoignit et ils parcoururent le jardin en silence. Certains os semblaient appartenir à des animaux plus grands que des oiseaux. Bien qu'aucun ne fût vraiment très long, ils semblaient à la fois trop gros et trop lourds pour des oiseaux.

– Regarde ça. Ce sont des cornes, non ? l'interrogea Egill en exhibant devant lui un tas d'os brisés en divers endroits. D'après leur disposition, on aurait dit des bois de cerf. À côté des cornes, on trouvait des os qui paraissaient être des côtes et l'un d'entre eux semblait être une grosse cuisse cassée par le milieu et qui se terminait en boule comme celle qui s'emboîte dans le bassin d'un mammifère.

– Ils viennent peut-être d'un renne ? Comment peuvent-ils s'être cassés comme ça ?

Hrafn posa son regard sur l'un des bancs, s'y appuya et s'assit dessus. À côté, il y avait un autre bac, vide celui-là.

Il leva à nouveau les yeux et vit la cigarette entre ses doigts qui était brûlée jusqu'au filtre. Il la jeta dans le bac, sentit qu'il allait avoir un haut-le-cœur et ne comprenait pas ce qu'ils faisaient là.

– Je ne sais plus si on est dehors ou à l'intérieur… Quel genre d'endroit est-ce ? La vallée des éléphants ? D'où proviennent tous ces cadavres ? On dirait que les animaux sont venus mourir ici.

– C'est les vieux qui nourrissent les renards ? fit Egill, et Hrafn éclata de rire.

– Oui, ça fait beaucoup de renards. Dix mille !… Ils ont transporté la nourriture *dans la maison* pour arriver à apercevoir ces renards apprivoisés. Et c'est pourquoi il n'y a pas le moindre morceau de chair sur ces os et pourtant aucune trace de morsure – parce qu'ils ont utilisé des couverts.

– C'est une idée, approuva Egill, en soulevant son flacon pour boire une gorgée. Peut-être que c'étaient des proscrits qui se sont installés ici et se sont nourris de la chasse pendant des mois. Ça ne me ferait rien d'être condamné à la proscription pour me mettre au vert.

– On les appelait des hommes des bois, précisa Hrafn en regardant le ciel avec des nuages noirs qui filaient et qu'il n'avait pas remarqués auparavant. Le temps changeait. Ces hommes étaient mis au ban de la société et on pouvait tuer ces malheureux sans être inquiété.

Il se leva.

– C'est quand même mieux que d'être coupable d'un délit d'initié ou d'enfreindre les lois sur les sociétés par actions.

Hrafn se promenait dans le jardin en essayant de ne pas marcher sur des os dont il ne supportait plus le bruit ; il sentait son propre poids, sa rigidité et sa solidité – ce qui dans un certain sens faisait qu'il était un homme debout et qu'il se détendait ici ou là grâce à un système compliqué d'articulations, de muscles et de neurones. S'il se couchait là et restait allongé quelque temps, il mourrait, son enveloppe corporelle se disloquerait et se dissoudrait dans la terre. Cette mort lente ferait disparaître toute trace de son existence en ce monde, le réduirait à l'état de poussière qui s'éparpillerait dans les sables.

– Parmi les grains de sable, marmonna-t-il tout seul. Il vit Egill s'accroupir à côté de quelque chose au centre du jardin. Qu'est-ce que tu fais ? s'alarma-t-il en se dirigeant vers lui.

Egill jeta un rapide coup d'œil au-dessus de son épaule.

– Rien, fit-il en se redressant. Quand il se retourna, il remit l'autre main derrière son dos pour empocher quelque chose.

– Sûr. Qu'est-ce que tu fais ? répéta Hrafn en s'arrêtant tout près de lui.

– C'est du délire… de la connerie pure. Je pense qu'on devrait rentrer…

– Tu as trouvé quelque chose là ? s'enquit Hrafn en lorgnant vers l'endroit où Egill s'était affairé. Sur le sable, il y avait un tas d'os, pas vraiment haut, mais suffisamment pour que le vent en ait fait un monticule.

– Je ne sais pas ce que c'est, concéda Egill. C'était ça.

Hrafn examina les os qui avaient été empilés sur le sable comme pour faire une pyramide et, tout autour, il n'y avait rien. Ils étaient de la taille d'un doigt. À la base du tas il y avait une ouverture ressemblant à une petite porte comme pour confirmer que les os n'avaient pas été apportés là au hasard par le vent.

– Qu'y avait-il à l'intérieur ? interrogea Hrafn, sachant qu'il avait eu raison. Egill avait fourré quelque chose sur lui. Qu'est-ce que tu caches ?

Egill se dandina d'une jambe sur l'autre, regarda le monticule, puis Hrafn. Hrafn ne lui avait encore jamais vu ce visage sur lequel se lisait un mélange de peur, de perplexité et de quelque chose d'autre qu'il ne comprenait pas.

– Je ne cache rien. Pourquoi tu crois ça ?

– Tu mens ! Je t'ai vu mettre quelque chose dans ta poche. Montre-moi ça !

– Je ne faisais que regarder le tas…

– Arrête ton baratin, mec ! Je vois bien que tu mens. Tu crois me faire peur ? Tu as trouvé une ancienne hache viking ? Un masque mortuaire égyptien ? Qu'est-ce qu'il y avait là ?

Egill secoua la tête.

– Je pense qu'il vaut mieux laisser tomber.

Hrafn tendit le bras devant Egill et le garda sans bouger jusqu'à ce que celui-ci mette la main à sa poche arrière pour y chercher l'objet.

– Je ne sais pas, avoua-t-il. J'ai vu le tas et il y avait ça dedans… dans le trou.

Il exhiba la photo. Hrafn vit tout de suite qu'elle provenait de l'appareil que Vigdís avait hérité de sa mère – même taille et même papier. L'image était sombre et granuleuse, mais il était cependant évident qu'il s'agissait de Vigdís elle-même. Elle avait les yeux fermés, la moitié du visage dans l'ombre et l'autre moitié éclairée par une lumière mate. Sa bouche entrouverte laissait apparaître les dents et au centre de la photo on voyait ses seins, galbés et blancs avec des mamelons noirs. Elle reposait sur le dos et dormait, en tout cas elle donnait l'impression de dormir.

– Ah ça… fit Hrafn, sans savoir quoi dire.

Il retourna la photo et examina le verso à la recherche d'une explication.

– Je ne sais pas ce qu'elle faisait là, dit Egill. Quand a-t-elle été prise ?

– Prise qui ?

– La photo… C'est Vigdís sur la photo, non ?

– Évidemment que c'est Vigdís. Ça ne saute pas aux yeux ? Je n'ai encore jamais vu cette photo.

– Ce n'est pas toi qui l'as prise ?

– Évidemment que c'est pas moi qui l'ai prise, je ne connais pas cette photo. Je n'ai jamais pris de photo avec cet appareil, ni de Vigdís – encore moins pour la fourrer dans ce tas d'os ! Pourquoi est-ce que tu essayais de la cacher ?

– Je savais que tu réagirais comme ça et que tu te mettrais en colère. Je ne sais pas. Je voulais réfléchir, je pense… Je n'en sais pas plus que toi.

Hrafn se tut. Ses idées se bousculaient dans sa tête. – Les seins et les mamelons, rigides et se détachant nettement sur le blanc, Egill seul en train de déambuler nuitamment dans les sandurs, Egill qui rangeait des os en tas, la bouche entrouverte de Vigdís, son visage lisse et ses lèvres exhalant un long gémissement.

Egill tourna les talons et entra dans le bâtiment. Hrafn resta longtemps debout à contempler la photo et regarda par terre le sable, entre deux os plus petits qui pouvaient provenir d'un oiseau, mais aussi d'une souris, d'un rat, d'un renard ou de n'importe quoi.

Il fallait qu'ils quittent cet endroit.

ÇA N'A PAS D'ÂME

13. Le journalisme islandais

Après le départ des autres, Anna s'enferma dans sa chambre, se jeta sur le lit et feuilleta son agenda. Elle avait acheté trois cahiers de brouillon tout neufs pour le voyage et en était à la moitié du premier.

"La nature islandaise est singulière", avait-elle écrit pendant leur première journée dans les hautes terres, après qu'ils se furent échappés du triangle d'or. – Ce commentaire ne se suffisait évidemment pas à lui-même ; dans la même ligne, il fallait expliciter en quoi elle était singulière, mais très rapidement, après avoir pénétré dans le désert, elle n'en voyait plus l'intérêt ; les montagnes islandaises n'étaient pas particulièrement élevées et on s'habituait même assez vite aux glaciers. Elle ne devait s'en prendre qu'à elle-même, elle en était consciente. Cependant, elle avait du mal à voir comment elle pouvait se comporter, ce qui devait se produire pour qu'elle soit séduite par ces choses de peu d'importance et en saisisse l'esprit au vol.

"Être séduite, saisir l'esprit au vol. Des caprices ?" nota-t-elle au milieu de la page. "Le paysage est-il pareil que la nature ?" ajouta-t-elle.

Elle faisait pour elle-même le point des idées et des questions qu'elle se posait sur ce vieux couple et la maison. Elle débuta sa description des personnes par le vieux : "Il plisse les yeux comme les gens qui luttent toute leur vie contre les vents et les marées, et sa peau s'est tannée et épaissie sous l'effet de l'impitoyable soleil estival des hautes terres", et elle sentit qu'elle brûlait de tout savoir sur ces gens, de savoir pourquoi ils étaient là, et si leur histoire antérieure avait quelque chose de romanesque. Le mystère qui les auréolait constituerait un sujet rêvé pour un article, mais elle ignorait tout du contexte. Fallait-il pour cela un contexte particulier ? Ou alors, le néonationalisme n'avait-il pas mieux à faire que de loger des solitaires ? Pouvait-on au besoin relooker des gens qui habitent seuls ? Pouvaient-ils se considérer tout bonnement comme des habitants isolés alors qu'ils étaient ensemble ? Ou alors comme des concubins ? Collés l'un à l'autre comme des biscottes ? Étaient-ils seulement mariés ? Si oui, quand s'étaient-ils connus ? Comment était mort le renne que les renards avaient dévoré ?

Elle bâilla, fit claquer son agenda en le fermant, se retourna sur le dos et se mit à feuilleter l'histoire de Fjalla-Eyvindur et de Halla sans réussir à s'y intéresser. Quand elle revint dans la cuisine, elle sentit l'odeur qui y régnait et s'étonna de ne pas s'en être aperçue plus tôt ; c'était une odeur de pardessus, de vieux souliers, de nourriture grasse, de moisissure, et de quelque chose de plus qui rappelait l'odeur du fer ou du cuivre ; moins forte que les autres, mais insistante cependant – comme l'odeur du sang.

Le premier souvenir d'Anna, c'est le soleil qui regarde par-dessus les montagnes d'Ísafjördur à la fin de l'hiver. Elle prend peur et s'écrie : "Le mauvais œil !", ce qui devint un objet de plaisanterie chez sa mère. Ensuite, elle se rappelle ses parents qui hurlaient dans la cuisine. Étendue derrière le canapé du salon, observant à la dérobée, elle voit sa mère recevoir une gifle administrée sans aucun doute par son père – vu qu'il n'y avait personne d'autre. Mais dans ses souvenirs elle ne voit pas la scène, elle n'entend que le bruit. Après, sous la couette, c'est alors que survient la douleur ; le monde tourne doucement autour de la petite Anna et elle entend dans sa tête les pleurs de sa mère qui la rendent si infiniment craintive et triste. Depuis, quand la lumière tombait d'une certaine façon sur sa mère, Anna avait toujours l'impression que la marque de la paume luisait sur sa joue et elle ne comprit pourquoi que lorsqu'elle eut vingt ans et s'immobilisa à un carrefour à Londres : il y avait une main rouge sur le feu tricolore et l'incident de la cuisine resurgit pour la première fois.

Son père était un nouveau venu dans la région, il avait travaillé pendant quelques années comme enseignant au lycée, mais lors de son divorce il avait déménagé et on ne l'avait plus revu. Plus tard, la mère d'Anna avait parfois fait une allusion ironique à l'intellectuel. Mère et fille emménagèrent au sous-sol de la maison des grands-parents, elles mangeaient chez eux matin et soir et, parfois, ils allaient tous se promener en voiture jusqu'à Flateyri ou Bolungarvík. De temps à autre, sa mère et son grand-père buvaient du brennivín, toujours à l'étage, et à travers le plafond, elle les entendait se chamailler.

Elle se souvient de son grand-père, un homme roux, grand, qui se tenait dans sa chambre, se penchait sur elle et l'embrassait. Un jour où sa mère avait passé toute la journée à pleurnicher dans le salon, il lui avait offert une rose. Un peu plus tard, ils quittèrent Ísafjördur ; sa mère était venue la chercher à l'école, elle avait chargé leurs affaires dans le coffre de la voiture et pleuré pendant presque tout le trajet jusqu'à Saudarkrókur, où elles passèrent la nuit chez une amie. Anna fit ses débuts dans une nouvelle école, ne revit plus jamais sa grand-mère ni son grand-père, et sa mère déchira toutes leurs photos.

Ensuite, elle prépare des sandwichs au fromage dans leur nouvel appartement, écoute les Pixies et écrit une lettre à Ye Mimi, sa correspondante de Taïwan qui avait fait paraître une annonce dans *Æskan*, "La Jeunesse", une revue pour enfants. Elles voulaient toutes les deux s'entraîner en anglais et connaître les civilisations étrangères. Elles avaient demandé à leurs mères respectives si elles pouvaient se rendre visite et leur avaient assuré que tout irait bien, mais leur projet fut refusé. À cette époque-là, la mère d'Anna rencontra un homme porté sur des bouteilles plus raffinées que celles que buvaient son père et son grand-père – et que bien d'autres encore –, et elle savait qu'il ne faudrait pas attendre bien longtemps avant que sa mère se retrouve en pleurs sur le sol. Ou bien ce serait elle-même qui se retrouverait par terre. Dans le nom de sa correspondante, Ye voulait dire feuillage, et Mimi à la recherche de quelque chose.

Quand elle s'est souvenue de tout ça, elle n'avait pas d'amis pour la soutenir. Au cours de ces années, elle changea souvent d'école et suivit sa mère d'une ville à l'autre. Celle-ci faisait de son mieux, mais parfois elles n'avaient rien à manger – pour autant qu'Anna se souvienne. Elle se liait facilement et elle apprit vite que lorsqu'elle était nouvelle dans une classe il valait mieux ne pas se montrer trop gentille ou trop drôle afin que les autres filles ne deviennent pas jalouses ; il valait mieux ne pas en dire trop ni trop peu, ne pas être trop maligne ni trop stupide – ne pas être trop. Et attendre une occasion. Elle trouvait bien de consigner sa vie dans un journal de bord, de le modifier à son gré et de se faire une idée personnelle des autres – ceux qui apparaissaient dans sa vie ou celle de sa mère et en disparaissaient aussitôt.

Elle éprouvait beaucoup de plaisir à rédiger et semblait avoir davantage de facilité que d'autres, mais elle garda ça pour elle jusqu'au lycée où elle se mit à écrire dans le journal de l'école des nouvelles et quelques poèmes.

Adolescente, elle habita à Reykjavík et s'y fit sa première véritable amie, Heida. Elles se voyaient tous les jours, peu importait l'endroit de la ville qu'elles habitaient. Heida avait aussi déménagé souvent et fait le tour du pays avec ses parents, qui étaient enseignants itinérants, des sortes de hippies. Elles aimaient toutes les deux lire et pouvaient rester longtemps à lire ensemble en silence, puis elles commencèrent à fumer et à traîner au Mokka ou au Hressó[1], et quand elles en eurent l'âge, elles emménagèrent ensemble dans un appartement au sous-sol de la rue Ránargata. À ce moment-là, la mère d'Anna déménageait à Akureyri avec un homme qu'elle disait très différent de tous ceux qu'elle avait connus auparavant, mais Anna n'était pas d'accord. Elle n'avait jamais tout à fait compris pourquoi sa mère était comme ça et, autant qu'elle s'en souvienne, elle s'était doutée qu'il y avait un lézard ; sa mère se faisait du souci pour tout ou presque, elle riait très fort quand elle était invitée et pleurait beaucoup quand elle regardait des films au cinéma, même ceux qui n'étaient pas particulièrement tragiques, elle parlait à toute vitesse et abondamment de tout ce qui se passait ou de tout ce qu'elle pensait ou bien elle restait allongée dans sa chambre lumière éteinte. – Plus vite que prévu, cela finissait par taper sur les nerfs des hommes qui étaient avec elle, c'est ce qui semblait à Anna. La plupart d'entre eux avaient essayé de la faire changer ou de mettre un peu d'ordre dans sa vie,

1. Deux célèbres cafés.

mais quand ils s'apercevaient que ça ne marchait pas, ils se disputaient avec elle, la frappaient ou bien ils se sauvaient à grand bruit en la traitant de salope ou de traînée. Ça la fichait mal. Un jour, elle avait demandé à sa mère pourquoi elle était aussi versatile et celle-ci lui avait dit qu'elle n'y pouvait rien : "Ne te fais pas de souci, avait-elle répondu. Tu seras bien meilleure que moi, mon cœur." Parfois, elle menaçait de se tuer et invectivait les hommes, leur jetait des objets à la figure et cassait des meubles. Une fois, elle disparut quelques jours et Anna se réfugia chez son oncle maternel et la femme de celuici, qui était rangée et gentille.

Sa mère lui avait toujours voulu du bien, mais Anna trouvait désagréable d'être auprès d'elle, vu que tout gravitait autour d'elle, de sa santé, et bien qu'elle s'excusât parfois d'être ainsi, cela ne servait pas à grand-chose. Pendant son adolescence, Anna avait ressenti le désir très fort de la sauver, exactement comme les hommes qui arrivaient et repartaient, mais elle savait qu'elle ne le pourrait pas.

La cohabitation avec Heida fut l'époque la plus intéressante de sa vie. Elles avaient beaucoup d'amis et, pendant de longues périodes, elles ne firent que s'amuser, mais elles aimaient aussi se retirer et faire une pause quand il leur fallait étudier ou se réveiller pour aller au travail. Anna entra au lycée à Reykjavík, en cursus linguistique, mais parallèlement à l'école, pendant l'été, elle travaillait comme caissière au magasin Hagkaup, place Eidistorg. Elle écrivait quand elle avait le temps et faisait également des excursions en montagne avec son amie et pratiquait le jogging. Elle a débuté comme chanteuse dans un orchestre, a remporté le concours de nouvelles du journal de son lycée et, pendant sa terminale, elle a participé en compagnie de Heida à l'émission radiophonique hebdomadaire de la station Rás 2. Pendant toute cette période, Anna se sentait regorger d'énergie, dans un mystérieux *état de tension* qui semblait constamment chercher de nouveaux moyens de s'extérioriser et si elle ne l'utilisait pas, c'était comme si un ouragan s'abattait sur elle pour la plonger dans un profond et vertigineux désespoir – assez semblable à la certitude que sa mère ne pourrait être sauvée.

L'été où elle passa son bac au lycée de Reykjavík, elle trouva un travail d'intérimaire dans un quotidien pour lequel elle écrivait des entrefilets et de brèves interviews à partir de coups de fil passés à tel ou tel animateur et qui traitaient de ce que la personne en question avait en poche ou pensait de ceci ou de cela. Après un cocktail sur le lieu de travail qui avait dégénéré en orgie, elle entreprit de rencontrer le rédacteur en chef et de coucher avec lui au bureau après le travail ou dans des hôtels de divers endroits de la ville. Le rédacteur était marié, père de trois enfants, il vivait dans le quartier des Hlídar, c'était un farouche partisan du Parti de l'Indépendance, on le voyait souvent aux informations et dans les débats télévisés. Anna n'était pas fascinée, mais trouvait génial le sexe avec lui. Il lui donnait la fessée avec sa ceinture, lui mettait des pinces à linge sur les seins, la prenait de temps à autre par le cou et la sodomisait, ce qui pour elle était une première. Parfois, il lui donnait des consignes, de brèves missives au sujet de ce qu'elle devait faire la prochaine fois qu'ils se verraient et sur sa façon de s'habiller, et pendant un certain temps cela constitua une excellente détente.

Par l'entremise du rédacteur en chef, elle décrocha une mission pour une revue glamour et y fut ensuite engagée à plein temps. Elle arrêta ses études littéraires, qui n'avaient jamais été qu'un pis-aller – s'inscrire en islandais lui avait semblé une voie de garage, même si elle était bonne en rédaction –, pour commencer à faire des interviews dans cette revue. Ça s'était révélé plus fructueux, mais pas autant qu'elle l'avait espéré ; pas autant, parce que pendant les interviews de femmes célèbres de la société islandaise, elle devait traduire des publicités cryptées pour des cosmétiques dont les promoteurs finançaient la revue pour se faire de la publicité.

C'était la réalité et, en fin de compte, elle allait toujours mieux quand elle avait les pieds sur terre ou, au moins, quand elle se savait en prise directe avec le réel. Après avoir mis fin à sa liaison avec le rédacteur, elle s'était bien fait une quinzaine d'hommes en un été, dans le centre-ville de Reykjavík – ses relations allaient d'une nuit, d'une heure même, jusqu'à plusieurs jours. Elle essaya de se mettre avec une fille, mais par simple curiosité, sans plus. À la fin de l'été, elle se rendit à un rendez-vous avec un richard de Gardabær qui avait au moins dix ans de plus qu'elle. Elle resta plusieurs mois avec lui. Il voulait se faire attacher et humilier, qu'elle s'assoie sur son visage et l'étouffe. Une fois, elle lui pissa dessus et le regarda avaler ça goulûment. Elle était super au lit, prenant plaisir autant à donner qu'à prendre, à dominer qu'à se soumettre, et elle découvrit que la tension qui avait mijoté en elle depuis son adolescence n'était rien d'autre que sa libido. Depuis ses douze ans, elle s'était régulièrement masturbée, en fait de plus en plus fréquemment au fur et à mesure de son développement ; elle n'avait encore jamais connu d'homme qui soit autant qu'elle intéressé par l'acte sexuel et qui trouve cela bien de toutes les façons possibles. Elle écrivit des articles sur la sexualité dans les journaux pour lesquels elle travaillait, interviewa des femmes sur leur comportement sexuel et, après avoir parlé de la masturbation, elle termina avec quatre femmes du monde des affaires, de l'art et des médias sur la thérapie de groupe, dans le sauna du studio de massage où elle fit ça plus souvent qu'elle ne pouvait se souvenir à présent.

En général, elle le cachait aux hommes avec qui elle était ; s'ils avaient su l'intensité du désir qui la possédait depuis des années, ils seraient partis en courant, elle en était certaine. Le mythe de la frigidité des femmes n'avait en fait jamais été que la peur de cette faim insatiable et omniprésente qui habite leur sexe, qui pouvait dévorer n'importe quelle queue et même des régiments entiers, les recracher, flasques et détraquées, et cette peur était au fond à la fois plus impersonnelle et *plus virile* que leur propre faim à eux, les hommes. Elle tombait facilement amoureuse et semblait avoir une grande propension à alterner les hommes ; elle voulait se faire désirer et était aussi possédée du désir impétueux de plaire à son entourage, surtout à la gent masculine. Elle n'avait pas une idée précise de sa valeur et était satisfaite quand elle sortait une minicassette, s'armait d'un stylo et dirigeait des entretiens. Et lorsque ensuite elle voyait son nom imprimé, elle sentait que, d'une certaine façon, elle était quelqu'un de limité.

La renommée d'Anna ne cessa de grandir et elle obtint un poste dans une revue plus populaire qui, en outre, était plus ambitieuse. Elle n'était pas vraiment la cible des critiques – mais elle était au contraire respectée dans les conversations de café du commerce où elle était l'objet de discussions conventionnelles et de fantasmes. Tout cela était propre au journalisme islandais de l'époque, mais cette clientèle-là était plus difficile que le troupeau des quartiers périphériques. Elle déménagea dans un appartement rue Bergastadastræti, pas trop grand, mais avec vue sur le Tjörn. Elle commença à recevoir des invitations à des vernissages et à des premières, fréquenta les cocktails avec ses amis qui travaillaient dans la banque, coucha avec le premier homme politique, le premier trader, goûta à la cocaïne, écrivit dans *Tíkin*, "La Chienne", la revue des féministes de droite, interviewa Björgólfur Thor[1] à Cannes, voyagea avec Ólafur Ólafsson dans un jet privé d'Oslo à Londres, donna une conférence sur la presse islandaise à l'université Bifröst, affirma que les Verts de gauche étaient des Verts à l'extérieur et des nains de jardin à l'intérieur, obtint un poste de conseillère pour la recapitalisation, les corbeilles de devises, le marché de l'immobilier, bien qu'elle n'y entende rien.

Tout allait donc pour le mieux, mais chaque début de mois sa mère l'appelait après avoir vu son nom dans le journal – elle pleurait et se plaignait pour n'importe quel motif, mais en général pour se plaindre que sa fille ne l'aimait plus et ne venait jamais la voir. Cette femme travaillait comme caissière dans un supermarché à Akureyri et ignorait tout ce qui se passait dans le monde, à la campagne, à Akureyri et ailleurs. Anna ne se laissa pas arrêter. Elle enchaîna les missions en Scandinavie, ce qui lui était facile grâce à l'ouverture croissante de la nation vers les autres pays, et c'est ainsi qu'elle parvint à s'établir un certain temps à Berlin, puis à Paris, où elle fit la connaissance de Gísli Marteinn[2] lors d'une invitation de l'ambassade et elle habita un certain temps chez lui, à Édimbourg.

Après leur rupture, elle retourna au pays et eut le sentiment que quelque chose avait changé. Elle approchait de la trentaine, n'avait toujours pas d'enfants et s'était élevée seule dans son

1. Homme d'affaires islandais très en vue.

2. Membre important du Parti de l'Indépendance.

travail; elle n'avait reçu aucune aide dans sa vie et effectuait un travail relativement rémunérateur sans être trop difficile ou chronophage. Mais son rythme de vie allait se modifier, tout devenait plus lent, de moins en moins de choses la prenaient au dépourvu ou lui causait surprise ou crainte. Même sa libido semblait s'être stabilisée et avoir revêtu une certaine *douceur* qui n'existait pas auparavant. Elle supputait ses chances d'occuper le fauteuil de rédactrice en chef du journal, mais elle était probablement trop empressée, se démenait trop ou trop tôt et se faisait tancer par celle qui occupait le poste convoité, une femme qui, sur invitation d'une société d'investissement, avait exercé dans un sanatorium en Suisse.

Ses premières réflexions au sujet de ses *erreurs* se manifestèrent pour lui signifier qu'en fait elle était à découvert; car comment avait-elle pu mettre tous ses œufs dans le même panier, pourquoi s'était-elle permis d'être aussi naïve et immature, pourquoi ne s'était-elle pas efforcée de se cultiver davantage et de mettre le paquet? Elle était journaliste, et si elle ne l'était pas – et perdait ainsi la confiance des gens qui l'entouraient –, elle n'était plus *rien*. Elle redoutait qu'on la prenne pour une quémandeuse, qu'on puisse lire dans son cœur qu'elle avait bien peu appris et qu'elle commençait à perdre confiance en elle; désormais, les gens semblaient se diriger à l'odeur.

Et ce qui l'affligeait le plus, c'est qu'un jour elle avait découvert que pendant près de dix ans elle n'avait pas écrit une seule ligne pour elle-même, pas une seule poésie, pas une seule nouvelle, pas un seul vers, et qu'elle avait cessé de consigner sa vie dans son journal intime, à part quelques remarques en passant à propos du temps et de sa santé, et c'est alors qu'elle décida de tout arrêter. Pendant près de dix ans, sa vie n'avait connu aucune création, sauf celle qui consistait à mesurer les ventes des revues, et entre autres choses la longueur des articles et des interviews. La seule chose qui ne trompe pas: ce slogan avait été déployé devant la voiture de gens friqués pour élever le niveau des propos du Parti de l'Indépendance vis-à-vis des femmes d'âge moyen ou pour rendre Finnur Ingólfsson[1] inté-

1. Homme politique du Parti du Progrès (centre gauche) et ancien ministre.

ressant, Hannes Smárason[1] viril, Kristín Ólasfdóttir[2] créative et faire de Geir Haarde[3] un humoriste. Elle n'avait même plus la politique pour se justifier.

Elle rompit avec l'homme qu'elle avait aimé et mit plus longtemps que d'habitude à en trouver un nouveau ; elle commença à se tirer les cheveux et à en jouir, à se pincer les mamelons et les petites lèvres jusqu'à pleurer de douleur, elle se précipita une nuit dans la cuisine, prit un couteau et se taillada le coude, le genou, le mollet. Elle fut envahie par un indicible et profond sentiment de culpabilité et ne put trouver le sommeil que le lendemain matin vers midi. Elle se saisit du téléphone pour appeler au secours, mais elle s'arrêta.

C'est à ce moment-là que son grand-père la contacta. Il appela vers minuit et il était soûl. Il déclara qu'il venait de rentrer de la pêche en mer, qu'il n'en avait plus pour longtemps et qu'il voulait la voir. Elle vit devant elle une scène à la Gylfi Ægisson[4] et, ne voulant pas se compliquer la vie inutilement, elle lui dit de ne pas s'inquiéter (c'est exactement ce qu'il avait toujours fait) et elle ajouta qu'il pouvait aller se faire voir. Puis elle raccrocha tout en commençant à pleurer très fort sans pouvoir s'arrêter, elle fit une tentative pour se gifler à l'aide d'une pelle à gâteau, mais ne réussit pas à s'étourdir ; elle se fixa des pinces à linge sur le visage jusqu'à ce qu'elle ait la sensation de s'être mise à l'abri, accroupie sous un mur de couleur rouge. Le lendemain, Heida, qui revenait de Suède, la conduisit à la clinique psychiatrique du Landspítali où on la mit au repos pour quelques jours.

Anna soupçonnait vaguement qu'elle était là à la place de sa mère, mais ça n'avait aucune importance. Elle avait toujours su s'adapter et trouva rapidement ses marques. En moins d'une semaine, on la renvoyait chez elle avec une ordonnance pour des comprimés et depuis elle voyait toutes les semaines un psychologue. Elle cessa d'autoriser sa mère à pleurer au

1. Homme d'affaires.
2. Première femme médecin islandaise (1917).
3. Premier ministre de 2006 à 2009.
4. Chanteur connu.

téléphone et vit qu'elle aimait souffrir ainsi, certes, dans des limites acceptables, et que, pour elle, cela revenait à mener une vie authentique car sa petite personne devenait alors digne d'intérêt.

À la fin, elle semblait avoir récupéré son équilibre. Elle continua à travailler à la revue, mais bientôt on s'aperçut qu'elle avait été malade et placée en établissement psychiatrique, et bien qu'elle fût devenue intéressante, cela la priva à l'avenir du fauteuil de rédacteur en chef. Elle fit davantage d'interviews, écrivit davantage d'articles d'opinion sur divers sujets et se contenta d'avoir assez vite atteint les limites de ses compétences ; elle avait rapidement gravi les échelons mais, tout compte fait, elle n'était pas arrivée bien haut. C'était les gens de son entourage, les beaux parleurs, qui réalisaient les exploits ; quant à elle, elle n'était qu'une enregistreuse, une excellente improvisatrice, mais dans son cœur elle savait qu'elle ne serait jamais assez lèche-botte ou assez stupide pour monter plus haut. Elle n'était qu'une simple journaliste, une simple mortelle, et il ne faisait aucun doute que, dans les grandes lignes, sa vie ne changerait en rien à cause de ça.

14.

À part les fracas et les hurlements du vent qui s'amplifiaient, la maison était silencieuse. Dehors, à l'horizon, s'élevait du sandur un brouillard noirâtre qui tantôt s'approchait et tantôt s'éloignait de la maison.

Anna tentait de regarder les dépendances et ne voyait ni la bonne femme ni le bonhomme. À moins qu'elle ne s'abuse, elle était seule dans la maison. Elle sentit monter en elle une irrépressible *manie de fouiner* qui la prenait parfois comme sa libido qui ne s'était plus manifestée depuis un certain temps.

Elle pensa à ses amis là-bas, dans le brouillard, et décida de ne pas s'en faire. Elle avait confiance en Vigdís et Hrafn; ils se débrouilleraient bien et, dehors, il faisait chaud.

Elle s'avança dans le couloir. Outre la chambre de Hrafn et Vigdís, il y avait la salle de bains, mais elle n'avait pas d'eau chaude et ils devaient se doucher avec un seau. De l'autre côté de la trémie de l'escalier, en bas, se trouvait une porte qui fermait le couloir; la partie du couloir où ils étaient hébergés représentait à peine le tiers de la longueur de la maison. Donc, il devait y avoir beaucoup de choses derrière cette porte.

Elle se faufila en passant devant la trémie et s'arrêta devant la porte. Le couloir était dans l'obscurité, mais par le trou de la serrure apparaissait une lueur grisâtre. Elle mit ses yeux devant le trou et vit des étagères remplies de livres. Elle avait très envie de faire un sprint pour regagner son lit et s'enfouir sous la couette avec des petits cris, mais au lieu de ça elle tourna la poignée. C'était ça: la manie de fouiner.

La porte s'ouvrit avec un léger claquement. Une sorte de petit bureau s'offrit à ses regards. Les bibliothèques qui longeaient les murs étaient pleines de livres, du plancher au plafond; près de l'une des fenêtres était installé un grand bureau en chêne et derrière, au mur, étaient accrochées des gravures en noir et blanc. Il y avait deux bibliothèques au milieu du plancher, remplies de quotidiens, de revues et de dossiers. Sur un mur était disposé un âtre en briques roses.

Sa première pensée fut que le vieux couple avait de l'argent ou, à tout le moins, en avait eu suffisamment par le passé ; beaucoup de livres étaient reliés en cuir et paraissaient anciens et précieux ; les décorations du plancher et du plafond étaient sculptées et les doubles rideaux étaient en soie rouge.

En les examinant de plus près, elle vit que les murs et le plancher avaient travaillé par endroits, qu'il y avait un peu d'humidité sur les étagères qui s'insinuait entre les livres et, en outre, l'odeur de moisi indiquait que les livres pouvaient avoir été endommagés à cause de l'humidité. Si la maison avait été construite à l'époque où ces gens étaient riches, la situation avait visiblement changé, à moins que les propriétaires n'aient plus voulu s'en occuper. La pièce était plus haute de plafond qu'ailleurs dans la maison et des poutres pourries soutenaient un toit en tôle ondulée. Entre les deux bibliothèques était placé un seau rempli à ras bord d'eau qui avait goutté du plafond. Il n'y avait pas de sable sur le sol, ce qui devait signifier que quelqu'un faisait le ménage, mais la suie qui jonchait le devant de l'âtre attestait qu'on avait fait du feu récemment. Elle s'accroupit devant le feu, passa un doigt sur la suie, jeta un coup d'œil dans la cheminée, mais ne vit que du noir.

Elle s'avança jusqu'au bureau et promena son regard sur les tableaux accrochés derrière celui-ci. Au milieu du mur étaient fixés des cadres avec des diplômes. Pour quelqu'un qui finissait sa vie ici, cet homme avait beaucoup voyagé ; un diplôme de Princeton aux États-Unis mentionnait que Kjartan Adalsteinsson avait obtenu son doctorat en médecine avec les félicitations du jury ; une autre université, celle de Boston, lui reconnaissait d'excellents résultats à l'examen. En outre, il y avait un document du lycée de Reykjavík le félicitant d'avoir été reçu cacique dans la section de mathématiques, et tout en bas du mur il y avait une attestation un peu jaunie attestant de sa brillante performance à l'examen national[1].

1. Sorte de Brevet des Collèges.

Elle avait du mal à faire le lien avec cet homme souriant et légèrement dodelinant, et cela lui confirma son pressentiment, qu'il ne s'agissait nullement d'un paysan. Sur une photo, on le voyait, apparemment trentenaire, recevoir un document – peut-être encore un diplôme – des mains d'un homme dont Anna se souvenait qu'il avait été ministre en Islande. Sur une autre, Kjartan était à table avec Björgólfur Gudmundsson[1] et sa femme Thóra, celle qui était de la famille de Thor ; il tenait un gros cigare et riait tellement qu'on apercevait les dents du fond. Sur une photo qui pouvait avoir paru dans un quotidien, Kjartan posait : c'est ainsi qu'on le voyait se tenir derrière un pupitre, poing levé, peut-être en vainqueur d'une joute oratoire, et sur une autre il était debout sur un quai avec un paquebot à l'arrière-plan, il avait dans les vingt ans, portait un manteau noir et se trouvait indubitablement en partance pour aller étudier aux États-Unis.

L'attention d'Anna fut attirée par le fait que sur aucune des photos la femme était avec lui bien que, visiblement, sur beaucoup d'entre elles, il ait été en vacances – il était en short dans la forêt avec des jumelles autour du cou, s'esclaffant à côté d'un lama, sur des skis devant un chalet. Sur les autres photos, il était relativement jeune, probablement moins de quarante ans, ce qui voulait dire qu'aucune photo n'avait été prise de lui depuis trente ou quarante ans, du moins aucune qu'il ait eu envie d'accrocher au mur.

Elle s'en détourna, regarda autour d'elle et s'assit ensuite au bureau. Dans un cadre, il y avait la seule photo où apparaissaient des enfants. Un garçon et une fille d'environ dix ans se tenaient bien droits sur leurs chaises en face d'un homme et d'une femme qui avaient l'air d'être leurs parents. L'homme était debout derrière le garçon et avait une main posée sur son épaule et de l'autre il tenait une canne ; il avait l'air sévère, mais le visage de la femme était doux, même s'il ne se voyait presque plus à cause du brouillard. Elle portait une robe longue, ses cheveux bruns étaient tressés, et autour de son cou et de ses poignets scintillaient des bijoux.

---

1. Richissime homme d'affaires.

Le garçon était Kjartan jeune, et en même temps Anna découvrit que la fille à côté de lui était la même que celle sur la photo du bas. – Ce qui en faisait des frère et sœur, si elle ne se trompait pas, d'ailleurs ils avaient une ressemblance frappante : ils étaient tous deux beaux comme des dieux, blonds et d'une grande finesse ; des enfants bien élevés d'une famille bourgeoise, ainsi qu'on pouvait le deviner en considérant les vêtements des parents, la canne et les bijoux ; cela suscita de nouveau une interrogation en elle : que venait faire cet homme dans les sandurs ?

Dans le tiroir du bureau, elle trouva un tas de pages arrachées d'un cahier qui demeurait introuvable. La plupart étaient vierges, mais sur l'une d'elles il y avait une phrase illisible, écrite à la va-vite, qu'Anna avait du mal à déchiffrer ; on pouvait lire les mots "les hautes terres d'Islande", suivis d'une série de nombres. Les autres mots étaient "cave" et "code" et en dessous il y en avait d'autres qui désignaient l'"étable", le "réverbère", la "porte d'entrée". Les mots étaient les uns sous les autres et parfois il n'y en avait qu'un par ligne. On aurait dit une sorte de liste mnémotechnique, peut-être écrite par l'homme en question avant qu'il ne tombe malade. Elle relut les mots qui figuraient au bas de la page : "Ça n'a pas d'âme." – La phrase avait été soulignée de deux traits.

Sur d'autres pages, il y avait des informations météo écrite de la même main. Elle était tentée de les dérober, mais elle ne voyait pas à quoi cela aurait servi.

Qu'est-ce qui n'a pas d'âme ?

Elle referma le tiroir, se leva, entendit la maison craquer sous le mauvais temps qui empirait. Elle longea les étagères et lut le dos des livres. La plupart traitaient de science, de biologie, de géologie, de chimie et de physique, et de la spécialité de cet homme : la médecine. Beaucoup de ces livres étaient rédigés en anglais, mais il y en avait aussi en allemand. De nombreuses étagères portaient des numéros qui semblaient indiquer un classement thématique.

Sur l'une d'elles, on trouvait des livres islandais du Dr Helgi Pétursson, de Sigurdur Nordal, d'Alexander Jóhannesson, des traductions d'Homère et des romans d'Einar H. Kvaran et de

Gunnar Gunnarsson. Elle promena son regard sur les dos des livres et s'arrêta un moment sur une série en trois volumes intitulée *Les Personnalités islandaises du monde des affaires*. Elle sortit le premier, édité en 1955, et étudia l'index des noms à la recherche de Kjartan Adalsteinsson.

Il était dans le dernier tome. À en juger d'après ce livre, sa famille avait fait partie des privilégiés dans le pays depuis des générations ; c'étaient avant tout des propriétaires fonciers et des préfets, mais ensuite, la famille paraissait avoir changé d'orientation et être devenue une pépinière d'hommes politiques et de personnalités islandaises du monde des affaires, en général des exportateurs de poisson. Son grand-père paternel était un ministre dont Anna n'avait jamais entendu parler et son père possédait un magasin de vente en gros à Reykjavík et à Akureyri, on le disait audacieux en affaires, et on rappelait qu'il était lié à la famille de Thor – ce bon ami Richard Thor – et qu'il s'était enrichi grâce à des transactions monétaires. Kjartan avait une sœur non mentionnée dans le livre et sa mère et elle étaient toutes deux qualifiées de femmes au foyer.

Kjartan lui-même avait la réputation d'être un excellent étudiant ; très tôt, il avait montré de l'intérêt pour la science et son cursus était récapitulé dans les diplômes accrochés au mur, qui faisaient état de ses activités de recherche en médecine à l'hôpital universitaire de Boston où il avait commencé à développer ses idées sur l'énergie vitale, sorte de magnétisme inhérent à tout être vivant qui pouvait servir à contrôler leur croissance pour, entre autres, venir à bout de certains cancers. Après un départ précipité des États-Unis comme disait le livre, il s'installa en Islande. Dans le quartier portuaire de Grandi, à Reykjavík, il fit construire une station de recherche, mais le montage juridique sur l'exploitation aurait été défectueux, surtout en raison de ses liens personnels avec des hommes politiques ; des bruits ont couru qui prétendaient que l'entreprise abusait de son accès aux banques de données du Landspítali ainsi que des rapports médicaux de dizaines de milliers d'Islandais et faisait en outre des recherches sur des gens contrevenant à l'éthique scientifique. Plus tard, l'entreprise déposa son bilan, l'État islandais reprit les dettes et, en conséquence, Kjartan parut se trouver dans une situation encore plus grave ; on porta plainte contre lui devant le tribunal d'instance de Reykjavík pour outrage aux bonnes mœurs et le livre parlait de droit au respect de la vie privée, et disait en conclusion qu'il avait eu un fils qui n'était pas mentionné, pas plus que la mère d'ailleurs.

Ainsi, l'affaire était close. Anna examina des commentaires sur d'autres personnes, puis rangea le livre sur l'étagère. Ce qui avait le plus retenu son attention était le passage qui faisait état d'une atteinte à la bonne réputation et le fait que ni l'enfant de Kjartan ni la mère n'étaient mentionnés comme c'était le cas pour d'autres personnes. – Il se pouvait que ces deux choses soient en relation avec le fait que c'était un coureur de jupons et un salopard – qui aurait eu au moins un enfant illégitime – mais cela lui paraissait improbable. Une telle conduite était par trop courante pour tirer à conséquence.

Et pourquoi sa sœur n'était-elle pas non plus mentionnée ?

Anna était sur le point de quitter la pièce lorsqu'elle vit des mots qui lui étaient familiers sur l'étagère devant elle, les mêmes que ceux qui avaient été griffonnés sur la feuille du tiroir : *Les Hautes terres d'Islande*. C'était le titre de l'un des livres. Elle le saisit, essaya de le tirer à elle, mais en vain. En revanche, il se souleva par-derrière et on entendit un claquement derrière l'étagère ; puis la bibliothèque se mit à s'écarter du mur en grinçant légèrement.

15. L'homme aux antennes qui lui sortaient de la tête

Anna se recula, désemparée à l'idée de voir la bibliothèque se renverser, mais elle vit ensuite que celle-ci tournait sur ses gonds.

C'est de la magie, se dit-elle, et la bibliothèque s'arrêta. Après un bref instant, elle se risqua à jeter un coup d'œil par la porte qui apparaissait derrière, mais elle ne vit que l'obscurité. De l'air froid et une forte odeur de moisi lui parvinrent et le silence oppressant qui régnait semblait vouloir prendre fin à tout moment dans un épouvantable fracas.

Elle se dandina d'un pied sur l'autre devant la porte avant d'aller chercher une bougie sur le bureau, elle l'alluma et la dirigea vers l'obscurité. La flamme était constante et droite et Anna vit ce qui restait d'un lit, d'un petit bureau et d'une étagère. La chambre ne faisait que deux ou trois mètres de long et autant de large.

À peu de distance du seuil, elle remarqua un interrupteur sur le mur. Au-dessus était écrit lisiblement en lettres majuscules : REGARDE-MOI. Cet interrupteur n'avait rien d'extraordinaire en soi, mais que devait-elle *voir* ? L'habitant de la chambre ? Elle tendit la main pour voir si la lumière du plafond s'allumait, mais au dernier moment elle s'arrêta net. Il y avait quelque chose de bizarre.

Elle regarda autour d'elle jusqu'à ce qu'elle soit certaine que personne ne se cachait dans la pièce, s'avança doucement et s'immobilisa près du lit. Dessus était étendue une couverture marron qui sentait le moisi. Avec son envie de toucher à tout, elle tira un coin de la couverture mais cessa tout de suite ; il s'en échappa une odeur qui la prit à la gorge. On aurait dit l'odeur du poisson pourri ou celle du SDF à côté duquel elle s'était assise dans le métro de New York.

L'obscurité au-dessus du chevet du lit s'éclaircissait un peu. En y regardant de plus près, elle aperçut une fenêtre de la taille de celles du bureau ; le verre avait été recouvert d'une épaisse peinture noire comme du goudron qui masquait presque complètement la lumière du jour, sauf à un endroit où un trait avait été tracé, laissant un délicat rayon de soleil pénétrer dans la chambre.

Elle colla ses yeux contre la fente, vit le sandur en mouvement dans le sombre tourbillon de neige qui recouvrait la terre. En plein milieu de ce désordre, les dépendances se mirent à briller, ce qui lui fit repenser au vieux couple. Bien qu'ils fussent toujours invisibles, Anna eut peur d'être prise en flagrant délit. Elle chercha autour d'elle un objet à emporter, quelque chose qui puisse dévoiler les secrets de la maison des sandurs.

Non loin du bureau était accrochée une photo dans un cadre. Anna crut d'abord qu'elle représentait la vieille, puis eut des doutes. C'était une personne d'âge moyen, elle avait des cheveux bruns qui se dressaient à la verticale sur sa tête, un peu comme si elle était en train de plonger dans l'eau. Anna approcha la bougie et changea d'avis en voyant que ce n'était pas une photo, mais un dessin aux traits d'un réalisme quasi photographique d'un homme aux yeux exorbités avec quelque chose comme des bras ou des antennes qui lui sortaient de la tête.

Sur le bureau, qui était plus bas et plus petit que celui qui était devant, dans la pièce aux livres, il y avait un cierge qui avait brûlé jusqu'au bout dans un chandelier et une boîte en bois ouvragé. Une boîte insignifiante. Anna s'empressa de défaire son fermoir – avant de perdre courage –, l'ouvrit, enleva la soie noire et découvrit un révolver. Il n'était pas particulièrement grand, mais le canon était long et luisait à la lumière de la bougie. Anna tendit la main, toucha le canon et le caressa sur toute sa longueur. Après une brève hésitation, elle le prit, tourna le magasin et vit que dans quatre chambres sur six il y avait des balles.

Elle reposa le révolver sur la table et le contempla. Elle ne pouvait pas le laisser là, c'était une pièce à conviction, une preuve – non seulement de leur existence, mais aussi de quelque chose qui n'avait pas encore été dévoilé. Pourquoi manquait-il deux balles ? Avaient-ils tiré sur quelqu'un ? Elle avait un ami dans la police susceptible de l'aider dans ses recherches.

Elle renveloppa le révolver dans la soie, le fourra derrière sa ceinture de pantalon et referma la boîte du bureau.

En sortant, Anna se retourna sur le pas de la porte, scruta la pièce et regarda le mur où étaient inscrits les mots REGARDE-MOI. Elle avait dû oublier quelque chose. Elle passa la bougie à sa main gauche, tendit la droite et leva le bouton de l'interrupteur. Tout s'éclaira comme un écran, le courant s'échappa de l'interrupteur, remonta son bras et traversa son corps entièrement. Elle serra les dents, se sentit se raidir et en même temps s'engourdir. De très loin, elle entendit la bougie tomber sur le sol, écarquilla les yeux en fixant le milieu de la pièce et *vit*, secouée pendant quelques secondes ou des éternités contre le mur, et s'en éloigna d'un bond.

Elle fit quelques pas en appuyant ses paumes sur ses cuisses, se mit à genoux et finalement à quatre pattes. Tout tournait dans sa tête, son cœur battait la chamade et son pouls était irrégulier. Elle s'efforça de ne pas vomir, avala la salive qui affluait dans sa bouche et secoua ses mains pour les faire revenir à la vie. Le désespoir la submergea quand elle vit qu'elle était sur le point de mourir ou qu'elle était déjà morte et que quelque chose était allé de travers, puis l'engourdissement diminua, son pouls ralentit et elle leva les yeux du sol.

La porte était un cadre blanc sur le mur. En bas, quelqu'un venait de rentrer et marchait. Elle percevait tout dans la maison, chaque mouvement, chaque bruit. Elle était seule dans le noir avec cette chose qui apparaissait au milieu de la flamme, un être d'une froideur inintelligible et si grand qu'Anna se recroquevilla, misérable animal devant son maître, dont les traits étaient visiblement marqués par une sauvagerie, une absence totale de compréhension et de sympathie, et quasiment dépourvus d'humanité, humanité qu'elle avait cependant cru déceler quand il lui était apparu : comme *un homme à grosse et lourde tête, bouche ouverte avec des yeux hagards ; la peau affaissée et apparemment trop grande, comme si on l'en avait revêtu. De sa tête sortaient deux antennes noires grouillantes qui s'étiraient vers elle…*

Elle sortit de la pièce à quatre pattes, réussit à s'adosser à la bibliothèque jusqu'à ce qu'un claquement se fasse entendre.

Puis elle rampa hors du bureau en longeant le couloir, sentit le révolver lui entailler la cuisse, mais elle continua et parvint dans sa chambre où elle fut prise d'un haut-le-cœur et vomit sur le plancher. Finalement, elle se hissa sur le lit pour s'endormir aussitôt, comme si elle venait de s'éteindre.

16. Tu te croyais tiré d'affaire ?

– Une galerie qui passe sous la terre, comme je l'ai dit… lâcha Egill, mais il avait voulu exprimer tout à fait autre chose ; à propos des sandurs et du village. Ils étaient tous les trois là, assis, adossés à la remise de la lisière du village. Il sentait un virulent désir de partir loin du village, mais la tempête de sable forcissait. Depuis la remise, on voyait de leur côté briller les piliers du pont, ce qui signifiait que le manque de visibilité se limitait à quelques dizaines de mètres et allait diminuant. Dehors, sur la hauteur entre le village et le gouffre, Vigdís avait découvert une autre porte – une autre galerie souterraine, si sa théorie au sujet du barrage se révélait exacte. La porte était fermée de l'intérieur.

Hrafn avait les yeux fermés et Vigdís scrutait la carte. Apparemment, quelque chose la chiffonnait. Si seulement elle *avait su* quoi. Ils ne lui avaient rien dit de ce qu'ils avaient vu au village.

Il faisait encore tellement chaud qu'Egill suait sous sa chemise. Le niveau de l'eau avait monté dans le gouffre et les grondements devenaient plus bruyants et se mêlaient aux mugissements du vent. Il leva l'appareil photo, le dirigea vers le gouffre, mais ça ne lui faisait plus envie. Il se leva et déclara qu'il allait uriner. Aucun d'eux ne leva les yeux.

Il se rendit à l'angle, à la porte latérale de la remise, à un endroit qui n'était pas aussi bien abrité du vent mais suffisamment tout de même pour allumer son arme secrète qu'il venait de prendre dans sa poche de poitrine. Tout en urinant, il aspirait la fumée, la retenait et l'expirait en exhalant une traînée bleue rectiligne.

Il avait la très nette impression que tous les poils de son corps se hérissaient ; ancien blessé de guerre, il avait sans aucun doute entendu siffler la balle qui l'avait atteint à la tête ; elle lui avait causé une douleur au prosencéphale qui lui avait fait perdre le contrôle de lui-même et l'avait poussé à abattre tous ceux qui se trouvaient autour de lui. – Oui, à y repenser, une telle réaction paraissait logique face à *une crise de nerfs* comme celle-là.

Il se redressa, s'adossa au mur et fuma encore; il vit le tourbillon de neige se dissiper pour devenir un voile rougeâtre, les grains de sable voltiger et se chuchoter leurs secrets au sujet du soleil au milieu de la terre, il vit les radeaux se précipiter les uns sur les autres comme les bateaux à têtes de dragons sur lesquels naviguaient les proscrits de jadis. Quand il reviendrait, Hrafn lui jetterait un regard inquisiteur, reconnaîtrait les symptômes – et l'envierait; s'égarer et même s'enfoncer de plus en plus en soi-même, perdre le contrôle. C'était inévitable.

Après avoir obtenu son diplôme, Egill travailla dans un cabinet juridique de Thingholt jusqu'à ce qu'il ait acquis assez d'expérience pour se mettre à son compte. Avec deux de ses camarades d'université, il fonda sa propre étude, il installa ses meubles rue Sudurgata et ils commencèrent à accumuler les clients. À l'un des cocktails où ils étaient invités, Hrafn et lui se rencontrèrent; pendant toute la période précédente, ils avaient évité de se voir, mais Egill avait de plus en plus souvent entendu citer le nom de son ancien ami quand il en était encore à se faire des relations.

– Tu te croyais tiré d'affaire? dit Hrafn en lui tendant la main. Ils se saluèrent: il se trouvait que le frère de Hrafn, le juriste, invité à la réception, n'avait pas pu venir et avait envoyé Hrafn à sa place.

Ce dernier déclara ignorer qu'Egill était l'un des propriétaires de l'étude, mais celui-ci avait le sentiment qu'il simulait – aussi absurde que cela puisse paraître – et il ne comprenait pas pourquoi il aurait menti. Ils parlèrent de se revoir rapidement pour évoquer des souvenirs et en apprenant combien l'ascension de Hrafn avait été rapide, Egill brûlait de savoir le fin mot de l'histoire, mais il ne voulait surtout pas prendre l'initiative des questions.

Peu après, ils se revirent lors d'une réunion dont ils disaient avoir eu horreur sans avoir pu l'éviter – une séance entre hommes chez des amis communs. Dans la soirée, ils finirent par se retrouver tous soûls au Vegas, établissement de strip-tease situé rue Laugavegur, et Hrafn déclara que son amie l'avait flanqué dehors pour une semaine parce qu'il avait eu une aventure et que désormais il habitait à l'hôtel, n'avait aucune idée de ce qu'il ferait le lendemain et qu'il regrettait tout. Il présenta Egill à ses connaissances en disant que c'était son premier et meilleur ami ; plus tard dans la nuit, il déclara qu'il l'aimait et voulait lui pardonner ce qui s'était passé une seule fois là-bas entre eux. Egill ne se souvenait pas de ce qu'il avait répondu, mais de toute façon ils atterrirent chez lui et Anna, car à ce moment-là elle venait d'emménager chez lui, et Hrafn s'effondra sur le canapé.

Les mois suivants, ils se rencontrèrent toujours tous les deux, sans partenaire, en général le jeudi, et ils faisaient de longues promenades à Grótta en discutant et en fumant des cigares ; ensuite, ils se trouvaient à manger, s'envoyaient quelques verres avec des filles sur des bateaux et terminaient au Rex où il y avait du whisky à gogo et où ils se soûlaient comme des cochons.

Avec le temps, Egill parvint à assembler quelques éléments dans le puzzle de la vie de Hrafn après leur divergence. Après sa première cure à l'âge d'environ vingt ans, Hrafn s'éclipsa de ce monde laid, rentra discrètement dans le giron de sa famille, se réfugia dans ce filet de sécurité, promit monts et merveilles et tout fut pardonné – à certaines conditions. Il n'avait pas son bac, ce qui était malheureux certes, mais loin d'être un cas unique dans la famille ; dans le contexte du trafic de drogue, il comprenait en revanche mieux que quiconque les bases de la nouvelle conception du marché qui se répandait alors dans le pays. Grâce à son père, il eut l'occasion de gravir les échelons dans le métier d'armateur, se mit à porter des costumes, à recevoir des amis, à rencontrer leurs fils, à faire connaissance avec *les autres familles*, et après ça les choses allèrent très vite.

À vingt-six ans, il gérait une entreprise qui rapportait des milliards par an, et même si son père était encore PDG en titre, il ne se mêlait quasiment pas de la gestion. Le frère aîné de Hrafn, Geir, retourna en Islande après ses études à Boston et s'établit comme avocat de cette société de transport maritime. Il assistait à des réunions avec des députés, des banquiers, et c'est lui qui s'occupa des formalités lorsque leur père transmit l'entreprise à ses fils, puis il partit bourlinguer en Floride. Bien que les deux frères soient en mauvais termes, l'entreprise était florissante et ils finirent par tenir leur rang. Ils participaient aux réunions du Conseil économique, du Conseil des exportations, de l'Union des armateurs Islandais SA, et de l'assemblée générale du Parti – ils ne buvaient pas trop, contrairement à leur père, même s'ils n'avaient rien contre les arrière-salles enfumées et si Geir prenait malgré tout un cognac à l'apéritif, et remplissaient toutes les conditions pour être ce qu'il est convenu d'appeler des entrepreneurs islandais.

Si on regardait les hommes de la famille, ça ne surprenait pas tant que ça ; cependant, Hrafn sentit s'éveiller quelque chose en lui, il resta à l'écart sans s'abrutir de travail comme il le révéla un soir à Egill, à peine un an après qu'ils eurent recommencé à se fréquenter, et il était encore plus soûl qu'avant. Il déclara n'avoir jamais douté de lui-même et savait qu'il pouvait trouver son bonheur dans autre chose que la gestion ou les investissements ; quelque chose en lui le poussait à émettre des doutes au sujet de l'argent, il le méprisait même, il était extraordinairement inquiet et parfois il lui venait à l'esprit – comme autrefois à Ægisida – qu'il aurait pu être artiste.

– T'aurais pas oublié quelque chose, c'est pas ça le problème ? plaisanta Egill en lui donnant une tape dans le dos. Tu n'as pas besoin d'aller à la pêche en mer, de jeter l'hameçon et de ramener un poisson à bord ? De te reconnecter à la réalité ?

Mais les temps n'étaient pas comme ça ; au cours de l'histoire, il n'avait jamais été plus profitable d'emprunter et l'idée de faire travailler l'argent n'était pas étrangère à Hrafn. Il savait depuis longtemps ce que son père payait d'intérêt en une année, mais la somme de prêts qu'on lui offrait à des taux bas le surprenait. – Et cela soulignait peut-être la situation particulière des Islandais qui avaient le même mot pour dire *prêt* et *bonheur*.

Geir et lui commencèrent à se débarrasser de leurs biens en accord avec le contrôleur de gestion et l'ingénieur financier qu'ils nommèrent pour l'entreprise et donnèrent des gages pour les quotas de pêche, ou plutôt pour les bateaux en activité, à temps pour rester dans la légalité. Ils investirent dans des banques islandaises et des sociétés privées, dans l'immobilier dans les anciens pays du rideau de fer, des sociétés de vente par correspondance, dans les transports, l'énergie, et ils fondèrent leurs propres sociétés privées et virent miroiter quelque chose qu'ils ne comprenaient pas encore, mais qui faisait apparaître *la nouvelle conception du marché* comme un grille-pain à côté d'un avion à réaction. Rien qu'en déplaçant l'argent d'un endroit à un autre, d'un compte à l'autre, d'un portefeuille à l'autre, ils apprirent à le faire fructifier. C'était comme pétrir la pâte de l'argent, la laisser reposer et contrôler qu'elle lève bien, ce qui allait sans problème tant que personne ne claquait la porte.

À ce moment-là, Egill lui-même était riche, mais quel que soit ce qu'il gagnait, Hrafn paraissait toujours en avoir dix fois plus ; il disait qu'il croulait sous l'argent, qu'il ne savait plus combien il avait sur ses différents *comptes*, il rêvait de montagnes d'or, qu'il s'appelait Picsou, qu'il possédait un bonnet rouge en rubis et qu'il attelait un daim en diamant à sa voiture. Puis, un beau jour, il cessa de parler de ça, sauf quand Egill insistait. Tout d'un coup, l'argent ne l'intéressait plus, il avait, disait-il, fait la connaissance d'une femme qui devait encore une fois rester cachée et qui était le grand amour de sa vie. Un jeudi soir, il annonça qu'il allait de nouveau suivre un traitement – après que cette femme mystérieuse le lui eut conseillé.

– Je suis alcoolique, *un alcoolo* invétéré, balbutia-t-il lors d'un cocktail à l'Hótel 101, tout juste de retour d'une réception à l'ambassade du Canada. Il dit qu'il s'était réveillé soûl, ne se souvenait plus de ce qu'il avait acheté et vendu de ses actions à New York le matin, mais apparemment il aurait mieux fait de dormir. Il ne faut plus jamais me faire confiance, jamais plus… me *faire confiance,* ajouta-t-il en disant qu'il allait suivre un traitement en Suède.

Lorsque Hrafn revint, tout avait changé. Il entama une liaison avec Vigdís et Egill subodora que c'était elle la femme mystérieuse. Il n'était plus question de promenades à Grótta ni du Rex, mais comme Egill voulait qu'ils continuent à se voir, puisqu'il n'avait jamais eu autant besoin de son ami, il proposa des balades en montagne. Hrafn fut d'accord. Ils partirent pour le mont Esja, emmenèrent les filles et c'est lors d'une de ces balades que germa l'idée de l'expédition dans les hautes terres; ils emporteraient des provisions, des tentes et des sacs de couchage, se détendraient et reprendraient leurs marques après un hiver difficile.

La première réaction d'Egill fut de dire qu'il n'était pas libre; le fait qu'Anna et Hrafn se connaissaient trop le faisait hésiter et, de plus, le timing lui paraissait bizarre. Dans sa vie, tout avait changé d'un seul coup, surtout sa relation avec Hrafn. Un peu avant, il avait demandé à celui-ci de lui prêter de l'argent pour le dépanner et lui éviter de faire l'objet de diverses enquêtes, ce qui le tirerait d'affaire au moins pour un temps. Lorsque Hrafn avait refusé, Egill avait cru être sûr que les soupçons qu'il avait depuis que Hrafn avait suivi un traitement étaient fondés: il avait tout perdu, ils étaient pareils tous les deux, mais Hrafn semblait en meilleure posture. Par ailleurs, la situation pouvait être la suivante: Hrafn avait comme avant suffisamment d'argent, mais il n'aspirait qu'à une chose: *se venger.*

C'est Anna qui exigea qu'ils partent. Elle disait en avoir assez qu'ils s'isolent, assez de sa jalousie vis-à-vis de Hrafn et des autres qui n'étaient pas forcément en dessous de tout, assez de son autodestruction, de ce poids mort, de la boisson, et Egill commença à avoir de plus en plus l'impression que l'issue était inévitable. Un mois plus tard, ils quittaient la ville, mais ce voyage n'aurait jamais dû se faire et ils le savaient tous.

17

Il fit tourner le joint entre ses doigts et regarda la braise s'envoler sur le sable. Le tourbillon de neige était redevenu sombre, mais sa poitrine à lui était tout rousseur et douceur, son cœur battait fort, mais pas trop rapidement.

En passant devant la plus petite porte de la remise – celle destinée aux hommes – il eut l'impression que quelque chose avait changé. Il resta longtemps devant, poussa ensuite la porte et regarda la chaîne courir à travers l'ouverture et tomber à terre. – Sauf erreur de sa part.

Il revint vers Hrafn et Vigdís, bien décidé à ne rien dire, mais il ouvrit la bouche presque au même moment : la remise est ouverte, fit-il en les assurant qu'il ne se trompait pas. Ils se levèrent et le suivirent jusqu'à la porte. Elle était ouverte. Hrafn la regarda à peine et se pencha plutôt sur la chaîne qui était sur le sable.

– Qu'est-ce que tu as fait ? demanda-t-il en examinant le cadenas ouvert à un bout de la chaîne, mais pas aux deux, ainsi qu'il leur avait semblé tantôt. Ça n'était pas comme ça, j'ai examiné la chaîne. Je suis sûr que ça n'était pas comme ça.

Egill leva les bras au ciel, affirmant ne rien savoir.

Vigdís entra dans la remise, Egill sur ses talons.

– Est-ce que nous avons le droit d'être là ? demanda-t-elle, et Egill s'entendit énoncer sa propre opinion qui lui paraissait raisonnable – bien que contre toute attente elle, Vigdís, fût opposée à sa façon à lui de concevoir la vie – disant que la propriété privée dans la région serait une chose ridicule et à tout le moins irréaliste ; si quelqu'un qui avait perdu son chemin arrivait à cette maison, il ne se laisserait arrêter par personne, s'il voulait entrer, naturellement ; une autre possibilité serait de mourir de froid devant la porte, ce qui dérangerait davantage les propriétaires que des dégâts causés par un cambriolage.

– Cette analyse lui vint à l'improviste et elle avait quelque chose de tellement *humain* que cela le fit sourire.

Dans la remise, il faisait noir, mais tout en haut de l'un des murs il y avait une fenêtre par laquelle filtrait un rai de lumière. Au plafond, on voyait une lourde poutre transversale, mais pas le toit. Le sol était constitué de sable, le même qui murmurait contre les murs. Egill s'avança jusqu'au milieu de la remise qui semblait vide. En tout cas, il ne risquait pas de trébucher sur un objet ni de se cogner la tête contre un avion ou un tracteur, ou encore sur un hors-bord noir de trente mètres de long. Il eut un rire nerveux.

Grâce au zèle que déployait Hrafn, on découvrit que la plus grande des deux portes de la remise était également ouverte et présentait les mêmes caractéristiques que précédemment : le cadenas n'était fermé qu'à un bout de la chaîne. Ils unirent leurs forces pour ouvrir cette porte et firent pénétrer davantage de clarté, même s'il faisait encore noir le long des murs. Ils s'assurèrent que la remise était vide et que personne d'autre ne s'y trouvait, s'assirent ensuite dans l'ouverture en attendant que le vent tombe. Il était beaucoup trop tard pour parvenir à l'Askja avant l'obscurité, c'est pourquoi ils remirent l'excursion au lendemain.

– Ça va se calmer rapidement, se rassura Egill en secouant les pieds pour enlever ses chaussures et se masser les orteils. Au plus tard ce soir, non ? Ça s'apaise toujours dans la soirée.

Vigdís approuva.

– Sinon, on serait obligés de rentrer à la maison en se dirigeant avec la boussole et la montre. Quoi qu'il arrive, je n'ai pas l'intention de passer la nuit ici.

Elle tira les fusées de détresse de son sac à dos et, avec Egill, elle se mit à réfléchir pour savoir comment ça fonctionnait.

Hrafn s'éloigna et se coucha dans la pénombre sous le mur. Il marmonna quelque chose d'un air bougon avant de s'endormir.

Vigdís sortit ses provisions et mangea un morceau. Egill trouvait mal commode d'être assis comme ça près d'elle, entouré des mugissements du vent qui semblaient invoquer *une présence*. Ce n'était pas la première fois qu'il se demandait comment Vigdís se comportait au lit ; plus réfléchie que ce petit papillon d'Anna, avec ses seins, ses seins *imposants* comme avait dit quelqu'un, et la jouissance devait la faire parfois pleurer à chaudes larmes, elle en devenait touchante, des sanglots dans la voix, c'était une femme-fontaine au moment de l'orgasme : elle *squirtait.*

Il ne se souvenait pas quand le squirt avait été mis au goût du jour ; en général, il ne faisait vraiment attention aux différentes catégories de porno sur Internet que lorsqu'il en avait marre. Peut-être qu'il en allait de même de toutes ces catégories et, indubitablement, ça en disait long sur la libido. C'était un truc charmant que les femmes-fontaine. Il se souvint d'abord avoir lu, quand il avait une vingtaine d'années, quelque chose là-dessus, sur l'érotisme au XVIIIe siècle en Grande-Bretagne – dans *Fanny Hill, A Woman of Pleasure,* et un jour, ivre, il avait été avec une femme qui s'était épanchée ainsi. Jusque-là, il n'avait carrément pas cru que c'était physiquement possible et n'avait jamais pu parler de ça avec personne. Il avait lu le livre intitulé *Feimnismál*[1] de Sigrún Davidsdóttir, reporter à la Radio islandaise à Londres, qui raconte l'histoire d'un jeune photographe islandais succombant au charme d'une veuve d'un certain âge à New York. Egill n'avait pas l'habitude de se plonger dans la littérature contemporaine et ne se souvenait pas comment il avait été amené à le faire, mais le personnage principal squirtait ou "giclait" comme disait le livre. Il ne comprenait pas d'où sortait le liquide. Était-ce quelque chose de sécrété par les ovaires ? Est-ce qu'il était éjecté en passant par le col de l'utérus à travers le vagin lors de l'orgasme ? Y avait-il là une poche que la science médicale passait sous silence, comme elle avait toujours fait – un genre de *Shangri-La* non encore colonisé qui se cachait dans toutes les situations quotidiennes et se dévoilait aussi discrètement *à l'apogée du plaisir* ?

Vigdís termina de manger, rangea ses provisions et annonça qu'elle allait s'étendre un moment. Elle s'adossa au montant de la porte, ferma les yeux, mais son corsage était déboutonné,

1. "Un sujet délicat", paru en 2006.

si bien que ses seins se retrouvèrent en plein soleil. On voyait la sueur perler sur son front et sa poitrine.

Egill se leva d'un bond, sortit et promena son regard sur les environs jusqu'à la hauteur qui protégeait le village du froid de la bise l'hiver et sur le pont qu'on entrevoyait parfois à travers le tourbillon de neige. Son attention fut attirée par le fait que de l'autre côté du gouffre on n'avait apposé aucune pancarte pour avertir les gens, même pas par ces simples mots : PRUDENCE-DANGER. Pourquoi ?

Et qui avait disposé les ossements en forme de pyramides ? La réponse était facile à trouver : les mêmes qui avaient tué les oies, les cygnes et les rennes, les musaraignes, les passereaux et les rats, etc. – Les proscrits. Après les avoir tués, ils retiraient les os, les entassaient en forme de pyramides – comme ils faisaient avec le charbon des barbecues et ils n'allaient pas dans les endroits habités chercher le charbon de bois – et ils faisaient cuire la viande ainsi.

Faire cuire la viande avec les os ?

Il frissonna. Il n'aimait pas frissonner, mais il le faisait quand même. Quand il regarda le sol, il vit qu'il était pieds nus, il retourna à la remise chercher sa caméra dans son sac à dos. Il jeta un coup d'œil furtif aux seins de Vigdís et entra à pas lents dans la remise.

– Voyons, marmonna-t-il tout seul en ricanant. Il appuya sur le bouton d'enregistrement et se dit qu'éventuellement, mais seulement éventuellement, ça pourrait être un jour intéressant, quand ils auraient fini et que tout ça ne serait plus dans leur souvenir qu'*un mauvais rêve.*

Il pénétra au fond de la remise, s'adossa au mur et sentit combien il était encore mal fichu après avoir fumé son joint. Il dirigea l'appareil sur la porte et on distingua une silhouette qui était Vigdís.

– Je suis dans une remise au nord du Vatnajökull, énonça-t-il dans l'appareil, l'un des endroits les plus déserts et les plus hostiles à l'homme. Et pour cette raison complètement différent. Nous connaissons tous l'adjectif *acide* qu'on emploie parfois à propos des repas vikings ou des maisons de prostituées où personne n'a pris de bain depuis longtemps, mais pourquoi faire toujours l'impasse sur l'autre bout du potentiel hydrogène ? La nature islandaise est basique, elle équivaut à déverser en elle Grettir le Fort.

Il vit quelque chose surgir de terre et s'immobiliser à deux pas de lui. Une petite souris. Elle reniflait d'un air méfiant dans sa direction.

Il arrêta de zoomer sur Vigdís et dirigea l'objectif sur la souris.

– Et malgré tout, il y a une petite souris ici… poursuivit-il, mais il ne trouva aucune *punchline*, avec un étonnement puéril dans la voix dont il eut honte.

La souris disparut et Egill se rendit de nouveau à la porte car Vigdís avait renoncé à s'endormir et feuilletait *La Flore d'Islande*.

– Et voici celle qui n'arrive pas à s'endormir. Que dirais-tu d'une petite conversation pour faire le point sur les heures à venir ? Dis-moi, Vigdís, comment fais-tu pour concilier ton travail de thérapeute et le fait d'être membre du groupe des *Amis de la nature* qui fait l'objet d'une controverse pour avoir voyagé nus à travers les hautes terres et s'être comportés très librement pendant les veillées ?

Vigdís leva les yeux de sa lecture.

– Nous sommes tous de bons amis, tu sais. Elle sourit. Ici, dans ce désert, nous sommes libres et fesses nues. Ici, nous pouvons tous être comme il était prévu qu'on soit tous : indomptés et libres.

– J'entends une pointe de raillerie dans la voix de mon thérapeute, et même une certaine férocité contenue à l'égard de la nature. Ce qui m'étonne, car la répression est la négation des amis de la nature, non ?

Ils eurent un rire nerveux et ce qui le surprit, c'était sa légèreté, sa facilité à flirter. Peut-être que c'était dû à la caméra.

– Dis-moi, je me suis parfois demandé ce qui arrivait à notre nation. Qu'est-ce que tu en penses ? Qu'est-ce qu'elle a ?

– Je ne sais pas. Elle referma le livre, pensive. Un jour, j'ai lu combien de femmes islandaises font appel à sos Viol en une année. Autour de cent cinquante, sur un territoire qui compte trois cent mille personnes. C'est proportionnellement trois fois plus que dans les autres pays scandinaves. Et Reykjavík était au troisième rang mondial dans les enquêtes des Nations Unies pour les violences sans motif dans les rues des villes, juste après deux villes portuaires du Tiers-Monde.

– Je comprends. J'ai justement une théorie pour expliquer pourquoi cette société est pourrie, pourquoi les femmes sont violées ici comme dans une ville portuaire où règne la violence et pourquoi personne ne s'en émeut, ni les hommes politiques ni les médias. Tu veux que je te dise la raison ? Vigdís acquiesça. Je n'avais jamais compris ça jusqu'à ce que je sorte me balader une nuit. Si tu descends la rue Laugarvegur la nuit le week-end, tu vois la raison de tout ce qui se passe en Islande – l'ivrognerie. Poste-toi à l'angle des rues Laugavegur et Skólavördustígur à trois heures du matin dans la nuit de samedi à dimanche et regarde autour de toi : c'est comme *un zoo* dont toutes les cages ont été ouvertes, on tape sur les fesses des bêtes et on les conduit à faire des saletés – elles n'en ont aucune idée, mais elles ont l'air de vraiment faire des découvertes.

– J'y suis allée moi-même, avoua-t-elle avec un sourire qui laissait voir des dents blanches bien droites. Qu'est-ce que tu faisais là-bas, t'avais décidé de faire une promenade ?

– En tout cas, je ne violais personne ! Dans toutes les sociétés civilisées, cette situation serait considérée comme un trouble à l'ordre public, il y aurait des flics dans tous les coins, les rues seraient envahies par des canons à eau et par du gaz lacrymogène. La nation islandaise est tributaire des ivrognes, au gouvernement, dans les banques, dans la politique, les siphonneurs d'essence qui ont la gueule de bois ou qui sont en train de se soûler, la caissière de Bónus, le chef de service, ton avocat, le gars qui est à la caisse chez BYKO, la grande perche du Bæjarins bestu, la fille qui tient la caisse d'Eymundsson, tous bourrés ou en voie de l'être. *Ceux qui ne le sont pas* sont une poignée à conspirer pour dominer le monde, ils sont en train de pérorer sur le site d'Eyjan, ou dans une réunion de Heimdallur[1] ou bien chez les Jeunes Socialistes. Puis il y en a deux ou trois qui habitent à Mosfellsbær et qui se tiennent

1. Association des jeunes du Parti de l'Indépendance.

tranquilles, bricolent, peignent sur des rochers, etc. Et ils n'auront jamais rien à dire sur cette société.

Vigdís éclata de rire et demanda s'il parlait de lui.

– Tu sais quelle est la différence entre les sexes ? ajouta-t-elle. Si un homme fait tomber un verre par terre, il peste contre le verre, si c'est une femme, elle peste contre elle-même.

– C'est ça, *go figure*.

On entendit un bruit en provenance de la remise et peu après apparut Hrafn sortant de la pénombre. Egill détourna la caméra de Vigdís, envisagea de l'éteindre, mais finalement, cadra sur Hrafn.

– Bonjour ! fit Vigdís.

Hrafn ne lui rendit pas son salut, alla vers eux et scruta le tourbillon de neige.

– Est-ce que nous ne devrions pas nous dépêcher ? suggéra-t-il en sortant son paquet de cigarettes.

– La visibilité n'est pas assez bonne, rétorqua Vigdís. Comme tu peux voir par toi-même… Tu as bien dormi ?

Il secoua la tête, poussa du pied le sac à dos dans lequel Vigdís conservait les fusées de détresse.

– Je n'ai pas réussi à m'endormir. Il alluma une cigarette et Egill zooma sur lui sans savoir pourquoi. Peut-être avait-il seulement envie de l'énerver. Arrête de braquer ce foutu appareil sur mon visage ! protesta Hrafn sans le regarder.

– Ne sois pas grossier, Hrafn, fit Vigdís, et Egill promena l'appareil sur elle. Ça ne va pas ?

– Si, très bien, merci. Est-ce que nous ne devrions pas essayer une de ces fusées pour voir si elles fonctionnent ? Il vaudrait mieux le savoir, reprit-il, tentant visiblement de se contenir. Mais son ancienne animosité était toujours là, Egill l'avait toujours su – elle était seulement mieux cachée après avoir été bridée progressivement par une puissance supérieure ou je ne sais quoi.

– Et si la vieille venait nous sauver ? suggéra Egill, ce qui fit sourire Vigdís. Elle avait de toute évidence décidé de faire alliance avec lui.

– C'est affreux ce que vous pouvez être *casse-pieds* ! éructa Hrafn. Moi, je veux faire quelque chose en tout cas, et pas rester là, assis, à bayer aux corneilles. Je veux retourner…

– Eh bien, il n'y a pas que *toi* qui veux partir, s'énerva Vigdís. Elle se leva. Nous n'y arriverons pas tout de suite ! Ou bien est-ce que tu veux nous faire courir avec toi, après nous avoir traités de casse-pieds. Qu'est-ce que tu attends de nous ?

– C'est pas toi qui as dit que j'étais grossier ? Je n'ai pas dormi. Ça me barbe de vous écouter. Vous êtes tout le temps en train de rigoler, vous êtes comme des mômes *en goguette dans leur tête*.

Egill leur jetait des regards furtifs et prenait garde à tenir son appareil tranquille. Le plafond de la remise renvoyait un écho assourdi de leurs paroles.

– Est-ce qu'on n'a pas parlé de ça avant notre départ ? fit Vigdís. Tu es toi-même énervé et tu essaies de nous faire la leçon. Tu es adulte, alors arrête de te comporter comme un gamin !

Hrafn pénétra plus à l'intérieur de la remise, serra les mâchoires et revint en trombe.

– *Moi*, je me comporte comme un gamin ? Ce n'est pas moi qui reste assis à flirter avec ton amie juste devant ton nez ! C'est ce que vous avez fait pendant tout ce foutu voyage ! Qu'est-ce que vous attendez, qu'est-ce que vous voulez que je fasse ?

– Mon amour... commença Vigdís, mais elle se tut lorsque Hrafn lui coupa la parole.

– Je suis fatigué, je le sais. Je ne sais plus si je me fais des idées, mais je ne crois pas. En tout cas, pas avec toi, vu comment *toi* tu la regardes. Il se tourna vers Egill. Pourquoi est-ce que *tu la regardes* comme ça ? Tu crois que je ne l'ai pas remarqué ? Tu as le cerveau tellement ramolli à force de t'apitoyer sur ton sort et de te soucier uniquement de ta petite vie mesquine...

– De quoi tu parles ? grogna Egill en baissant l'appareil, mais Hrafn s'en empara et le flanqua dehors par la porte ouverte et il disparut sans un bruit dans le tourbillon de neige.

– Et arrête de parler de ma femme comme si tu voulais te la faire ! Comme si tu étais capable de savoir ce qu'elle vaut et moi pas, comme si tu la *méritais* et moi non ! Arrête de la flairer comme ça et de chialer auprès d'elle comme auprès d'une mère que tu n'as jamais eue, arrête de bousiller tout ce que tu approches…

– Voilà que tu m'as perdu complètement, mon bonhomme.

Résigné, Egill leva les bras au ciel et repensa à la souris et à son petit trou où elle était en sécurité.

– Tu sais très bien de quoi je parle. Mais c'est bien ton genre, de faire comme si tu ne savais pas, non ? Ou plus exactement : comme si ça t'était parfaitement égal. Tu t'apitoies tellement sur ton sort que tu ne comprends pas que les autres puissent souffrir aussi et avoir des difficultés.

– Tu penses bien que ça ne m'est pas *égal* ! Si tu ne le savais pas, c'est que tu ne me connais pas assez. Je regrette ce qui s'est passé avec cette fille. Je t'ai fait mes excuses. Et je regrette d'avoir fait quelque chose ou comment dit-on : d'avoir trop parlé avec ta femme. Qu'est-ce que tu veux, à la fin ?

– De quoi est-ce que vous parlez ? s'enquit Vigdís en les regardant alternativement.

– Trop *parlé* avec ma femme ? répéta Hrafn narquois, sans quitter Egill des yeux. Quand est-ce que j'ai dit ça ? Mais tu ne comprends rien à rien, tu n'es même pas fichu d'avoir des relations normales avec les autres. Tu vadrouilles dans la campagne pendant une semaine en te lamentant sur ton sort, tu débines tous ceux qui sont autour de toi ou tu planes au-dessus de tout le monde et tu es content de toi.

– Tu as des opinions bien arrêtées sur tout ça, à ce que je vois. Mais je vais te dire la seule chose que je n'ai jamais faite : je n'ai jamais dit quoi que ce soit d'aussi moche que toi à mon sujet en ce moment. Sur personne. Ce n'est pas très joli de parler comme ça, surtout s'agissant de quelqu'un qui est ton plus vieil ami, même si, à l'évidence, ce n'est pas le meilleur…

– Ah bon, s'esclaffa Hrafn. Mais mon pauvre, c'est comme ça que tout le monde parle de toi. Qui est-ce qui dénigrait ses amis et s'est endormi ensuite sous un réverbère ? Qui s'est conduit comme un idiot au dîner hier ? Et la veille et l'avant-veille ? C'était pas mon petit Egill, des fois ?

– Tu es à côté de la plaque, Hrafn, tout à fait à côté, commença Egill qui sentait la moutarde lui monter au nez et l'envie de frapper.

– Et qu'est-ce que tu as fait cette nuit ? Où est l'appareil photo, Egill ? Tu l'as trouvé dans la voiture quand tu es parti te foutre en l'air ? Tu as peut-être pris une photo d'elle, tu voulais te remettre de quelque chose dont tu savais que tu ne l'aurais jamais, à moins de le voler ?

– Je ne suis pas au courant de cette photo. C'est des conneries et tu le sais.

– Pourquoi est-ce que tu essayais de la cacher, alors ?

– Pour te protéger ! Et parce que je savais que tu ne me croirais pas.

– Tu mens. Qui d'autre aurait pu faire ça ? Nul autre que toi, éructa Hrafn, en levant son doigt et en l'appuyant fermement sur la cage thoracique d'Egill, une fois puis deux. Nul autre pauvre type que toi, Egill, et ça n'a jamais été autrement.

– Tu n'es pas le pire, déclara Egill en reculant. Il sentait sa colère retomber, ses muscles s'alourdir et sa peau s'épaissir et devenir humide. Ce n'est pas moi qui ai esquinté la voiture. Et puisque tu parles d'hier, est-ce qu'il n'y en a pas d'autres que moi qui ont disjoncté ? Combien d'herbe t'as fumé ? En tout cas, t'es un foutu parano. Après, tu dis que c'est *moi* qui me comporte mal avec mes amis ; je te fais de toute façon mes excuses si j'ai eu des torts ! Et *je ne mens pas à ma femme, moi !*

– Je crois que vous avez besoin de faire une pause, intervint Vigdís dont la voix paraissait lointaine, très lointaine.

– Pas un mot de plus, minable ! vociféra Hrafn en attrapant Egill par le col et en le coinçant sous son bras. Tu ne parles pas comme ça, tu ne dis pas ça d'elle devant moi, espèce de lâche.

Egill essayait de saisir les mains de Hrafn, il les tirait et les griffait, mais plus il s'agitait et plus il perdait de force. Vigdís tenta de s'interposer, il sentit son odeur, une odeur légère et féminine, vit la bouche de Hrafn en mouvement, les sons qu'il articulait étaient retentissants et tonitruants en même temps et tout était clair et limpide. Il lui fallait être au mieux de sa forme, se dit-il, car ces derniers temps il s'était laissé aller, il était exténué physiquement.

Puis la prise se relâcha. Egill étouffait ; il inspira l'air à grand bruit et les sons revinrent, renvoyés en écho du toit par le vent. Vigdís le prit par les épaules et lui demanda s'il était

OK. Il s'étira et éclata de rire, car en général il faisait cela quand tout allait de travers et il ne se souvenait plus d'avoir ri pour une autre raison, à tout le moins pas aussi franchement que maintenant, avec ses tripes. Il suivit des yeux Hrafn quittant la remise par la grande porte qui n'était pas faite pour les hommes. Vigdís lui cria quelque chose, se tourna vers Egill pour lui demander s'il pouvait rester seul un bref instant. Il acquiesça et la regarda disparaître dans le tourbillon de neige et se diriger vers le pont.

Egill se laissa choir lourdement par terre, alluma une cigarette et fut saisi d'un profond dégoût d'être ce qu'il était : lui-même, enfermé dans ce mauvais caractère qu'il ne comprenait plus et ne pouvait réparer. Mais n'y avait-il pas un je-ne-sais-quoi de sublime, de téméraire, de vikinguesque dans tout ça ? Être amarrés tous ensemble à sa versatilité, en savoir trop l'un sur l'autre pour pouvoir colporter des ragots, avoir trop à perdre. Jusqu'à récemment, au moins.

Il se coucha sur le dos, ferma les yeux et entendit le battement d'une masse absolument énorme qui décrivait des cercles au-dessus des sandurs. Il se mit sur ses gardes et attendit.

18. Le Minotaure

Elle s'avança sur le pont, le vent dans le dos, et courut ensuite dans la neige. À quelques dizaines de mètres devant elle, là où la neige devenait une congère noire, une lueur apparut : Hrafn. Dans sa course, il se confondait par instants avec le mur ou se trouvait presque à l'intérieur.

– Hrafn ! Attends !

Le sandur chuchotait à ses oreilles en glissant et en rampant tout autour d'elle. Elle s'approcha rapidement, mais bien qu'elle fût seulement à quelques mètres de distance, Hrafn ne semblait pas entendre ses cris et sa silhouette demeurait floue.

Elle se mit à courir, tendit la main et le touchait lorsqu'il se dégagea et disparut. *Chut, chut* ! marmonna-t-elle, elle s'immobilisa et se prit la tête comme pour vérifier si elle-même était en sécurité. Après un bref instant de réflexion, elle résolut de ne pas retourner à la remise, bien que ce fût relativement simple : si elle marchait droit contre le vent, elle reviendrait au gouffre, et en descendant et en montant le long de celui-ci, elle gagnerait le pont et de là rejoindrait la remise. Mais elle ne voulait pas rester seule là-bas avec Egill.

Elle prit les lunettes de soleil sur le haut du sac à dos et serra le nœud de son mouchoir autour de sa bouche et de son nez. Sans les lunettes de soleil, elle aurait reçu du sable dans les yeux, ce qui l'aurait empêchée de voir à plus de quelques mètres devant elle.

De la maison au gouffre, il y avait environ une demi-heure de marche, en se fondant sur ce qu'elle avait vu le matin ; en chronométrant la marche et en prenant au nord-est, elle devait tomber sur la maison et avec un peu de chance elle rejoindrait Hrafn en chemin – pour épancher son cœur ou pour le sauver, elle n'avait pas encore décidé.

Elle se remit en route, prit son allure de croisière et tenta de stopper ses pensées. Le sable s'incrustait autour de son cou, remontait par les manches et les jambes du pantalon et lui massait les cuisses, rougies depuis sa tentative de la veille pour aller aux toilettes.

Des bribes de la dispute lui bourdonnaient dans la tête. Si Hrafn avait trouvé de quoi fumer, il était allé se coucher, ce qui ne l'étonnait pas outre mesure après les ennuis des mois précédents. Les paroles d'Egill à propos de la fille faisaient probablement allusion à quelque chose qui s'était passé pendant leur jeunesse. Un jour, Hrafn lui avait parlé de son premier amour, une fille avec qui il avait eu une liaison quand il avait dix-sept ou dix-huit ans. Les hommes qu'elle avait vus à son cabinet lui confiaient assez fréquemment qu'ils considéraient leur *premier amour* comme un petit chien qu'ils chouchoutaient. En fait, il leur servait à attribuer tous les défauts à leur actuelle partenaire, à s'apitoyer d'autant plus sur leur propre sort et à se complaire dans une nostalgie qui leur arrachait de jolis et poignants gémissements ; ils voyaient la jeune fille d'alors sous des traits toujours plus purs et avaient tendance à magnifier leur amour au point d'en faire un véritable mythe. Et la compagne actuelle, comme Vigdís, n'était qu'une contrefaçon, une imitation pas franchement médiocre, mais tout de même inférieure, davantage terre à terre, davantage maternelle. Hrafn avait laissé entendre que sa relation avec son premier amour était certes sérieuse, mais qu'elle s'était terminée parce que, disait-il, il se sentait incapable de coucher avec elle, et il avait honte d'être de plus en plus demandeur de sexe et d'avoir oublié jusqu'au nom de la fille avec qui il était. Mais il n'avait jamais parlé de l'arrivée d'Egill dans cette affaire.

Quelque chose apparut sur la neige : gris, de forme aérodynamique, et lorsque Vigdís s'approcha, elle vit que c'était une voiture. Elle fut soulagée d'avoir devant les yeux une chose qui n'était pas en perpétuel mouvement. Elle passa les doigts sur la carcasse dépouillée de son vernis, la ferraille avait été rongée par le sable mais la ligne était familière. Toutes les vitres semblaient intactes.

Elle jeta un coup d'œil par la fenêtre côté conducteur, mais ne vit rien de spécial ; elle ouvrit la porte et s'engouffra à l'intérieur afin que la voiture ne se remplisse pas de sable, et claqua la portière. Après sa marche, elle était lasse et sa respiration était bruyante dans le silence de ce véhicule. Elle ôta ses lunettes, retira son mouchoir, déboutonna son corsage et en épousseta le sable. Vieille habitude, elle chercha le miroir, mais la pochette dans laquelle il aurait dû se trouver était vide et les rétroviseurs latéraux manquaient eux aussi.

Elle alluma une cigarette, ouvrit la boîte à gants afin de cesser d'imaginer qu'il y avait quelque chose dedans. Elle était vide, à l'exception du carnet d'entretien où rien n'avait été inscrit. La voiture était exposée face au vent qui la faisait se balancer légèrement. La visibilité était aussi médiocre qu'auparavant, mais quand on regardait dans le sens du vent on ne voyait plus les grains de sable, seulement leurs *impacts*. Lorsqu'elle ouvrit la bouche, elle broya du sable.

Elle fuma la cigarette jusqu'au filtre et la déposa sur le tableau de bord. La voiture avait quinze mille kilomètres, ce qui n'était pas beaucoup. Pas assez pour qu'on l'abandonne ici dans les sandurs, n'est-ce pas ?

La plupart des choses qu'elle savait de Hrafn, de sa *vie intérieure*, elle les avait apprises dès les premiers mois de leur liaison, pendant qu'il était en traitement chez elle. Il avait déclaré être alcoolique, avait récemment recommencé à boire et ne pouvait pas dormir ; l'alcool lui pourrissait la vie, mais pas seulement, car profondément il ressentait depuis longtemps une sorte de nausée ou d'inquiétude dont il soupçonnait l'origine dans un souvenir, quelque chose qui s'était passé il y a longtemps mais qu'il ne pouvait appréhender.

“Et qu'il serait dangereux d'appréhender tout seul”, avait suggéré Vigdís, et c'est ainsi qu'ils avaient commencé à se voir toutes les semaines. Par la suite, il lui avait parlé de sa vie, lui expliquant qu'il avait des accès de colère depuis qu'il était petit et jetait la télécommande contre les murs, cassait les appareils électriques, déchirait les livres, donnait des coups de pied dans les rétroviseurs des voitures ; après avoir commencé à dealer, il avait tabassé des gens à mort, fracassé un verre à bière sur le visage d'un gars, ce qui l'avait totalement défiguré, il avait flanqué des coups de pied au visage, broyé des os, assommé, tailladé. Avec les années, il s'était assagi, mais il subodorait qu'il était seulement devenu plus apte à diriger sa fureur contre lui-même ou à l'occulter. Parfois, il défendait des opinions politiques qui fâchent sur l'incompétence de l'élite islandaise, son avidité et son immoralité – pas seulement ce qui existait de tout temps mais ce qui relevait, disait-il, d'un ordre nouveau et destructeur, et qui parfois le concernait lui-même ; il y mêlait sa colère et sa honte concernant son travail.

Il semblait avoir une aversion pour les endroits étroits et sur son canapé il se plaignait souvent de claustrophobie, s'asseyait et arrachait sa cravate sans crier gare. Une fois, il l'avait jetée par terre et avait déchiré son col de chemise. Au bout d'un mois, il s'était souvenu d'avoir vécu une expérience traumatisante : c'était quand il s'était uriné dessus pendant une longue période, peu après ses onze ans. Il se rappelait sa honte quand il se levait au milieu de la nuit, enlevait ses draps et les portait à la buanderie, et aussi la colère de son père quand celui-ci l'apprenait, une colère étonnamment *terrible* qu'il mettait en relation avec son énurésie, mais il n'en était pas certain.

Vigdís était convaincue qu'ils étaient sur la bonne piste et que Hrafn avait probablement raison : il y avait quelque chose de profondément enfoui chez lui, qui ressortait comme du poison et apparaissait le plus clairement dans sa sexualité qui avait dès le début été un échec. Sa première fois avait eu lieu dans une chambre étroite et sombre comme il disait, et malgré son ébriété il avait été victime de sa peur et de sa claustrophobie, ce qui avait empêché son érection. Effectivement, en dépit de nombreuses tentatives, il ne semblait pas avoir joui avec une fille avant d'avoir largement dépassé les vingt ans. La sexualité lui inspirait une profonde panique dont il disait qu'elle était courante chez les hommes et qu'il appelait la crainte du dysfonctionnement. Il apparut qu'avant d'avoir eu recours à la thérapie, il avait eu plusieurs relations avec des filles qui s'étaient terminées en général au bout de quelques semaines lorsqu'il avait eu l'impression qu'on exigeait de lui d'aller au lit. Il déclara ne pouvoir imaginer avoir des relations sexuelles durables avec la même personne ; il avait horreur de la sexualité dans le noir ou quand il faisait trop jour, le matin, tard dans la nuit ou peu après les informations, dans un lit trop petit ou trop grand, dans un sous-sol, dans un appartement au rez-de-chaussée, dans une pièce sans fenêtre ou sous les toits, avec une femme aux seins trop gros ou trop petits, qui était trop ardente ou trop frigide. De temps à autre, quand il dormait auprès d'une femme, il ressentait une crainte quasi insupportable, comme s'il était seul au monde, les murs l'oppressaient et se voûtaient au-dessus de sa tête. Il disait que la sexualité l'avait toujours isolé des autres, de tous ceux qu'il aimait.

Bien que son impuissance diminuât avec les années, il faisait toujours ça en vitesse, ce qui le forçait à s'excuser avant de se mettre au lit avec une femme. Il allait jusqu'à se mentir à lui-même en racontant les histoires les plus invraisemblables comme par exemple qu'il s'était masturbé dans les toilettes du bar où ils s'étaient rencontrés, qu'il avait couché avec son ex le matin ou s'était épuisé physiquement la veille en faisant du sport et ça lui était égal que la femme avec laquelle il était l'abandonne chaque fois après coup.

En s'avouant tout ça, il fut bouleversé et éclata en sanglots, il entra dans une colère noire et passa le restant de la séance à se calmer. Au début de la séance suivante, il assura qu'il avait réfléchi au problème, c'est-à-dire essayé de savoir pourquoi sa vie était remplie de crainte et était un échec ; il parlait d'une voix sans chaleur et ne regardait pas Vigdís en face, comme s'il ne voulait pas risquer de s'effondrer à nouveau. Il lui parla de ses crises d'épilepsie qui s'étaient déclarées à l'âge de onze ans et il n'en comprenait pas la cause. Ses parents ne s'en souvenaient pas, mais un médecin lui avait dit que l'épilepsie était parfois une réaction physique de l'enfant victime d'un traumatisme. Il eut des crises pendant une année ou deux jusqu'à ce qu'il se mette à boire et, alors, l'alcool sembla les arrêter. Quand il cessa de boire, les crises ne revinrent plus, on aurait dit qu'elles s'étaient égarées quelque part en lui ;

une fois, il les compara au Minotaure, mi-homme mi-animal, enfermé dans un labyrinthe construit par le roi Minos tout autour de sa honte.

Mais la conversation au sujet des crises d'épilepsie n'était que l'introduction à une histoire qui s'était passée quelques jours avant : il était allé à Stígamót, l'association des victimes de violences sexuelles. Il leur avait déclaré que, sur un stand de revues dans un café, il était tombé sur une brochure de l'association, l'avait feuilletée et sans plus attendre il avait pris son téléphone, enregistré leur numéro et demandé rendez-vous. La veille, il avait été malade : il avait eu de la fièvre, il avait vomi et ne pouvait se rendre tout seul en voiture à Stígamót, mais il s'était forcé à prendre un taxi ; en parcourant les derniers mètres avant la porte, il s'était arrêté à chaque pas pour se détendre les muscles, comme si lui – ou un autre lui-même – ne pouvait entrer. Dans un bureau au deuxième étage, il s'était trouvé devant une femme d'une cinquantaine d'années "tout ce qu'il y a de plus ordinaire" et il l'avait perçue comme une grande personne et il s'était perçu lui-même comme un enfant ou un pauvre type. Il lui avoua qu'il n'était plus sûr de savoir exactement le motif de son rendez-vous, fit des réserves en parlant de "quelque chose qui s'était passé", mais la femme l'avait rassuré en lui affirmant que ce genre d'hésitation était courant et qu'ils avaient tout leur temps. – C'est alors qu'il prit l'initiative et déclara qu'il n'était pas venu pour *accuser* quelqu'un ; elle comprenait très bien et le pria de récapituler ce qui s'était passé, et s'il avait des difficultés, il pourrait se contenter de suppositions – c'était souvent la première étape –, ce qui pour une raison ou pour une autre lui paraissait excellent, et elle eut un petit rire.

Même si ce n'était pas à proprement parler une partie de l'histoire, c'en était le cadre, l'entrée en matière qui semblait jouer un rôle particulier et que Vigdís n'avait pas mis longtemps à comprendre. Nonobstant le fait que l'histoire de cette hypothétique "autre femme" demeurait hautement sujette à caution, Vigdís lui tira les vers du nez.

Hrafn avait onze ans. Un jour, après l'école, il avait dit au revoir à un camarade dans la cour et avait pris le chemin de Skalli, un magasin où il allait de temps en temps acheter des friandises. Ensuite, il était rentré chez lui en remontant la rue Hraunbær et il était tombé sur deux garçons plus âgés qu'il avait reconnus – ce qu'on appelle des "voyous", connus des gamins plus jeunes dans le quartier. Ils traînaient dehors, sous l'abribus, et fumaient. L'un d'eux l'avait frappé et lui avait volé son bonnet quand ils étaient plus jeunes, mais maintenant il lui adressait la parole et lui souriait comme s'ils étaient amis. L'autre était connu pour avoir écrasé sa cigarette sur le dos de la main de quelqu'un ; il avait une sale tête et grimaçait ; il parlait peu mais, quand il le faisait, Hrafn se sentait mal à l'aise – parce qu'il parlait de lui, Hrafn, sans le regarder, s'adressant à son ami, et riait beaucoup et semblait en fait trouver très drôle quelque chose que Hrafn ne voyait pas.

Le premier, qui s'appelait Hjalti, demanda à Hrafn de les suivre et de les aider à faire quelque chose que Hrafn avait oublié, et en échange il serait payé. Hrafn hésita, mais céda aux instances du garçon et se mit en route avec eux. Hjalti parlait beaucoup et l'autre riait en glissant des mots que Hrafn ne comprenait pas. Probablement que son visage se crispait ou qu'il disait qu'il avait peur, mais Hjalti le prit par l'épaule et lui expliqua – plutôt amicalement – quelque chose au sujet des paroles du garçon aux traits disgracieux.

Ils arrivèrent dans la cour en dessous du magasin et la traversèrent. Hrafn aperçut un garçon de sa classe sur le terrain de foot avec un autre plus jeune et il eut l'impression qu'ils se trouvaient à une grande distance d'eux, de sorte qu'il n'arriverait jamais à les rejoindre. Il posa une question, mais il n'était pas vraiment sûr de ne plus être loin. La cour suivante en bas était déserte et il n'y avait pas de terrain de foot au milieu. Ils allèrent dans un coin, jusqu'à un escalier qu'ils gravirent, Hjalti devant et l'autre derrière. Hrafn avait peur mais il ne voulait pas le montrer, et ils se mirent à se moquer de lui, ce qui ne lui disait rien qui vaille ; en revanche, il voulait obéir et ensuite rentrer au plus vite chez lui. Ils arrivèrent à une porte, probablement à l'étage, qui n'était pas fermée, entrèrent et refermèrent derrière eux. À ce moment, Hrafn commença à pleurnicher doucement, disant qu'il voulait sortir tout de suite, mais les garçons se mirent à rire et l'empêchèrent d'atteindre la porte.

L'appartement était inoccupé et silencieux. Le mauvais garçon se mit à crier quelque chose derrière eux et emmena ensuite Hrafn dans le couloir vers la porte du fond. De l'autre côté de la porte, on entendait un grondement comme d'une basse, continue et profonde, et les pas de quelqu'un qui s'approchait.

C'est là que se termina le récit de Hrafn. Il fit ses excuses à la femme, déclara qu'il ne savait pas ce qui s'était passé ensuite et qu'il ne voulait pas lui faire perdre son temps en conjectures inutiles. Puis il se hâta de sortir, descendit la rue Hverfisgata et après il se rappela les rochers de Sólfarid[1], regarda les vagues affluer et refluer dans un murmure apaisant.

Les semaines qui suivirent, Hrafn répéta son histoire lors de ses entretiens avec Vigdís, mais toujours en spécifiant que c'était comme ça que "l'autre femme" l'avait entendue. Malgré toutes les mises en garde à l'encontre de tout ce qui ne pouvait être qualifié de conjectural, l'histoire ne varia pour ainsi dire pas au cours du temps; depuis le début, elle était comme ciselée dans la pierre et malgré de nombreuses offensives de la part de Vigdís, ils ne parvinrent jamais à la fin. D'après le contexte, il était évident que le motif de sa visite à Stígamót concernait cette porte fermée, et Hrafn pensait que "vraisemblablement" l'origine de ses problèmes sexuels, sa peur et tout ce dont il "avait honte" se trouvait là. Elle le soumit à une hypnose sédative, mais même avec ça elle n'obtint rien de lui sinon un échange confus à propos de ténèbres et d'une lueur rouge, mais ça n'avait rien donné de plus. – Rien ne prenait forme, il n'y avait rien de nouveau, et quand elle le poussait dans ses retranchements, Hrafn recourait à son ultime défense, toujours la même: quand on entrait dans les détails, il n'était plus certain qu'il se soit passé quoi que ce soit.

Quoi qu'il en soit, le fait de récapituler semblait lui faire du bien; ses sautes d'humeur diminuèrent et il s'inscrivit à une cure antialcoolique. Mais Vigdís n'était pas convaincue. Au fond, il y avait une chose qui la gênait dans tout ça. Ils se

1. "La course du soleil", sculpture monumentale en acier en forme de bateau viking, censée représenter l'espoir d'une terre à coloniser, le progrès et la liberté.

mirent ensemble et interrompirent la thérapie, mais de temps en temps elle évoquait ce dont ils avaient discuté. Pendant toutes ses années à son cabinet, elle n'avait jamais rencontré une défense si forte qu'elle ne finisse pas par s'effondrer; les souvenirs se révélaient, à la manière d'une plante qui a poussé hors de terre, a adopté plus ou moins sa forme définitive et a fleuri. Et même si beaucoup avaient du mal à être certains que tout cela s'était passé *de façon précise*, en général le souvenir s'estompait quand on comprenait que le début et la fin avaient atteint certaines limites. Chez Hrafn, en revanche, cette histoire était fixée une fois pour toutes, sa véracité était tantôt affirmée, tantôt révoquée en doute et elle ne changeait pas, quoi qu'il arrive; elle était ronde, lisse, n'offrait aucune prise, et on ne pouvait rien faire que tourner en rond.

Elle se méfiait aussi du fait que cette histoire se déroulait toujours autour de Stígamót; il voulait ainsi prendre de la distance par rapport aux événements, se dit-elle tout d'abord, mais ensuite elle trouvait qu'en agissant ainsi il conférait une certaine crédibilité à son histoire. Il lui vint à l'idée que "ce qui s'était passé" à Árbær était une invention non pas pour lui donner le change à elle ou à d'autres, mais plutôt à lui-même. Le mensonge, dont il ne se rendait même pas compte, provenait des contradictions de sa personnalité qu'il ne pouvait plus éluder. Avec cette histoire, il avait essayé de mettre un frein aux forces qui, à ce moment-là, étaient en train de ruiner sa vie, et lorsqu'il n'en était finalement plus maître, il avait été obligé de chercher de l'aide.

Elle lui exposa sa théorie: après une série d'expériences sexuelles ratées lors de son adolescence – dues à son manque d'intérêt pour les jeunes filles, au chantage à la performance que lui avait fait subir son père et à une mère imprévisible qui le firent abhorrer les femmes qui exhibaient leurs sentiments – Hrafn s'était enfermé dans un cercle infernal qui avait de plus en plus négativement influencé ses rapports avec la gent féminine. Il déclara que ni avant ni après il n'avait compris comment ce genre de scénario avait pu s'inviter au fond de sa personnalité, dans sa vie qui, sans cela, était heureuse et pleine d'originalité, de compétitions et de rigueurs quasi incessantes;

il n'avait jamais pensé qu'il était *une victime* avant que le souvenir lui revienne.

Et quel était son rôle à elle ? – Tout ce qui n'avait pas de place dans sa vie ordinaire tenait dans un seul et unique souvenir dépourvu de fin ; la honte, la haine de soi-même, la mollesse – tout ce qui était féminin en lui – était justifié et bridé par cette unique histoire. Et même si celle-ci produisait ses effets, se disait Vigdís, cela ne voulait pas dire qu'elle était vraie.

19. Mary Poppins

Elle éteignit sa cigarette sur le tapis de sol et posa le mégot sur le tableau de bord. – Quatre mégots, autrement elle n'aurait pas su combien de temps elle avait passé assise là, car elle en avait perdu la notion.

À l'avant du capot, ses yeux se portèrent sur un insigne familier qui lui rappelait toujours le viseur d'une carabine: l'insigne de Mercedes-Benz. Elle était assise dans une Mercedes-Benz cinq places aux banquettes de cuir, à vitesses automatiques, abandonnée par quelqu'un – au bout de quinze mille kilomètres. Elle jeta un rapide coup d'œil au siège arrière et ensuite au capot. Elle était sûre de ne pas avoir vu d'insigne quand elle s'était assise au volant.

Elle regarda du coin de l'œil les rétroviseurs qui étaient toujours vides. Il lui semblait que la voiture penchait. Elle s'assit sur le siège passager, du côté où la voiture s'inclinait, et regarda par la fenêtre. Le pneu avant était à plat ou s'était enfoncé dans le sable, à ce qu'il lui semblait; pas plus, mais pas assez cependant pour l'avoir stoppée en son temps – exactement comme le véhicule qu'ils s'étaient fait prêter par le vieux couple. Elle n'osait pas y penser davantage.

La Mercedes-Benz avait joué un rôle dans sa vie, mais elle ne se rappelait plus lequel, car ça avait été rapide et pas particulièrement joyeux.

Est-ce qu'elle n'osait pas sortir?

Sa respiration s'accélérait sans qu'elle sache pourquoi. Rien à redouter en dehors de la voiture. Elle avait une montre, une boussole et une carte. Le pire pour elle était de ne pas avoir de rétroviseurs latéraux et de ne pas pouvoir apercevoir l'arrière de la voiture – ils auraient pu avoir été cassés par de violents coups de vent, du gravier qui volait, mais ça n'expliquait pas ce qu'était devenu le rétroviseur situé au-dessus du tableau de bord.

Les vitres étaient commandées électriquement, si bien qu'elle ne pouvait les ouvrir pour avoir de l'air frais. Au lieu de cela, elle ferma les yeux, se concentra sur le sommet de son crâne et descendit le scanner le long de son corps, détendit ses muscles, relâcha ses pensées et sentit sa respiration ralentir. Elle écouta le murmure du sable contre la voiture et imagina qu'elle était à Reykjavík et allait de bon matin au travail dans sa voiture ; devant et derrière elle, il y avait une longue file d'autos du même genre – conçues au cœur de tunnels aérodynamiques en Allemagne, comme Hrafn disait –, remplies de gens comme elle qui allaient au travail mais qui maintenant attendaient aux feux rouges, toutes les voitures roulant au pas. Les gens regardaient devant eux par la fenêtre et écoutaient le ronronnement des moteurs.

En regardant en arrière, elle fut étonnée de constater combien elle avait galéré dans la vie et combien elle était reconnaissante pour les souffrances et les joies qu'elle avait connues. Pourquoi ? Des images du passé lui revenaient en mémoire, qui l'avaient beaucoup émue, mais elle ne leur permettait plus de l'écraser et ne s'en laissait plus affecter autant qu'avant. Comment expliquer qu'elle soit constamment sur la défensive face au monde ? Son attitude était empreinte de sérénité. Elle se trouvait dans le jardin de la maison de ses parents après la mort de sa mère. On n'avait pas tondu le gazon depuis de nombreuses années, l'héritage était passé dans les parterres de plantes potagères, on ne voyait pas de fleurs et la vitre de la cabane à outils était cassée. Elle était assise dans cet abri de jardin, le visage enfoui dans ses mains et elle pleurait, sentant la présence de quelqu'un qu'elle ne connaissait pas.

– Vigdís… articula-t-elle en ouvrant les yeux. Lorsqu'elle regarda ses mains, elles étaient sur le volant. Elle ne le lâcha pas tout en étant consciente qu'elle le voulait et ne le voulait pas non plus. Le volant était recouvert de cuir marron troué par endroits de minuscules ouvertures afin que le cuir puisse respirer et être plus ferme au toucher.

Elle ferma les yeux. Derrière elle, on entendait le craquement d'une porte qui s'ouvrait, le mugissement de la tempête et aussi les portes qui claquaient. Ses pensées défilaient les unes après les autres, quelque chose s'y infiltrait et disparaissait tout aussi vite avec elles. Tandis qu'elle pensait à tout ça, on aurait dit qu'elle avait changé – sur certains points fondamentaux ; elle ne comprenait pas comment, mais simplement ça s'était passé il n'y avait pas si longtemps. Ce qu'elle appelait son moi était à la fois plus flou et plus net ; elle distinguait sa silhouette avec tout ce qu'elle était, presque comme si elle était *une personne* à l'intérieur de sa propre vie, à la fois en elle et en dehors d'elle-même.

Ça n'était pas comme ça tout à l'heure quand elle s'était installée dans la voiture ; ça s'était passé trop vite. La peur se manifestait à nouveau, elle ouvrit les yeux et sut qu'elle n'était plus dans la voiture. Elle l'avait su avant, mais ça n'avait pour ainsi dire plus d'importance. Quelqu'un était assis sur le siège derrière elle, mais elle ne voyait rien de sa place et n'osait pas jeter un coup d'œil. Si elle se retournait, elle mourrait, son cœur se ratatinerait jusqu'à devenir un point rouge très rigide et il se scléroserait.

L'homme était assis derrière elle et la voiture se déplaçait, elle sentit le volant se décaler et la voiture se balancer. Elle regarda au-dehors par la vitre avant et vit les grains de sable voler sur elle et la voiture se réfugier rapidement et sûrement dans la neige. Ses mains agrippèrent plus fermement le volant et le long des portes on vit se profiler des bâtiments. Sur le tableau de bord, des lumières s'allumaient qu'elle n'avait pas remarquées auparavant et la télévision émettait un sourd grommellement. La voiture roulait à toute vitesse, mais l'homme sur le siège derrière elle ne bougeait pas, il restait assis bien sagement et ne regardait ni par les fenêtres ni sa nuque à elle. Droit devant se dressait un bâtiment qui s'élevait haut dans le ciel et des deux côtés de la voiture surgissaient des maisons familières, des maisons en forme de mye des sables près de l'avenue Hringbraut et elle savait ce qu'il y avait devant elle. – Peu après, elle arriverait à un tournant et de l'autre côté, quand la route redevient droite, c'est à ce moment que ça se passerait, elle ne pourrait pas l'empêcher et toutes ses tentatives pour l'éviter cela avaient échoué. Elle essaya de fermer les yeux sans pouvoir y arriver, ramena ses mains vers elle, mais elles serrèrent encore plus fort le volant.

Elle négocia son virage trop vite, entendit crisser les pneus et, à droite, elle vit émerger de la verdure l'église – masse sombre qui se détachait sur le ciel. Au milieu de la route apparut quelqu'un, les cheveux bruns grisonnants sur le dessus, un sac à provisions dans chaque main qui, étonné, écarquillait les yeux : sa mère. La voiture subit un choc très lourd et Vigdís fut projetée contre le volant, vit sa mère décoller de terre en une longue courbe hyperbolique. Elle poussa un hurlement, tâtonna pour trouver la porte et se dégagea de la voiture.

La tempête s'était apaisée. Le sable demeurait tranquillement à sa place, sur le sol, comme s'il n'avait jamais rien fait d'autre. Vigdís se leva et regarda autour d'elle. À l'horizon, elle aperçut la maison, sombre, qui se profilait sous un ciel gris.

20. La porte de la cuisine

Anna fit la grasse matinée et se réveilla avec un mal de tête et la bouche sèche. En se rappelant où elle était, elle s'enfonça dans le lit, poussa un petit gémissement et désira voir Egill auprès d'elle pour la consoler et l'embrasser. Bientôt, elle eut soif et ne put remettre à plus tard son lever. Elle saisit sa trousse de toilette et s'avança vers la salle de bains, le corps engourdi comme un coquillage fermé, mais elle ne pouvait espérer prendre une douche dans l'immédiat. Le robinet était rouillé et crachait une eau marron. Elle attendit que les canalisations se purgent, prit avec précaution une petite gorgée, puis l'avala, se passa de la crème sur le visage, se mit du déodorant, absorba ses comprimés et se contenta de ça pour le moment.

Elle remporta sa trousse dans la chambre et remarqua sur le sol à côté du lit une petite flaque de vomi séchée. À l'instant, elle se souvint du bureau du vieil homme et de quelque chose qui s'était passé dedans – une décharge électrique qu'elle avait reçue en touchant à une lampe ou en l'allumant. Elle ne pouvait pas y penser ; à première vue, elle ne comprenait rien à ce qui lui était arrivé, mais elle entreprit de mouiller une serviette dans la salle de bains et de nettoyer cette flaque.

On approchait de sept heures. Elle décida de réfléchir au repas, sortit pour aller à la voiture où elle farfouilla dans la glacière du coffre, aperçut une pizza surgelée aux quatre fromages qui lui semblait très appétissante – quelque chose de chaud pour lequel elle n'avait pas besoin de trop en faire, et emporta une demi-bouteille de vin rouge.

Ása se trouvait dans la cuisine.

– Tu es là ! s'écria Anna.

– Pourquoi ?

La vieille était penchée au-dessus d'un saladier sur la table et pétrissait de la pâte.

– Je ne t'ai pas vue tout à l'heure quand je suis sortie... Quelle tempête! ajouta-t-elle en retournant la pizza surgelée dans ses mains.

– Ça se calme, constata la bonne femme.

– Bien. J'espère que mes amis ne sont pas en difficulté.

La bonne femme ne fit aucun commentaire. Anna souleva la pizza et demanda si elle pouvait la faire réchauffer.

– Évidemment, mon amie. Je vais m'en occuper, répondit la vieille en levant les yeux de sa pâte. Assieds-toi dans le séjour, on pourra bavarder après.

Anna s'assit, prit son vernis à ongles bleu dans sa poche et s'en mit. De temps à autre, elle buvait une gorgée de vin rouge, carrément à la bouteille, de préférence au verre de lait que la vieille lui avait offert; il y avait de la vase au fond. Ses orteils étaient trop dégoûtants pour qu'elle consente à les faire, même par acquit de conscience.

Sa cheville s'était remise. Elle l'examina et vit qu'elle n'était plus enflée. Peut-être que ce n'avait été que son imagination, sa vieille paresse pour marcher. Ou alors, est-ce que la décharge électrique aurait guéri son inflammation? – Ce n'était pas une lampe qui l'avait projetée au sol, c'était l'interrupteur au-dessus duquel il y avait quelque chose d'écrit. Elle se souvenait aussi de la fenêtre de la chambre, celle qui avait été peinte, et du révolver. Avait-elle *pris* le révolver? Sauf erreur de sa part, l'arme, enveloppée dans la soie, reposait sous le lit ou même sous l'oreiller. Il lui faudrait la rendre, immédiatement.

Le vin lui montait à la tête et elle sortit sur l'escalier pour prendre le frais. Le vent soufflait moins fort. À l'horizon, des colonnes de sable étaient en mouvement et le brouillard tournoyait comme un voile, effaçant la frontière entre ciel et terre.

Quelque chose surgit dans la cour. D'abord, elle crut que c'était Tryggur qui était revenu, mais elle vit ensuite que c'était un des renards. Sale bête.

Pourquoi la vieille voulait-elle *bavarder après*? Au cas où on aurait découvert des indices de sa présence à la bibliothèque, elle décida de déclarer qu'elle avait eu envie de vomir, avait erré à moitié endormie à la recherche des toilettes et avait ouvert la mauvaise porte. Si la conversation se portait sur son travail, elle dirait qu'elle était enseignante – elle se doutait bien que les journalistes ne seraient pas bien vus dans cet endroit.

Elle entendit Ása lui crier dans la cuisine quelque chose comme "Hé toi, la fille!" Elle alla chercher une autre bouteille de vin rouge dans le coffre et, en revenant, elle se jura de ne pas retourner dans ce bureau en pleine obscurité. Le plus simple était peut-être d'oublier le révolver, de laisser la vieille le découvrir sous le lit après leur départ.

Ása avait fini de pétrir et sirotait son café tandis que la pâte levait dans le saladier. Elle déclara que le repas était prêt et désigna une assiette sur la table où se trouvait un paquet en plastique rempli d'un magma brunâtre. Anna mit un certain temps à reconnaître la pizza. La femme semblait l'avoir fait bouillir avec le plastique.

– Bien, fit-elle en hochant la tête tellement brusquement que son cou craqua. Très bien.

Elle s'assit et Ása demanda s'il lui manquait des ciseaux ou un couteau. Anna ne comprit pas tout de suite ce qu'elle voulait dire, mais s'occupa de couper le coin en plastique et versa le contenu dans l'assiette. Elle était dégoûtée, retourna la pizza et la déposa sur la chaise à côté d'elle.

– Je vais attendre un peu, fit-elle en se massant le visage. Elle sentit qu'elle avait envie de rire, mais elle se retint.

– Tu as perdu l'appétit? demanda Ása, l'air étonnée.

– Je vais bientôt avoir faim. Elle refusa poliment le café, mais changea ensuite d'avis. Si, d'ailleurs, un café me ferait du bien. Il faut que je reste éveillée.

Ása en versa dans leurs tasses, referma la porte de la cuisine, s'assit en face d'Anna et lui demanda si elle n'avait pas bien dormi l'autre jour.

– Tu as dormi pendant la journée, n'est-ce pas?

Anna hocha la tête.

– Oui. J'ai bien dormi. Je voulais seulement m'allonger, mais j'ai dormi trop longtemps. Tu vas trouver que je suis une grosse paresseuse.

Elle jeta un coup d'œil furtif à la porte et essaya de comprendre pour quelle raison la bonne femme l'avait fermée.

– Je ne te juge pas, riposta la vieille sur un ton incisif en secouant la tête. Mais tu es un peu pâle. Tu ne couves pas quelque chose, dis ?

– Je vais très bien… J'ai vu un renard ici, dans la cour, ajouta-t-elle pour parler d'autre chose. Le café était aigre et sentait la bouse de vache.

– Ils s'occupent des souris pour nous, les malheureux. Ils sont efficaces.

– Je comprends. D'où viennent-ils, ces renards ?

La bonne femme ne la regardait pas dans les yeux, mais Anna n'interpréta pas cela comme de l'indifférence, plutôt comme une manifestation de déférence à l'ancienne.

– Pourquoi ne viendraient-ils pas de la terre, comme nous tous ? Et puis ils arrivent tous les uns après les autres.

La femme jeta un regard en coin à Anna comme pour épier sa réaction. Expression intéressante, se dit Anna, "de la terre", et elle la conserva en mémoire.

– Question stupide, s'amusa Anna avec un sourire. Je voulais savoir si vous les avez eus en cadeau ou s'ils se sont égarés. Tu crois qu'ils pourraient attaquer mon chien ? Il a disparu.

– Je suis désolée.

– Non, non, il est capable de se défendre, mon Tryggur. Je ne me fais pas de souci pour lui.

Anna s'entendit parler comme on parle à des petits enfants ou à des ignorants. Elle résolut d'orienter la conversation sur Kjartan, en se rappelant ce qu'elle avait lu l'autre jour. Ton mari est dehors ?

– Il traîne par ici un peu partout, pas de souci.

La question ne semblait pas intéresser la vieille.

– J'ai remarqué la photo qu'il y a là devant. Qui représente Kjartan et la femme… Ce sont de belles personnes. Ils ont l'air de…

Elle se tut, car elle voulait dire vedettes de cinéma, mais peut-être que la bonne femme aurait trouvé cela désagréable et s'en serait même offusquée, par rapport à son physique. On ne pouvait pas dire qu'elle soit une beauté.

– Quelle photo c'est ?

– Devant, dans le séjour. Kjartan et la femme qui est à côté de lui. Je me demandais qui était cette femme.

– J'en sais fichtre rien.

Elle marmonna quelque chose qu'Anna entendit mal, mais comprit soudain le mot "aide-ménagère".

– C'est l'aide-ménagère sur la photo avec lui ?

– C'est possible.

Ása hocha la tête, fit un sourire en coin et regarda par la fenêtre.

– Je comprends... Peut-être la femme de celui qui abat les rennes pour vous ? Avec lesquels vous nourrissez les renards ?

Elle ne répondit pas. Anna se sourit à elle-même en pensant au maître de maison qui se faisait photographier avec la domestique et accrochait la photo dans le séjour. La vieille ne savait pas bien mentir, mais ça ne voulait pas dire qu'elle avait livré beaucoup de renseignements.

– Depuis combien de temps vous êtes mariés, Kjartan et toi ?

Elle était convaincue que leurs hôtes n'étaient pas en couple, mais elle voulait entendre la femme le dire et parvenir à découvrir quelle était sa place dans la maison. – *Une aide-ménagère* sans aucun doute, ce qui était peut-être la raison pour laquelle elle mentait en attribuant à d'autres un travail en lien avec la maison. Mais pourquoi mentir ?

– Ça doit faire pas mal d'années que vous vous êtes rencontrés, non ? poursuivit Anna.

– Qu'est-ce que tu fais comme travail ? interrogea la vieille qui finit par la regarder. Au coin des yeux, elle avait une rougeur qui lui descendait sur le visage jusqu'aux commissures des lèvres et qui ressemblait assez à des cicatrices ; leur apparence et leur turgescence évoquaient à Anna l'agrandissement d'une photo de clitoris qu'elle avait vue un jour et elle repoussa cette pensée.

– Je suis institutrice. J'enseigne l'islandais dans une école élémentaire. Elle remarqua brusquement qu'il n'y avait pas de poignée à la porte de la cuisine, seulement un petit trou carré. Elle s'efforça de ravaler sa question sans y parvenir. Il n'y a pas de poignée à cette porte-là ?

– Pourquoi tu demandes ça ? voulut savoir la vieille qui ne la quittait pas des yeux.

– Simple curiosité.

– Curiosité, c'est ça. Tu n'en as pas fini avec la curiosité, ma fille. J'en sais quelque chose. Tu regardes comme ça autour de toi. Et tu poses des questions. Ça peut être dangereux d'être trop curieuse.

– Qu'est-ce que tu veux dire ?

– Rien d'autre que ce que j'ai dit.

– Je m'intéresse à mon environnement. Anna but une gorgée de café, promena son regard dans la cuisine et vit une autre porte dans un coin qu'elle n'avait pas repérée auparavant. Même si elle s'intéressait davantage à l'autre porte pour *sortir*, elle ne put s'empêcher de penser que celle-ci descendait au rez-de-chaussée – là où les fenêtres avaient été murées.

– Il y a beaucoup de portes ici, reprit la bonne femme, comme si elle lisait dans ses pensées. Je peux satisfaire ta curiosité et répondre à toutes tes questions. Si tu réponds d'abord à une seule question.

Elles se regardèrent dans les yeux.

– Laquelle ? s'enquit Anna, s'efforçant de ne pas baisser les yeux.

– Est-ce que tu es allée dans la chambre de l'étage supérieur ? Aujourd'hui, quand tu dis avoir dormi ?

– Quelle chambre ?

– Quelle chambre ? répéta la bonne femme. Parce que tu es allée dans plusieurs chambres, peut-être ? Et tu n'es pas sûre de savoir de laquelle je parle ?

Anna sourit.

– Je ne suis allée nulle part. Je suis restée dans ma chambre et j'ai lu, ensuite j'ai dormi un peu et j'ai lu encore.

– Je sais ce que tu as fait, susurra la vieille en se penchant sur la table et en roulant des yeux. Tu es allée dans la chambre et tu as pris quelque chose. Je ne sais pas quoi, je ne peux pas savoir. Tu dois me le dire toi-même. Qu'as-tu pris dans la chambre ?

– Je n'ai rien pris dans aucune chambre !

– C'est important que tu me le dises, il faut que je le sache pour que je puisse…

– Et c'est important que tu me laisses sortir, lui soutint Anna en se levant. Elle ne supportait plus d'être enfermée ici.

Elle fit quelques enjambées et poussa la porte. Elle ne s'ouvrit pas. Où est la poignée ? Donne-la-moi !

Elle se dirigea vers la femme en tendant la main.

– Si tu réponds à la question, avertit celle-ci, qui ne bougeait pas.

– Je n'ai pas à te répondre ! hurla Anna en sentant des tremblements dans tout le corps. Je suis ton hôte dans ce foyer. Non par ma volonté, mais par *nécessité* ! Et je ne m'intéresse pas à ce qu'il y a ici ou pas, je veux sortir.

À l'instant où elle prononçait ces dernières paroles, elle perçut un mouvement à l'extérieur de la fenêtre : une ombre qui se déplaçait dans la cour à la faveur de l'obscurité.

Ils étaient revenus.

– Mes amis sont revenus. Ouvre la porte ! hurla-t-elle, la vieille s'exécuta et alla chercher la poignée. Anna s'en empara, la mit dans le trou et ouvrit la porte en se dépêchant de sortir, dévalant l'escalier quatre à quatre jusqu'à Egill qui se tenait dans la cour. Elle lui sauta au cou et ne put dire un mot, tant elle était bouleversée. Il avait le visage couvert de sable, mais elle l'embrassa quand même, se blottit contre lui et découvrit qu'elle avait cru ne plus jamais le revoir.

21. Le vieil homme creuse

Il apparut qu'Egill était seul. Il dit que Vigdís et Hrafn étaient rentrés avant lui à la maison.

– Ils ne sont pas là, rétorqua Anna. Que se passe-t-il ? Pourquoi est-ce que tu as deux sacs à dos ?

– Vigdís a oublié le sien.

Il déclara qu'il lui expliquerait tout ça plus tard ; il semblait recru de fatigue et il faillit tomber en haut de l'escalier. Elle le soutint jusqu'à la chambre et le coucha dans le lit

Un quart d'heure après, Hrafn fit son apparition et Vigdís immédiatement après lui. Anna faisait chauffer de l'eau en bas, dans la cuisine, lorsque Hrafn entra par la porte et disparut directement à l'étage. Vigdís raconta qu'ils s'étaient égarés dans la tempête sur le chemin du retour. Elle était crasseuse et couverte de sable. Elle annonça qu'elle redescendait dans un instant et monta rejoindre Hrafn.

Anna apporta un seau d'eau chaude fumant à Egill, mouilla une serviette et le débarbouilla. Partout où son visage était humide, le sable s'était incrusté dans des rainures noires : aux coins des yeux, à la commissure des lèvres, sous les narines, sur le ventre et jusque sous les bras, il avait du sable gris, bien qu'il ait à peine déboutonné sa chemise.

– J'ai envie de rentrer... rentrer, rentrer, susurra-t-il tout bas, et il s'appuya, les yeux fermés, sur le montant du lit. Elle lui posa des questions sur le voyage et il répondit qu'ils avaient été pris par le mauvais temps à la lisière d'un village qui était probablement lié au barrage qu'ils voyaient plus loin à l'ouest.

– Nous avons dû retarder notre marche à cause de la tempête. L'Askja se situe vraisemblablement plus au nord que nous ne pensions, du moins selon Vigdís.

– Pourquoi est-ce qu'ils sont arrivés après toi ? Tu n'as pas dit qu'ils étaient partis avant ?

– Ils se sont perdus… Je voulais attendre que ça se calme davantage.

– Il y avait quoi dans ce village ?

– Rien de spécial, des hangars vides. Un vieux frigo.

Il se prit la tête, se pencha plus en avant, et elle lui frotta le dos.

– Tu ne veux pas retirer ton cache-nez ?

– J'ai froid.

– Nous rentrerons demain, mon amour, lui assura-t-elle, puis elle trempa plusieurs fois la serviette dans le seau, l'essora en faisant partir un liquide beige, rinça à nouveau, essora et lui massa les épaules. Dès demain matin.

– Je ne sais pas si je pourrai me réveiller.

– Bien sûr que tu pourras.

Il se mit au lit et but à grands traits à la bouteille qu'elle était allée lui chercher dans la voiture. En dépit de la peine qu'elle s'était donnée, elle avait l'impression qu'il était encore gris à cause de la vase et la peinture du lit était parsemée de grains de sable qui tombaient à chacun de ses mouvements. Elle eut l'idée de l'amener à faire l'amour, mais elle ne voulait pas avoir du sable en elle. Dès qu'ils s'étaient mis ensemble, il avait été passionné au lit et depuis longtemps il se donnait du mal pour elle, mais elle ne comprenait jamais ce qu'il appréciait et il n'en disait jamais rien. En fait, il ne semblait pas très intéressé par le sexe et dépensait la majeure partie de son énergie au travail.

– Nous pouvons marcher, maintenant, rien que nous deux, déclara-t-il en fixant le plafond. Il n'y aura pas de tempête cette nuit. Nous serons à l'Askja demain matin.

– Nous n'irons nulle part maintenant, Egill. Qu'est-ce qui te prend ?

– J'en ai marre de tout ça… Je voudrais qu'on soit seuls tous les deux.

Elle demanda s'il s'était passé quelque chose entre lui et Hrafn, mais il ne répondit pas. Il ne la remercia pas de sa sollicitude, ne lui posa aucune question au sujet de sa cheville, ne lui déclara pas qu'il l'aimait, ce qui n'aurait pas été si difficile, n'est-ce pas ? Il ne sut même pas lui dire un petit mot gentil, malgré sa fatigue, en lamentable égoïste qu'il était.

Elle serra les poings et fut prise d'une colère si violente qu'elle eut l'impression de venir de se réveiller : cet homme avait détruit sa vie, lui avait enlevé la seule chose qu'un journaliste possédait : *sa réputation*. Elle ne savait rien faire d'autre ; contrairement à lui, elle n'avait pas de réserve, cachée dans une boîte de salopards sur l'une de ces îles de salopards qu'il y a dans le monde, quoi qu'il en dise. Elle s'était rendue complice, si ce n'est au regard des lois, du moins envers la société, et ils allaient être jetés en pâture aux journaux, son nom à elle serait traîné dans la boue sur Internet, aux informations, dans les cafés, les cantines, les banquets de confirmation, les courriers, les SMS, partout. Il lui avait communiqué sa cupidité. Quand tout avait commencé à se disloquer, elle lui avait permis de faire passer des biens sous son nom, autant qu'il pouvait ; elle lui cédait, mais elle s'imaginait – en pleine crise – qu'un jour elle s'en tirerait, partirait seule en voyage avec son sac à dos, passerait la nuit dans des hôtels trois étoiles, lirait Eckhart Tolle, et quand elle reviendrait, on l'aurait enfermé et c'était tout ce qu'il méritait. Mais, bien sûr, elle ne ferait rien de tout ça. Elle était lâche. Et la lâcheté lui enlevait tout ce qu'elle avait édifié.

– J'ai vu le bonhomme, le vieux fou, annonça Egill en continuant à boire à la bouteille sans se redresser sur son siège.

– Qu'est-ce qu'il faisait ?

– Tu ne veux pas le savoir. Il ricana bêtement, et elle vint s'asseoir à côté de lui sur le bord du lit et avala une gorgée à la bouteille. J'approchai de la maison quand je l'ai vu, près du réverbère. Il avait une pelle et se tenait devant un trou. Il sortait ce qu'il y avait dedans.

– Pendant la tempête ? Il creusait un trou dans le sable ?

– Le temps était en train de se calmer. Et le trou lui arrivait à la taille, jusqu'ici, oui, et il a probablement commencé pendant la tempête.

– Est-ce qu'il t'a vu ?

– Je ne crois pas. J'étais pressé et je n'avais pas envie de lui parler.

– Tu n'avais pas envie! Tu n'étais pas curieux de savoir pourquoi cet homme creusait la terre? Tu aurais peut-être dû le faire arrêter. Et si c'était une tombe qu'il creusait? Egill ne répondit pas. Pourquoi fallait-il qu'il creuse là?

– Est-ce que je sais, *moi*? Peut-être sent-il qu'il va bientôt mourir.

– Est-ce que le réverbère était allumé?

– Oui. D'ailleurs, c'est mieux d'y voir clair quand on creuse un trou.

– Il se passe beaucoup de choses ici... Anna but à nouveau à la bouteille, décida de prendre le taureau par les cornes et de lui montrer le révolver. Il valait mieux ne pas le cacher. Elle s'allongea sous le lit et sans hésitation elle exhiba l'arme devant Egill en disant qu'elle l'avait trouvée dans la chambre d'à côté.

– Qu'est-ce que c'est que ça? interrogea-t-il sans bouger.

– Je pense que ça appartient au vieux... Comme Egill ne bougeait toujours pas, elle déplia la soie et posa le révolver sur le lit entre eux. Il est chargé.

– T'es *cinglée*, Anna? Qu'est-ce que tu fais avec un révolver chargé? Où est-ce que tu l'as trouvé?

– Je viens de te le dire: dans la chambre d'à côté. C'est le bureau du vieux. Je n'ose pas le remettre, maintenant. Est-ce que nous devons l'emporter? J'ai envie de le garder, mais je ne sais pas si c'est judicieux...

– Je n'y toucherai pas, affirma-t-il.

Il but encore de l'alcool et s'étendit sur le dos.

– Qu'est-ce que tu veux dire? Tu n'as pas l'intention de m'aider?

– Je ne peux pas faire plus, Anna. Je ne comprends pas ça. Je n'ai pas envie de penser à ça.

– Mon pauvre vieux, ferme les yeux et détends-toi, l'enjoignit-elle en se saisissant de l'arme. Elle la rangea et l'expédia sous le lit. Puis elle se leva, dit qu'elle voulait sortir et Egill bredouilla quelques mots pour lui signifier qu'il voulait dormir.

Devant les toilettes, elle rencontra Vigdís et lui laissa le seau. Cette dernière était même plus fatiguée que lorsqu'elle était rentrée et Anna lui demanda si quelque chose n'allait pas.

– Tu es bouleversée, ma chérie ? fit-elle.

Vigdís hocha la tête et lui proposa de se voir après et de prendre un verre avant d'aller dormir.

– Il faut que je sorte, je ne peux pas rester plus longtemps ici, déclara-t-elle, et Anna supposa qu'elle voulait dire dans leur chambre à elle et Hrafn.

– Bien sûr, acquiesça Anna qui reprenait vie. Un verre avant d'aller dormir, ou bien deux.

Elles se donnèrent rendez-vous en bas dans le séjour et Anna retourna faire un tour au coffre pour prendre de l'alcool. En revenant dans l'entrée, elle vit briller une boîte sur le dessus du sac à dos de Vigdís qui semblait plein de fusées de détresse. Elle contempla l'une des fusées, un cylindre rouge en plastique avec une mince poignée de bois ; sur le plastique était imprimé le mode d'emploi qui expliquait comment défaire la sécurité, qu'il fallait tenir l'objet éloigné du visage et tirer doucement la ficelle qui pendait du plastique.

– *Tirer dessus*, se dit-elle, et elle fut horrifiée sans savoir pourquoi. Il lui fallait se débarrasser du révolver avant de se coucher.

22. L'enfant

Tandis qu'Anna attendait dans le séjour, elle contemplait la photo au mur, celle qui représentait l'homme et la femme. – Ils étaient beaux. Elle déambula dans la pièce, regarda la photo sous tous les angles et commença à comprendre ce qui la troublait.

– Ce n'est pas elle, s'enflamma-t-elle, puis elle se colla devant la photo, s'en éloigna et secoua la tête. C'est leur enfant... Elle alluma une cigarette et repassa dans sa tête *Les Personnalités islandaises du monde des affaires*, le bureau et la chambre dérobée, revit tout ça sous un jour nouveau et sentit que les pièces du puzzle finissaient par s'assembler.

La vieille n'avait pas regretté l'incident de la cuisine. Peut-être qu'Anna devait avoir honte d'avoir crié sur elle de cette façon, mais cette bonne femme n'avait pas le droit de l'enfermer – même si elle avait fourré son nez partout.

Vigdís descendit l'escalier et Anna tendit le bras vers les bouteilles qu'elle avait alignées sur la table :

– Que puis-je t'offrir ? Du blanc ou du rouge ?

– Du rouge ambré, ça serait bien, dit Vigdís en désignant le whisky. Un doigt. Et du rouge après ?

– Pas de problème.

Anna l'invita à s'asseoir sur le canapé et lui versa un verre qu'elle vida d'un trait. Puis elle lui tendit un verre de vin rouge rempli à ras bord. Elle avait lavé elle-même le verre, c'était une manie chez elle quand elle faisait chauffer de l'eau à la cuisine.

Vigdís reprit son souffle et se cala de nouveau dans le canapé.

– Il est bon, dit-elle.

Anna sentit la forte odeur de son shampoing et vit la peau de son visage luire comme si elle s'était enduite de crème hydratante.

– Il sent drôlement bon, ton parfum.

– Merci. J'ai fait de mon mieux pour me masser, mais je n'avais pas envie de faire chauffer de l'eau. Je ne savais pas que *l'eau chaude* était aussi indispensable à ma vie. J'ai la peau qui se décolle.

– Fais-moi voir ça. J'étais justement en train de me faire la même réflexion tout à l'heure. Anna jeta un coup d'œil dans la cuisine pour s'assurer qu'elles étaient seules et demanda s'il s'était passé quelque chose pendant le voyage. Vous avez tous l'air tellement chamboulés.

– Je ne sais pas... Egill ne t'a rien dit ?

– Il a parlé d'un barrage et d'un certain village, et aussi d'un pont. Il était tout de même plus bizarre que d'ordinaire. Qu'y avait-il dans ce village ? Est-ce que l'armée américaine y enterre des déchets radioactifs ou fait des recherches dans des abris souterrains ?

– Je ne suis pas entrée dans le village avec eux. Il ne t'a rien dit ?

– Qu'est-ce qu'il aurait dû me dire ?

Vigdís hésita avant de révéler ensuite que Hrafn et Egill s'étaient disputés à propos d'une chose qu'elle ne comprenait pas et qui concernait le passé. Alors elle s'était disputée avec Hrafn qui s'était sauvé de la remise et elle l'avait suivi. C'est à cause de ça qu'on est arrivés dans cet état-là... C'est pour ça que je suis restée dans la carcasse de la voiture et que j'ai attendu que le temps se calme... Je n'ai aucune idée de ce qui se passe ici.

Elle finit son verre et Anna le lui remplit à nouveau.

– Ma chérie. Et où était Hrafn pendant que tu étais dans la voiture ?

– Je l'ignore, il a dit qu'il s'était abrité derrière une colline. Je n'ai pas envie de lui parler en ce moment. J'espère qu'on rentrera chez nous demain et alors on pourra discuter comme des gens normaux.

– Tu ne sais pas à quel sujet ils se sont disputés ?

Vigdís secoua la tête et regarda le plafond d'un air absent, comme si elle n'avait pas entendu la question, ce qui ne ressemblait pas à la Vigdís toujours éveillée et consciente. En fait, ils avaient tous indéniablement changé. Ils étaient devenus plus vides, plus nonchalants, plus lointains, et maintenant qu'Anna y pensait, on pouvait sans doute en dire autant d'elle. – Ne devrait-elle pas être, par exemple, encore plus effrayée ici, après ce qui s'était passé la veille ?

Comme un *zombie*, se dit-elle, et un vers d'un ancien poète lui revint : *Je suis le berceau de quelqu'un qui a été échangé*[1]. Ses amis étaient partis dans les sandurs et étaient revenus changés. Est-ce qu'on ne parlait pas de ça dans les contes populaires ?

Elle décida de remonter le moral de Vigdís.

– J'en ai vu, moi aussi, des vertes et des pas mûres, assura-t-elle, et elle sentit la tension autour d'elle, la joie de *s'amuser* et peut-être surtout de voir que les hommes n'étaient pas là – comme si elles parvenaient mieux à se réaliser sans eux, du moins quand elles étaient dans les chambres dérobées de vieilles maisons. Cela paraissait par ailleurs improbable quand elle y repensait ; comme dans un livre pour garçons. Les deux vieux ne doivent surtout pas en entendre parler, ajouta-t-elle en baissant la voix.

– Qu'est-ce que tu racontes ? fit Vigdís, et elle vit finalement comme une étincelle s'allumer dans ses yeux. Anna commença par le commencement et rapporta comment elle était restée seule dans la maison, puis elle parla de sa manie de fouiner et de la porte au fond du couloir ; elle décrivit le bureau du bonhomme, les livres, les diplômes, les photos au mur qui le représentait avec des gens importants, des ministres, Björgólfur Gudmundsson et Thora Hallgrímsson ; et ce qu'elle avait lu dans *Les Personnalités islandaises du monde des affaires.*

– Ce n'est pas un paysan, cet homme, il ne l'a jamais été. Il a fait en son temps des expériences sur des êtres humains, je ne sais plus exactement de quelle façon c'était formulé, mais en tout cas elles contrevenaient aux lois de notre pays ; peut-être a-t-il payé des clochards ou des malades mentaux pour qu'ils prennent des médicaments et se fassent opérer. À cette

1. Allusion aux contes populaires collectés par Jón Árnason et qui racontent que les bébés humains sont parfois enlevés par des femmes alfes qui laissent dans le berceau leur propre progéniture, laquelle ne grandira jamais.

époque-là, les Islandais étaient plus pauvres que maintenant. Mais il y a davantage. Je suis allée jeter un coup d'œil aux livres des étagères et, quand j'en ai touché un et que j'ai voulu le soulever, j'ai entendu un craquement.

Elle expliqua comment l'armoire s'était écartée du mur et décrivit la petite pièce sombre qu'il y avait derrière, le bureau, le lit et le bout de papier sur lequel il y avait écrit : REGARDE-MOI.

– Regarde-moi ? questionna Vigdís, assise immobile et bouche bée sur le canapé. Anna parla de l'interrupteur et de ce qui s'était passé quand elle l'avait touché ; elle raconta aussi qu'elle était tombée par terre, qu'elle avait eu tout le corps engourdi, mais qu'elle avait réussi à sortir et à refermer derrière elle.

– Puis je me suis traînée dans le couloir jusqu'à ma chambre et j'ai vomi par terre.

– *Tu as vomi ?* Je ne peux pas le croire. Tu as mal à la tête ou les doigts engourdis ?

– Je vais bien maintenant. Mais pourquoi est-ce qu'il y avait ça d'écrit au-dessus de l'interrupteur ? C'est inconcevable, en fait ça fait penser à *un piège*, non ?

– C'est grave, ça peut être dangereux de recevoir une décharge électrique. Il faut le signaler dès qu'on arrivera dans une ville.

Vigdís était dans tous ses états et Anna lui dit de parler plus doucement.

– Je n'avais pas à me balader comme ça, tu comprends. J'étais là-bas sans y avoir été autorisée.

Elle remplit de nouveau les verres.

– Et il n'y avait personne dans la pièce ?

Anna secoua la tête.

– Je ne comprenais pas qui pouvait habiter dans cette pièce. Un lit, un bureau et on avait peint la fenêtre. Ça n'avait aucun sens. – Jusqu'à tout à l'heure. J'étais là à t'attendre et, soudain, j'ai eu l'impression de comprendre certaines choses.

Elle se leva et fit signe à Vigdís de l'accompagner jusqu'à la photo accrochée au mur.

– J'ai remarqué cette photo dès que nous sommes entrées, fit Anna. Pour diverses raisons, elle m'a paru drôle, et même davantage après l'avoir regardée un certain temps. Elles contemplèrent la photo. Elle était sous verre et miroitait. Tu ne remarques rien de spécial ?

Vigdís secoua la tête.

– Je ne sais pas... C'est Ása et le vieux ? Lui au moins, je le reconnais, il est plus jeune là.

Anna acquiesça.

– Exact... Mais la femme n'est pas Ása. Celle-ci est non seulement jeune, mais... comment dire ?... *jolie*, murmura-t-elle. Tous les deux. Les os du visage sont semblables et aussi leurs cheveux crépus et leurs yeux. Ils sont tous les deux très différents de la vieille.

Vigdís hocha la tête et continua à examiner la photo.

– Ça se pourrait. Mais pourquoi y a-t-il ici une photo de lui avec une femme ?

– Parce que la vieille et lui ne sont pas mari et femme, comme nous l'avions supposé. Je ne sais pas quel est son statut dans cette maison, probablement celui d'intendante... Non, je crois que la femme de la photo est la sœur du vieux. Ce qui expliquerait leur ressemblance.

– Ah bon, un frère et une sœur... Mais est-ce que ça ne pourrait pas tout de même être le mari et la femme, comme ça en a l'air ? Si Ása et le vieux ne sont pas mariés, comme on l'a cru, ne pourrait-il pas, lui, avoir été marié à cette femme-là ?

– Peut-être. Si je n'avais pas vu une autre photo des deux mêmes aujourd'hui sur le bureau, une vieille photo de famille prise au milieu du siècle dernier. J'ai d'abord reconnu le vieux, puis j'ai regardé son expression et celle des adultes, et celle aussi de la fille à côté de lui.

– Cette femme-ci ?

Anna hocha la tête.

– Supposons qu'ils soient frère et sœur et examinons la photo de plus près. Regarde la mine arrogante du vieux, sa façon de hausser le menton, de plisser les yeux comme s'il déclarait être dans son bon droit et qu'il provoquait quelqu'un en duel... Ensuite, elle à ses côtés, qui a l'air complètement différente ; elle est dans un autre monde, elle n'a absolument aucune opinion, elle ne provoque personne, elle ignore tout ce qui l'entoure. Elle est d'une beauté radieuse, heureuse. Regarde aussi sa manière de se tenir. L'attitude du bonhomme est fermée, sur la défensive ou prête à l'offensive, tandis que la sienne à elle est ouverte et cache... au fait, que cache-t-elle ?

Vigdís considéra attentivement la photo et déclara qu'elle ressentait quelque chose qu'elle n'arrivait pas à exprimer. Comment se tiennent-ils, elle ou lui, de quelle façon se penche-t-elle ? Ils se tiennent un peu penchés.

– La photo a été retouchée, constata brusquement Anna en regardant Vigdís. Quelqu'un a été découpé et supprimé de la photo. J'ai vu ça tout à l'heure quand je marchais dans le séjour ; tout d'un coup, j'ai eu comme une révélation, j'ai regardé la photo par en dessous, comme ça, et alors je me suis rappelé ce que j'avais lu aujourd'hui au sujet du vieux... Et j'ai vu ce qui manquait sur la photo. J'ai compris pourquoi la femme se tenait comme ça, tendait le bras et faisait cette tête. Et pourquoi la photo était toute biscornue, le mur de derrière si haut – ils sont trop bas sur cette photo, comme si on avait découpé le bas... Ce qui a été coupé en bas, c'est un berceau, et dedans il y a un enfant.

– *Un enfant ?* fit Vigdís en regardant fixement la photo.

– C'est la raison pour laquelle la femme se penche avec cette expression de fierté maternelle et tend le bras : pour toucher le berceau ou la tête de l'enfant, qui pourrait tout aussi bien être debout par terre devant eux s'il en avait l'âge. Quand j'ai repensé à ce que j'avais lu sur le vieux, notamment qu'il avait eu un enfant, j'étais sûre que c'était exact... C'était l'enfant qu'il y avait sur la photo.

– Et pourquoi l'avoir découpé ?

– C'était leur enfant, l'interrompit Anna. L'enfant *du frère et de sa sœur.*

Vigdís écarquilla les yeux sans mot dire.

– Un fait a attiré mon attention, reprit Anna : dans *Les Personnalités islandaises du monde des affaires*, on ne mentionnait nulle part que cet homme était marié. Et pourquoi ? Dans ce livre, en revanche, il apparaissait qu'il s'était rendu coupable d'outrage aux bonnes mœurs et on parlait de droit au respect de la vie privée. Est-ce que ça veut dire que c'était un coureur de jupons ? Est-ce qu'on emploierait des mots aussi forts pour un malheureux coureur de jupons ? Je ne crois pas. Ensuite il est question de l'enfant qu'il a eu, mais on ne donne ni son nom ni celui de sa mère. Eh bien, la raison pourrait être qu'il s'agit d'un enfant illégitime avec l'opprobre qui s'attache à ça, mais pourquoi le mentionner, alors que ce n'est pas le cas des autres personnes dans ce livre ? Et pourquoi *une sœur* est-elle citée dans la généalogie sans qu'on dise son nom ? La raison est simple : la mère de l'enfant et la sœur en question sont *une seule et même personne*, mais en s'étendant consciencieusement là-dessus, le livre se dévoile et révèle des secrets. Et y a-t-il plus grave outrage aux bonnes mœurs que le fait d'avoir un enfant de sa sœur ?

– Je ne crois pas.

– Et de quand date cette photo ? De l'époque où le vieux allait sur ses quarante ans, sa sœur étant un peu plus jeune. Il venait probablement de rentrer des États-Unis puisqu'il a tenté pendant dix ou quinze ans d'oublier l'ignominie de cette relation amoureuse. Mais, à son retour, il ne maîtrisait plus rien, il a perdu le contrôle de lui-même et d'eux deux. Un beau jour, un enfant est né – peu de temps avant qu'ils ne se retirent ici, et pas si longtemps avant que cette photo d'eux trois ensemble ne soit prise : *la photo de famille*... Après, il n'y a pas eu d'autres photos, mais il n'y en avait pas besoin, car celle-ci est éloquente – l'irritation du vieux, son allure fière et provocante montrent sa détermination à en découdre avec la société et à reconnaître sa famille. Vraisemblablement, c'est lui qui a insisté pour prendre la photo parce qu'il voulait faire plaisir à la mère de l'enfant, avant de jeter l'éponge...

– *Si* c'est bien cet enfant-là, intervint Vigdís en s'éloignant de la photo.

– C'est leur enfant. *Sinon*, que viendrait faire cet homme ici ? Pourquoi habiter ici, à moins d'y être contraint et forcé ?

– Et où est sa sœur, alors ? Celle qui a mis au monde l'enfant ?

– Elle est morte, enterrée ici dans les sandurs. Ou alors elle a été mise dehors, assassinée par le vieux, et son âme en peine hante désormais les sandurs, sa robe de chambre est en haillons, et elle pleure aux fenêtres la nuit ! Qu'est-ce que j'en sais ?

Vigdís secoua la tête, alluma une cigarette et semblait faire des efforts surhumains pour échapper à ce stress.

– T'es pas bien ! fit-elle en souriant. Et l'enfant ? Où est-il ?

– J'ignore où il est *en ce moment*, mais je sais où il était. Tu oublies une chose, vois-tu.

– Laquelle ?

– Je suis persuadée que l'enfant était ici – pour une raison qui n'a rien à voir avec la photo. Qui crois-tu qui ait été gardé dans la pièce donnant sur le bureau du vieux ? Caché comme un vulgaire rebut ?

23.

Anna trempa les lèvres dans son verre. Vigdís secoua la tête. Elle avait repris un air absent.

– Oui, ils nous mettent la pression, déclara Anna en se rasseyant sur le canapé. Elle avait le sentiment d'être désorientée, un peu ivre aussi, mais pas au point de ne pas avoir les idées claires.

– Au moins, on ne pense pas à nous pendant ce temps-là, répliqua Vigdís en s'asseyant à côté d'elle. Mais il y a une chose qu'on oublie, non ? Il faut leur poser des questions.

– Je leur en ai posé. La vieille a raconté des mensonges.

Vigdís déclara qu'elle était épuisée et Anna sentit le sommeil la gagner et en eut un peu honte, comme si elle avait trop parlé. Mais il restait une chose. Elle tendit le bras vers le sac en plastique à côté d'elle, récupéra le paquet de soie, le défit et, soudain, elle ne trouvait plus aucun inconvénient à ce qu'on voie ce qu'elle avait en main. Elle laissa à Vigdís le temps d'écarquiller les yeux et de regarder bouche bée le révolver et expliqua où elle l'avait trouvé.

– Ancien… Ou je ne m'y connais pas. C'est un truc que le vieux a acheté lors de son séjour à Boston, ou à Princeton, ou n'importe où sur l'un des campus de Nouvelle-Angleterre.

– Il est chargé ?

– Je ne sais pas. J'avais envie d'avoir quelque chose à montrer… Pour prouver qu'on est venus ici.

Anna enveloppa de nouveau le révolver dans la soie et le mit dans le sac.

– Comment est-ce que ça s'accorde avec ta théorie ?

– Comment ça ?

– Pourquoi un révolver chargé devrait-il se trouver dans une pièce dérobée où quelqu'un était retenu contre sa volonté ?

Anna ne dit rien.

– Je le garde, reprit Vigdís après un petit silence, elle tendit le bras vers le sac et se leva.

– Tu es sûre ?

– Ce n'est pas ce que tu allais me demander ?

– Seulement pour cette nuit... Egill boit. On ne peut pas avoir un ivrogne et un révolver chargé dans la même chambre. Elle rit tout bas. Il y a aussi quatre balles dedans, tu comprends...

– Nous nous débarrasserons de ça demain matin, décida Vigdís, quand nous partirons... Pour l'instant, le temps s'est mis au beau, nous avons besoin de dormir.

Elles décidèrent de faire le ménage quand elles se réveilleraient, se rendirent à la cuisine et se remplirent chacune un verre d'eau pour le garder près d'elles la nuit. En sortant, Anna jeta un coup d'œil à la porte du coin, celle qu'elle avait remarquée dans la matinée. Sans que Vigdís la voie, elle se précipita sur la porte et tourna la poignée. – Fermée.

Elle gravit l'escalier à la suite de Vigdís, lui souhaita bonne nuit et la regarda entrer dans sa chambre, le sac en plastique à la main. Anna examina consciencieusement la porte de la sienne à la recherche d'un cadenas ou d'un verrou pour la fermer mais n'en trouva pas. En revanche, elle installa une chaise sous la serrure en se disant que ça suffirait ; elle se déshabilla, sautilla sur le plancher en poussant de petits cris et se glissa sous la couette. Elle se coucha tout contre Egill, qui marmonna et continua à ronfler.

Elles auraient pu se demander si on n'avait pas retiré la photo de son cadre. Sans doute était-ce dû au fait de rester trop longtemps devant un écran d'ordinateur.

Bientôt, elle s'aperçut que toute la maison craquait, surtout le toit ; comme si des géants transparents, immatériels, s'amusaient avec la maison, grimpaient dessus, se jetaient à travers en hurlant, à la fois aussi légers et aussi lourds que le vent.

C'était une drôle d'idée, et ensuite elle eut encore plus d'images et de phrases sibyllines qui lui traversèrent l'esprit en lui donnant l'impression de vouloir lui faire comprendre une chose urgente, mais l'instant d'après elle les oubliait et elles semblaient n'être plus rien qu'une absence de forme en mouvement perpétuel, ce qui lui causait une légère angoisse et lui donnait des idées saugrenues : comme si quelqu'un était suspendu à la voûte de la fenêtre et regardait à l'intérieur ou l'attendait dehors dans l'obscurité, loin dans les ténèbres, et murmurait son nom.

Elle prit un somnifère, s'enfonça dans la pénombre sous la couette, appuya une main sur son entrejambe et la laissa reposer immobile. Parfois, elle avait l'impression, juste au moment de s'endormir que, d'une certaine façon, tout allait de travers, qu'elle n'avait pas vu venir quelque chose en plein milieu de son existence ou qu'elle avait oublié d'y prêter attention et que tout n'était que malentendu. De temps à autre, cela la mettait mal à l'aise et elle ne trouvait pas le sommeil, elle passait une nuit blanche et fumait en boucle, ou bien lisait ou allait se promener et se demandait comment elle pourrait mieux gérer sa vie et assurer la paix de son âme.

Elle pensa à se masturber, bien qu'elle fût couchée aux côtés d'Egill. Il ne se réveillait pas, elle l'avait fait parfois ces derniers temps, après avoir cessé d'avoir des rapports. Il y avait toujours eu un déséquilibre entre eux, et elle était insatisfaite.

Elle voyait Egill devant elle la nuit, à l'ordinateur, les yeux rivés sur l'écran, bouche ouverte, les épaules curieusement contractées et piquant du nez, position qui lui rappelait celle du saut, au ski, quand le sportif s'élance du tremplin. Elle s'était réveillée seule au lit et était sortie pour voir où il était – et il était là. Quand elle revint dans la chambre, le plancher craqua et il la rejoignit, s'arrêta dans l'embrasure de la porte et lui demanda ce qu'elle faisait. Elle était debout au pied du lit et lui tournait le dos, à la recherche de ses pantoufles, dit-elle. Il voulut savoir si elle était allée devant la maison, mais elle ne répondit pas. Au bout d'un petit moment, elle se tourna vers lui, le vit s'appuyer sur le chambranle et regarder fixement le plancher, elle le vit en pleine douleur. Comme il était craintif et pauvre d'esprit, comme elle avait pitié de lui !

Depuis, elle avait commencé à l'espionner, bien qu'elle n'en eût pas la moindre envie. Mais tout ça avait une lamentable force d'attraction. À cette époque, Egill avait cessé d'aller au bureau et Anna connaissait le mot de passe de son portable.

En général, il le laissait à la maison, et quand Anna rentrait du travail un peu avant le dîner, elle avait pris l'habitude de regarder les sites qu'il avait consultés dans la journée avant de retrouver quelqu'un au restaurant ou dans un bar. Normalement, il commençait par les sites d'informations et des blogs, mais passait ensuite aux sites pornos. Avec le temps, la liste de ces derniers s'était considérablement allongée et Anna se mit à faire attention à leur typologie. Elle pouvait récapituler son parcours sur plusieurs journées, vu qu'il semblait visiter certaines versions plutôt que d'autres, en général des photos plutôt que des vidéos. Peut-être avait-il besoin de temps pour se concentrer sur chaque image. Elle vit que les pages qui proposaient du porno répartissaient les sujets en catégories qui allaient parfois jusqu'à cent rubriques et faisaient penser à des menus ou à un genre de texte d'infos de l'inconscient de son mari. Elle suivait son parcours à travers les mots-clés : *culs, jambes, cunnilingus, petite culotte, jeunes filles, Asiatiques, jeunes Asiatiques, Indonésiennes, Italiennes, Françaises, endormie, collants, transsexuelles, animaux.*

Elle ne pouvait pas refréner sa curiosité – malgré sa tristesse –, après être tombée sur un caniche qui léchait une jeune fille, tous les deux portant des couettes, elle renonça à poursuivre. Elle se coucha et fondit en larmes jusqu'à ce qu'elle soit engourdie, elle s'en alla ensuite faire une longue promenade le long de l'Ægisída et essaya de se donner du courage pour l'appeler, hurler, pleurer et lui dire qu'elle voulait rompre avec lui.

En fin de compte, elle ne dit rien et ne voulut pas avouer qu'elle avait regardé dans son ordinateur sans lui demander la permission et, lui épargnant sa rage, elle se mit en colère en revanche contre le monde entier qui proposait de telles horreurs, comme si c'étaient des choses sans importance – pas seulement la simple chiennerie porno, mais encore toutes ces images qui s'apparentaient plus à de l'anatomie ou à de l'incitation directe pour *serial killers* qu'à l'idée qu'elle s'était faite *de la pornographie.* Elle entama des discussions avec ses amies et apprit que beaucoup d'entre elles soupçonnaient leurs maris de regarder du porno et parfois même de préférer ça au sexe avec elles. Elle ne fit pas mention d'Egill et de ses catégories, mais entreprit de se documenter sur ce phénomène. Finalement, elle écrivit un article intitulé "L'épidémie silencieuse" où elle traitait de la hausse de la consommation de pornographie chez les hommes dans les pays occidentaux et de la crise que traversaient les chercheurs en cette matière, par exemple au Canada, où les scientifiques, en quête d'un groupe comparable de jeunes hommes qui ne se masturbaient pas en regardant du porno sur Internet, n'en avaient pas trouvé un seul concerné dans la tranche d'âge des 18-25 ans. Et, pour la plupart, ça leur était égal ; la discussion s'embourbait dans les ornières de la politique de la sexualité, mais par exemple pas dans celle de la consommation de stupéfiants. Cette épidémie, mot qu'elle avait choisi comme titre de son article, et cette discussion sapaient les bases de quasiment toutes les relations chez les jeunes, et pas seulement dans le domaine de la sexualité et de la confiance, mais en outre l'économie des produits dopants modifiait le système nerveux du consommateur et avait pour conséquence de graves altérations du caractère que les médecins ont très bien analysées.

Très rapidement, Egill avait arrêté le porno. Il avait soit noyé dans l'alcool ce qui lui restait de libido, soit jeté un coup d'œil à l'article d'Anna et avait été très impressionné par la démonstration. Elle s'était arrangée pour éditer le livre intitulé *La Dernière Photo*, collection des dernières photos qu'il avait regardées en une seule fois et qui l'avait amené à l'orgasme, afin de le dédier à son mari ; elle était parfois tellement en colère après lui, apparemment sans raison, qu'elle dut se faire violence pour ne pas le frapper. Au lieu de ça, elle lui permit de mettre à son nom à elle les larcins qu'il avait commis, continua à rêver de le quitter, mais elle ressentit aussi cette touchante miséricorde qui ressemblait tellement à de l'amour, mieux même – cette sublime ivresse qui l'arrachait avec force à elle-même.

Ou bien est-ce que tout ça tournait autour d'autre chose ? N'avait-on pas le droit de se masturber ? Elle sentit que le somnifère faisait effet, tout devenait doux, chaud et lumineux. Ce n'était pas la première fois qu'elle arrivait chez les gens à minuit pour faire quelque chose qui ne se faisait pas. Quand elle était petite et habitait à Ísafjördur, dans le sous-sol de chez ses grands-parents, elle s'était réveillée une nuit à cause d'un bruit dans l'appartement. Elle s'était avancée, avait jeté un coup d'œil dans la pièce obscure et allumé la lumière. Sa mère et son grand-père étaient par terre ; sa mère était couchée sur lui et, quand la lumière s'était allumée, elle s'était levée d'un bond.

Elle ferma les yeux.

24. Pas de pelage

Il se tenait au-dessus d'Anna et la secoua jusqu'à ce qu'elle se réveille.

– Il faut te réveiller… Réveille-toi maintenant, Anna ! fit-il. Elle écarquilla les yeux et en eut le souffle coupé et le visage luisant de sueur. Il faut qu'on parle.

– Qu'est-ce que tu fais ? pleurnicha-t-elle en s'asseyant.

Il posa ses vêtements sur le bord du lit et dit qu'il lui expliquerait ça quand elle passerait à la cuisine, et se dépêcha ensuite de sortir de la chambre.

En descendant, il retourna à la salle de bains, ôta son foulard et se regarda dans la glace : une ligne bleu foncé sur le cou, à l'endroit où la chemise l'avait écorché, et une contusion sous la pomme d'Adam.

– Foutu pauvre type… marmonna-t-il sans savoir de qui il parlait, ressentant un mélange déconcertant de honte et de rage, mais peut-être que les deux choses n'allaient pas si mal ensemble. Si Anna ne voulait pas venir avec lui, il lui montrerait les marques de son cou.

À son réveil, sa première pensée fut de s'en aller d'ici le plus vite possible avant que le vent ne se lève. Il prépara le petit-déjeuner, fit du café et remplit le sac à dos pour eux deux, plus concentré qu'il l'avait été depuis longtemps.

– Quelle heure est-il ? s'enquit Anna quand elle descendit dans la cuisine et s'assit à table. Il poussa vers elle le petit-déjeuner : du pain grillé avec du fromage et un yaourt dans un bol. Qu'est-ce qui t'a réveillé ?

– J'y ai été mollo avec le whisky hier et c'est comme ça que je me suis réveillé avec le soleil.

Il déclara avoir fait les bagages.

– Tout est prêt. Nous pouvons nous mettre en route quand tu auras fini de manger. Je nous ai pris des affaires, des petits beurres aux figues, des noix, de l'eau, une boussole, une carte, une lampe de poche…

– Où sont Hrafn et Vigdís ?

– Ils dorment encore… Mon amour, commença-t-il. Nous devons nous en aller d'ici. Vigdís est très bien, mais lui, je ne veux pas partir avec lui. C'est terminé.

Il lui raconta par le menu qu'ils s'étaient disputés dans la remise, que Hrafn s'était jeté sur lui, l'avait pris par le cou en tentant de l'étrangler, mais qu'il avait réussi à le repousser.

– Ensuite il a filé et Vigdís a couru après lui. Il est cinglé…

– Pourquoi est-ce que tu ne m'as pas dit tout ça hier ?

– Je ne sais pas. Il secoua la tête. Je n'avais pas les idées claires. Je n'ai compris la gravité de la situation que lorsque je me suis réveillé.

– Mon chéri, fit Anna.

Elle se leva, s'assit auprès de lui, posa la main sur sa cuisse et l'embrassa.

– Je ne peux pas avoir des amis pareils, on ne parle pas comme ça à ses amis… Nous partons pour l'Askja, comme prévu… Mais tous les deux. Commençons par le barrage que nous avons vu et suivons la piste vers le nord. On dira au revoir à Vigdís à l'Askja quand elle y arrivera, si nous y parvenons. Sinon, on se contentera de la contacter en rentrant et je lui expliquerai tout ça.

– Et Tryggur ?

– Tryggur est arrivé depuis longtemps en zone habitée et nous y attend, chez les flics ou un paysan près d'Egilsstadir. D'ailleurs, c'est un chien raisonnable. On ne peut plus rester ici.

Il se leva et fit le tour de la pièce.

– Mais est-ce qu'on ne devrait pas les avertir ? Est-ce qu'il ne faudrait pas discuter avec elle maintenant et ensuite elle pourra aller se recoucher ?

– On leur laissera un mot. Je ne veux pas reparler à Hrafn.

– Tu as la trouille de lui ? C'était donc grave ?

– Bien sûr que je n'ai pas *la trouille*, Anna. Je n'ai la trouille de rien, sauf de finir par perdre la boule à cause de lui. Je ne sais pas ce qu'il a fait ici depuis… Mais, en tout cas, je ne suis pas prêt à marcher une demi-journée avec lui à travers les sandurs, c'est hors de question.

Anna alluma une cigarette. Après un instant de réflexion, elle avoua qu'elle était contente de partir de cette maison au plus tôt et Egill alla chercher une feuille et un stylo ; sur le bout de papier, il écrivit qu'ils s'étaient réveillés de bonne heure, avaient décidé de filer sur l'Askja et que peut-être ils se reverraient là-bas. *Peut-être.* En dessous, il inscrivit leurs noms et Anna exigea qu'il donne aussi la raison de leur départ anticipé, et il ajouta donc quelques mots sur leur désaccord de la veille.

Anna se rendit aux toilettes et pendant ce temps il sortit, posa les sacs à dos devant la maison et s'efforça de décompresser. Un profond silence régnait sur le désert, accompagné de cette clarté diaphane, qui, elle aussi, n'était que douceur.

Il décida d'emporter un joint, fouilla dans le coffre de la jeep pour trouver la valise avec ses accessoires de pêche. L'herbe était cachée dans la boîte qui contenait les vers. Ce qu'il avait dit à Hrafn au sujet du joint qu'il avait oublié et retrouvé dans son gilet était un bobard, comme on pouvait le voir. L'herbe qu'ils fumaient n'était pas bien sèche, mais Hrafn n'avait pas vendu la mèche, comme Egill s'y était attendu – parce que ça lui convenait, parce qu'il en avait trop envie.

Il prit une petite quantité d'herbe, la broya en la mêlant à du tabac dans le creux de sa main, la roula dans le papier et empocha le joint pour le fumer plus tard.

Quand il referma le coffre, il s'aperçut que les cannes à pêche n'étaient pas à leur place. La galerie du toit, où on les avait mises, était vide et les élastiques qui maintenaient les étuis avaient été défaits. Il jeta un coup d'œil au siège arrière et sous la voiture mais ne les trouva pas. C'étaient ses cannes à pêche – deux exemplaires, probablement la seule chose qui l'intéressait dans les affaires qu'il avait emportées.

– Je suis prête, annonça Anna qui fit son apparition en haut des marches. Ils attachèrent leurs sacs à dos et se mirent en route.

Ils marchèrent en silence à travers les sandurs et se dirigèrent vers les collines dont Egill se souvenait de la veille. De là, ils verraient le barrage. Anna se mordillait la lèvre inférieure et semblait préoccupée.

– J'ai eu l'impression que Vigdís me cachait quelque chose hier, finit-elle par dire. Comment la dispute a-t-elle commencé, au fait ?

– Il n'arrivait pas à dormir, il était tout simplement énervé et nous en a rendus responsables.

– Vous deux, toi et Vigdís ? Vous avez fait quelque chose de spécial ?

Il la voyait venir.

– C'est pas ça, mon amour... Tout ça, c'était dans sa tête à lui, il ne supporte pas d'être ici en pleine nature. Ne nous arrêtons pas à ces conneries.

– C'était juste une question.

– Tout est bien qui finit bien, continua-t-il. Ils verront le mot et se débrouilleront bien pour gagner la ferme. Je ne peux pas faire plus pour lui.

Lorsqu'ils arrivèrent à la colline, Anna parut avoir tout oublié au sujet de Vigdís et Hrafn, et exigea qu'ils longent le gouffre.

– J'ai envie de voir la rivière du glacier. Tu sais comment elle s'appelle ? Elle tenait la carte sur laquelle elle avait essayé de repérer la colline sans y parvenir. Sur cette carte, il y a des traits censés représenter les rivières partout. C'est comme si on était en plein dans une région de lacs.

Ils entendirent les grondements de la rivière et la virent se jeter dans le gouffre. Çà et là, dans l'eau, roulaient des glaçons grisâtres et blancs qui s'étaient échappés du glacier après un coup de chaleur, et des profondeurs du gouffre leur parvenait une brume rafraîchissante. Anna battit des mains et se massa le visage avec les gouttelettes.

Ils marchèrent lentement en silence le long du gouffre. Du reste, il était difficile d'entendre quoi que ce soit à cause des grondements qui, pour Egill, ressemblaient passablement au bruit de la circulation. – Le vacarme a du bon, se dit-il, le chuchotement du sandur peut taper sur les nerfs, mais le silence peut être pire encore.

Hrafn avait toujours été cinglé. À y repenser, Egill avait le sentiment qu'il aurait dû rompre cette amitié depuis longtemps; il avait trop bon cœur et il était trop instable, il le savait – c'est pourquoi il n'avait jamais eu les premiers rôles dans la vie; il tendait lui-même le piège dans lequel il allait tomber.

Peu à peu, le barrage se détachait de la platitude du relief; il s'étendait entre les deux collines et était plus grand qu'on aurait cru, il faisait plusieurs dizaines de mètres de hauteur et encore beaucoup plus en largeur. Ils longeaient le gouffre qui s'infléchissait en une longue courbe en pente vers le sud et qui devenait ensuite une ligne droite menant au barrage.

Là où le gouffre s'étirait, ils virent une grande ouverture au milieu de la paroi rocheuse et une route émergea qui y descendait de biais.

– Ça, ça doit être un truc pour le barrage, en conclut Egill. Le drain ou quelque chose comme ça.

Peu après, ils cheminèrent sur la route et arrivèrent au bord du gouffre. Anna fit quelques pas et s'agenouilla près de quelque chose sur le gravier.

– Le collier… Qu'est-ce qu'il fait là? s'enquit Anna en ramassant un collier bleu comme on en met aux animaux domestiques. Elle souleva le bout de tissu plastifié; au-dessous était inscrit de sa main Tryggur avec leur adresse.

Egill regarda autour de lui. Plus bas, sur la route, à peine à un ou deux mètres du collier, ses yeux tombèrent sur des cailloux qui avaient été disposés en forme de flèche.

– C'est toi qui as aligné ces cailloux? demanda-t-il. La flèche pointait vers le bas de la route. J'hallucine ou quoi? Dis quelque chose…

– Cela indique que nous devons descendre par là, n'est-ce pas? dit Anna. Est-ce que Hrafn et Vigdís sont sortis hier après que nous nous sommes endormis? Ils pourraient avoir aperçu Tryggur et l'avoir suivi jusqu'ici… Ils étaient dans leur chambre tout à l'heure?

– Évidemment qu'ils étaient dans *leur chambre* tout à l'heure! s'exclama-t-il, sans comprendre la raison de cette question.

– Tu les as vus?

– Hrafn et Vigdís n'ont rien à voir avec ça.

Il regarda la route qui semblait se terminer à la rivière.

– Qui d'autre alors ? Je pense qu'il leur est arrivé quelque chose.

Anna se mit à descendre la route, se retourna et lui jeta un regard interrogateur.

Egill secoua la tête et éclata de rire.

– Ils ne sont pas descendus par ici !

– Mais quelqu'un l'a fait, Egill ! Et il a laissé le collier et *une flèche* pour nous le faire savoir. En tout cas, je ne connais pas d'*autre* endroit où Tryggur pourrait se trouver. Je vais voir ça.

Elle enleva son sac à dos et descendit la route. Egill hésitait, mais il enleva lui aussi son sac, prit sa lampe de poche afin d'éclairer la galerie et la suivit.

Les grondements augmentaient rapidement et Egill sentit qu'ils lui inspiraient de la crainte, mais qu'ils étaient, d'une manière étrange, également reposants et fascinants, comme un roulement de tambour ou un chœur d'hommes chantant des mantras.

La route conduisait directement à l'ouverture et, devant celle-ci, elle était abîmée, escarpée et descendait vers la rivière. L'ouverture était ronde, de plusieurs mètres de large et faisait penser à un bout de tuyau qui s'élevait en direction du barrage.

Egill sifflotait doucement, mais on n'entendait plus rien à cause des grondements de la rivière. L'eau n'était qu'à un mètre à peine sous le pont de la route et ressemblait à du ciment humide ; elle sifflait en passant à côté d'eux, arrachait et grattait la terre sous leurs pieds et dégageait l'odeur d'une chose qu'il ne comprenait pas – celle d'un désert gris qui courait d'un endroit à un autre.

Anna se tenait le plus possible à l'écart de la rivière, elle se pressait contre le haut de la paroi rocheuse qui luisait à cause du brouillard qu'engendrait la rivière, et semblait ne jamais avoir été aussi petite et démunie. Mais, comparé aux grondements, tout paraissait petit.

Un instant, Egill eut envie de rire, il se dirigea vers l'ouverture et ressentit une sorte d'étrange indifférence. Du fond de l'obscurité, au milieu du tuyau sourdait un petit ru rouge-brun. Des deux côtés, il y avait de la vase figée, mais les parois étaient sèches. Egill perçut un léger courant d'air, ce qui devait signifier que la galerie s'ouvrait quelque part à l'autre bout. Dans la boue, on ne voyait nulle trace de pas.

Il se tourna vers Anna et lui cria qu'il allait jeter un coup d'œil dans la galerie. Elle secoua la tête et dit quelque chose qu'il n'entendit pas, elle se mit à longer la route et lui fit signe de venir.

– Deux minutes! s'écria-t-il en levant deux doigts, et il se hissa dans la galerie sans s'engager sur la pente. Presque aussitôt, les grondements diminuèrent, et après quelques pas de plus ils cessèrent totalement. Egill alluma la lampe de poche et progressa pas à pas dans le noir. La galerie grimpait, mais sa pente n'était pas particulièrement raide. Il avança à l'intérieur jusqu'à ce que la clarté disparaisse et il n'avait alors plus aucune idée de ce qu'il faisait là. – Anna avait voulu qu'ils descendent, ensuite elle voulut remonter. Ce qui n'était sans doute pas une mauvaise idée. Cependant, il continua.

Aux endroits où le boyau s'arrêtait, des parois rocheuses luisantes et noires prenaient le relais ainsi qu'une odeur de métal et un bruit d'eau qui dégouttait. Egill fit tout bas "Hum!" et ressentit plus qu'il n'entendit l'écho là, à l'intérieur. La galerie était encore circulaire, elle avait été réalisée avec une foreuse qui perçait la roche à une vitesse des milliards de fois supérieure à celle qu'il aurait fallu à l'eau pour parvenir à un résultat identique, même si celle-ci, comme dans la rivière à l'air libre, se mettait à bouillonner quand elle se frayait un chemin à travers les obstacles.

Il dirigea la lumière loin dans l'obscurité et promena le rayon silencieux. S'il ne voyait plus l'ouverture, est-ce qu'alors la galerie faisait un coude?

Plus avant dans le tunnel, il y avait quelque chose par terre.

Il avait un goût de métal dans la bouche, respirait profondément l'air frais et sentait ses entrailles se refroidir. Dans le lointain, il avait l'impression d'entendre Anna crier son nom, mais il ne savait pas d'où cela venait.

Il arriva à la chose qui était par terre et braqua sa lampe dessus. Ce qui le frappa tout d'abord, ce fut la queue et les plis d'un blanc glacé sur le corps qui le firent penser à un poulet plumé. La queue était comme un pénis dressé, fier et ridicule.

Pas de pelage, se dit-il en regardant les yeux noirs suppliants, et il sut alors que c'était Tryggur. Sa petite langue pendait hors de sa gueule, ses halètements étaient rapides et il reniflait légèrement. Il essayait péniblement de se remettre sur ses pattes, mais sans succès. Des gouttes de sang de la grosseur d'une tête d'épingle parsemaient son ventre dépourvu de poils et sa queue se roulait et se déroulait. Il avait été écorché.

Egill recula, revint sur ses pas en s'éloignant de l'animal et balaya les parois avec la lumière de sa lampe. Derrière lui, il entendit un bruit et se retourna.

LA MAISON

25. Concurrence

Vigdís reposa le bout de papier et se mit à pianoter rapidement sur la table ainsi qu'elle le faisait quand elle paniquait.

– Qu'est-ce qu'il y a ? s'enquit Hrafn.

– Ils sont partis sans nous.

Il tendit la main vers le papier et lut.

– C'est pas vrai… Il n'a pas osé m'approcher et l'a entraînée avec lui. *L'idiot.*

– N'aurait-il pas une bonne raison d'avoir peur ?

Hrafn ne répondit pas, alla à la cuisinière et versa de l'eau pour faire du café. Il frotta ses yeux gonflés après une nuit de sommeil.

– Depuis combien de temps sont-ils partis, d'après toi ? Depuis le lever du soleil ? Il se retourna vers Vigdís. Egill s'est endormi de bonne heure hier, non ? Ça lui faisait drôle tout à coup, si bien qu'il eut du mal à se retenir. Il s'est réveillé frais et dispos, et a voulu s'entraîner !

– Tu n'avais qu'à lui faire des excuses en rentrant. Mais ça, c'était une décision stupide, je ne le nie pas, concéda Vigdís. Espérons qu'ils nous attendront quelque part. Anna le fera s'arrêter et attendre, ou alors ils feront demi-tour.

Un bruissement se fit entendre et ils prirent leur café. Vigdís beurra des tranches de pain tirées de leur sac du petit-déjeuner et ils mangèrent sans mot dire. Les vieux n'étaient visibles nulle part. – Ils étaient sans doute allés s'occuper de leurs vaches invisibles, de leurs moutons ou de leurs poules invisibles, se dit Hrafn. Les renards étaient les seules bêtes qu'ils avaient vues là. Peut-être trayaient-ils les renardes.

Ils achevèrent leur petit-déjeuner et Hrafn s'alluma une cigarette. La veille, quand Vigdís était montée se coucher, il lui avait fait des excuses pour ce qui s'était passé dans la remise. Elle lui avait demandé s'il avait fumé un joint comme avait dit Egill, mais il répondit que non, qu'il en avait pris un pour le sentir – pour se souvenir – mais Egill pensait qu'il avait fait davantage, lui-même n'allant pas bien depuis le début du voyage. Elle déclara qu'elle ne voulait pas discuter de cela, se roula sur le côté et s'endormit immédiatement, comme à son accoutumée. Il passa également sous silence la photo et les ossements trouvés au village car elle était incapable de comprendre, du moins pas avant qu'ils ne retournent à la ferme. Lui-même ne dormit pour ainsi dire pas de la nuit.

Ils rangèrent la vaisselle et la nourriture et Vigdís écrivit un mot pour la vieille afin de la remercier pour son hospitalité. Pendant ce temps, Hrafn allégeait les sacs à dos en retirant tout ce qui n'était pas nécessaire, mais il emporta plusieurs cartouches de cigarettes et y ajouta trois fusées éclairantes par personne. Puis ils sortirent.

Une douce brise soufflait du sud et réchauffait l'atmosphère, ce qui voulait dire que le vent allait forcir d'un instant à l'autre. Ils traversèrent la cour où ils découvrirent les traces de pas d'Anna et d'Egill. Elles se dirigeaient vers l'ouest.

– Le barrage, articula Vigdís en sortant la carte sur laquelle elle avait tracé l'itinéraire qu'ils avaient décidé de suivre la veille. Ensuite, ils emprunteront la piste qui mène vers le nord.

– Ils ont une carte ?

– Anna avait une carte et une boussole.

– Elle ne peut pas avoir de boussole. Et lui non plus, même s'il vous a raconté ce mensonge à toi et à Anna.

– Ils doivent de toute façon prendre la bonne direction, même s'ils ne savent pas s'orienter. Nous les rejoindrons, à condition de nous dépêcher.

– Est-ce bien ce que nous voulons ?

– *Naturellement*, Hrafn. Nous voyagerons ensemble, que vous vous parliez ou non ; au demeurant, nous sommes tous en danger.

Il orienta la boussole sur une autre colline, là où ils avaient vu le barrage, ensuite ils se mirent en route. Vigdís se fit prêter les jumelles et scruta les parages. Quand Hrafn l'interrogea, elle déclara qu'elle cherchait la voiture dans laquelle elle s'était abritée la veille.

– N'importe comment, je suis sûre qu'elle était là. J'ai pu voir jusqu'à la maison quand le temps s'est radouci.

– Si elle est de la couleur du sable, on aurait pu se trouver au-dessus sans la voir.

– C'est drôle, fit-elle après un bref instant de silence.

– Quoi ?

– Mon amie Ólöf a été guide dans cette région ; elle accompagnait des étrangers dans la traversée de Sprengisandur jusqu'au glacier Langjökull. Elle disait que, généralement, la première réaction des gens dans les sandurs était l'étonnement devant la beauté et la sérénité qu'ils admiraient, mais qu'ensuite ils commençaient à se poser des questions sur les mètres et les kilomètres, la hauteur, la longueur et la largeur des choses. Sur ce territoire, les gens veulent des faits – sur tout ce qu'ils voient ou ne voient plus et n'entendent plus, car notre imagination ne trouve plus en nous-mêmes de quoi s'alimenter. Parce qu'on n'*imagine* pas une nature comme ça. Ce n'est pas évident et ça donne le vertige, on ne fait que tourner en rond.

– Mais la plupart se calment et se défont du stress de Paris, n'est-ce pas ?

– Oui, c'est sûr… Et dans quelle catégorie nous ranges-tu ?

La force du vent augmentait mais le sable demeurait en place. Vigdís continua de scruter furtivement les environs et, lorsque Hrafn lui demanda ce qu'il y avait, elle dit qu'elle ne comprenait pas certaines choses de la veille.

– Pourquoi Egill n'a-t-il pas parlé de votre dispute à Anna ? interrogea-t-elle. Quand j'ai discuté avec elle hier soir, elle n'en savait rien.

– Il lui a quand même dit quelque chose ce matin. Peut-être qu'il voulait la protéger… Autrement, il ne parle jamais de choses comme ça, c'est trop personnel, et savoir quelque chose sur les gens, il considère ça comme une arme. Il est aussi trop fier pour venir se plaindre à moi.

– Et toi, tu es trop fier pour en parler ?

– Que veux-tu dire ?

– Egill a mentionné une fille. Il a dit qu'il t'avait fait ses excuses au sujet de la fille. C'était quoi ?

– Je viens de t'en parler.

– De la fille, oui, si c'est celle que je crois. Mais pas d'Egill… Je veux savoir, Hrafn. Tu me dois bien ça depuis hier.

– Je te *dois* ça… ? D'accord.

Il réfléchit, puis commença à lui parler de la soirée après avoir redoublé une seconde fois au lycée de Reykjavík ; en se rendant à la boum, il était passé chez lui pour chercher quelque chose mais ça s'était terminé par un pugilat avec son père, qui l'avait tabassé et laissé par terre.

– On était soûls tous les deux. Pendant la nuit, je me suis réfugié dans une HLM de la rue Hringbraut où habitait mon dealer avec deux autres gars… Je commençais à vendre de l'herbe, comme je te l'ai déjà dit, mais ensuite je suis passé au speed, je me suis dégoté des emballages à l'extérieur de la ville et je les ai mis en vente.

– Tu m'as parlé de l'herbe, oui. Mais pas du reste…

– J'avais l'habitude d'avoir de l'argent, tu comprends. J'ai été élevé avec du fric… Quand les flics ont commencé à me surveiller et à me pister à travers la ville, ce qui s'est fait en moins d'une année, j'ai abandonné la vente et j'ai cherché un endroit intéressant dans la rue Hafnarstræti, qui blanchissait le fric à travers le système économique et diverses choses.

– Et Egill ?

– Il n'a pas trempé dans ces trucs-là. En tout cas, pas au point de ne pas pouvoir prendre de pause les jours ouvrables… Il poursuivait ses études, travaillait chez ses parents où il vivait. On se voyait les week-ends pour s'amuser… Après mon départ de la maison, il était mon seul lien avec le passé, et ça me reliait à la vie. J'avais confiance en lui. Ensuite, il a changé et j'ai eu le sentiment qu'il voyait une différence entre nous, il pensait qu'il était *meilleur* que moi.

– Qu'est-ce qui te fait dire ça ?

– Plusieurs choses. Ce qu'il racontait, sa façon de me regarder… Tout d'abord, je n'ai pas réagi, car j'ai pensé que c'était la came. Mais j'ai remarqué qu'il me poussait à continuer à en consommer tout en se gardant lui-même d'y toucher ; il n'a jamais essayé de m'empêcher de foutre ma vie en l'air, il se moquait bien de ce que faisais… Je ne voulais pas qu'on me guide, mais c'est une autre affaire que de vivre aux dépens des autres – s'élever d'autant plus haut que les autres tombent plus bas… J'étais de plus en plus populaire, et lui, plus prompt à la repartie, se faisait des amis sans se soucier de ça et il avait la bosse des études. Il ne s'était jamais donné beaucoup de mal, mais c'était en train de changer, je m'en étais aperçu pendant que j'étais encore au lycée. Après les vacances de Noël en deuxième année, il était revenu transformé, comme s'il avait décidé que dorénavant c'était à lui de prendre son destin en main. Ça se voyait à tout ce qu'il faisait, à ses conversations, sa manière de saluer les gens dans les couloirs, sa façon de s'habiller, ses lectures, en fait des livres écrits par des gens dont les titres abrégés étaient plus longs que le nom… Des livres qui traitaient de la psychologie des groupes, de la gestion, de l'expression corporelle, de la publicité. Il buvait moins, aussi, fréquentait des cours de lecture rapide et d'élocution, évoquait pour la première fois l'école de Chicago et commençait à se montrer aux réunions de Heimdallur où il se fit des amis. Après que j'ai arrêté moi-même, il a été candidat à la direction de l'association du lycée et il a été élu au poste de secrétaire. Hé bien, mon salaud !

– C'est courant de changer comme ça, surtout quand on est au bahut, non ? On est encore en train de se chercher, de s'orienter pour savoir quel genre de personne on veut être dans la vie…

– Oui, bien sûr. Et c'était un bon point pour lui, car c'était à partir d'un document rédigé par d'autres, des gens qu'en tout cas, moi, je ne connaissais pas… Un joli mot pour qualifier ça serait ambition, car cet arriviste avait ressenti l'envie de devenir célèbre et j'avais du mal à faire silence là-dessus. De son point de vue, il n'y avait aucune fraternité entre nous ni désir de s'entraider ou de se soutenir, on était plutôt en *compétition*. Pas seulement avec tous les autres, mais entre nous aussi.

– Est-ce que d'autres ont remarqué le changement ? osa Vigdís sur un ton hésitant, voire sceptique, qui lui tapait sur les nerfs.

– Pas aussi bien que moi. Il n'avait pas eu d'autres amis entre-temps, on avait seulement quelques connaissances en commun, mais il n'avait personne qui le connaisse vraiment.

Je n'*exagère* pas... Et je n'ai rien contre la compétition, comme tu sais, mais j'ai vu jusqu'où il était prêt à aller. Un jour, j'ai perdu patience, je me suis jeté sur lui et je l'ai invectivé en lui disant que je regrettais qu'il soit ce qu'il était et il a réagi en m'évitant pendant des semaines – peut-être pour écrire de nouvelles scènes pour son personnage, refaire du neuf. À cette même époque, j'ai fait la connaissance d'une fille, celle dont nous avons parlé un jour et à laquelle il a fait allusion lors de notre dispute.

– Celle dont tu étais amoureux ?

Il acquiesça.

– À ma manière tordue. Je n'ai jamais su ce qu'elle me trouvait, mais j'avais tellement envie de répondre à ses attentes. Elle ne consommait pas elle-même de drogue, et contrairement à toutes les autres autour de moi, elle était chaleureuse, enjouée, divinement belle et tout et tout. J'ai commencé à l'utiliser pour m'encourager à me sortir de mes embrouilles et devenir *meilleur.* Je croyais Egill à cause de tout ça. Il m'a dit qu'il ne m'avait jamais entendu parler comme ça auparavant, il m'a félicité et m'a donné une accolade.

"Un mois plus tard, le lendemain du jour où la fille m'a appris qu'elle voulait se séparer de moi – parce qu'elle ne savait pas qu'elle était avec un *dealer*, j'ai eu Egill au téléphone qui voulait me voir. En faisant le tour du Tjörn comme on en avait l'habitude parfois, Egill m'a dit qu'ils étaient amoureux tous les deux ; qu'ils avaient passé beaucoup de temps ensemble pendant que j'étais en train de faire des courses et de m'occuper du bar ou autre. Ils avaient honte, c'était arrivé à l'improviste – lors d'une soirée arrosée, et j'étais censé comprendre qu'il voulait que tout soit différent, mais ça ne l'était malheureusement pas.

"Je l'ai écouté parler, me dire combien il était désolé, mais je l'ai pas cru, je n'étais même pas certain qu'il croyait ce qu'il disait. – Il n'a guère essayé, il y est allé de son petit couplet destiné à faire au moins office de placébo, quelque chose de bon pour l'image que nous avons de nous-mêmes ou les relations futures de nos amis ; il avait apparemment préparé une réponse un peu standard, avec plein de sentiments, mais aussi des coups de gueule, voire plus si nécessaire – mais en réalité rien de tout ça n'avait d'importance… Et la tristesse qui m'a envahi provenait de ce qu'Egill ne regrettait absolument rien, bien au contraire, il avait l'impression d'avoir *le droit* de me prendre cette fille parce que ma vie était en miettes, moche et malpropre, et allait droit dans le mur ; parce que je ne savais pas l'apprécier et que je n'avais pas le droit d'avoir de sentiments, si tant est que j'en aie eu. La fille partie, le pauvre type, son ami, pourrait retourner à la drogue et il aurait tout oublié le lendemain.

"C'est ce qu'il a dit ou ce que je l'ai entendu dire et au milieu de sa tirade, je suis parti. Il m'a appelé, mais je ne me suis pas retourné, je suis sorti pour aller dans le quartier de Vatnsmýri et je me suis étendu près de l'étang à côté de la Maison des pays nordiques. Il avait gelé, l'herbe était givrée et blanche sous le ciel étoilé, ça faisait très mélo… Puis j'ai fumé de l'herbe et j'ai regretté de m'être sauvé, car j'avais passé une heure dehors auprès d'Egill et je ne savais pas si j'étais seulement venu l'espionner ou bien si je voulais lui faire quelque chose. À la fin, je suis allé chez mon ami à une boum qui a duré des mois et, quand ça s'est terminé, j'avais même oublié le nom de la fille."

Ils arrivèrent à la colline où ils s'étaient rendus la veille à la recherche du réseau pour le portable et ils s'arrêtèrent pour boire. Hrafn eut le sentiment que la colline était le fruit d'un travail humain, tout comme le petit monticule à ses pieds, et la butte à côté du village aux hangars, et peut-être aussi toutes les collines de ce territoire – nées dans les entrailles de la terre, de la roche concassée, moulinée et transportée par camion hors de la terre. Ça changeait quelque chose ? Toute notre perception n'était-elle pas *humaine* ?

Il alla chercher la gourde et s'aspergea d'eau. La porte de la colline était toujours fermée.

– Est-ce que c'est suffisant pour toi ? demanda-t-il en adressant un sourire à Vigdís.

– Quoi ?

– Une justification nécessaire et suffisante ?

– Tu n'as pas à te justifier devant moi, admit-elle, mais il vit qu'elle ne le pensait pas. Ils sont restés longtemps ensemble, Egill et la fille ?

– Quelques mois. Le temps qu'il m'a fallu pour enfouir au fond de moi ce foutu merdier comme on dit… Quand j'y ai repensé plus tard, il m'a semblé avoir vu en lui quelque chose de pourri, une indifférence et une sauvagerie que je ne pouvais pas m'expliquer. Mais je n'y pense plus beaucoup.

– Quand tu es venu me trouver dans le séjour, tu as dit que tu n'avais jamais couché avec cette fille… C'est bien ça ?

Il hocha la tête.

– Je crois, mais probablement que nous avons fait autre chose quand même.

– Tu crois qu'Egill a couché avec elle ?

– Bien sûr… Il ne peut pas rester plus d'une heure avec une femme sans au moins essayer. S'il n'obtient rien d'elle, il s'en va comme un chien. Ils sont restés ensemble jusqu'à ce qu'il en ait marre d'elle après qu'il avait tout appris à mon sujet, je crois.

– Tout à ton sujet ?

– Mes expériences.

– Qu'est-ce que ça change ?

– Je ne sais pas… Beaucoup de choses.

– Pourquoi est-ce que tout ça ressort maintenant ?

Il haussa les épaules, s'aspergea encore avec l'eau et essaya de se remémorer ce qui s'était passé dans la remise et l'expliquer, mais il ne se souvenait de rien, à part des ossements dont il ne pouvait pas parler.

– Parce qu'il y a beaucoup de place ici, peut-être ?

Il eut un sourire, ensuite ils éclatèrent de rire tous les deux et il sut qu'elle venait de lui pardonner. Ce qui était bon.

Le vent continuait à forcir et peu de temps après qu'ils eurent quitté la colline, le sable avait l'air de se soulever de terre. Autour d'eux il faisait noir et Hrafn s'empressa de s'attacher un mouchoir devant la bouche et le nez et vit que Vigdís en faisait autant.

Plutôt que de marcher à l'aveuglette en se guidant à la boussole, ils décidèrent de mettre le cap au sud-ouest et de poursuivre jusqu'au barrage. Comme Vigdís avait des lunettes de soleil et voyait mieux devant elle, elle le précédait. Quand ils arrivèrent au gouffre, ils s'aperçurent que l'eau de la rivière avait beaucoup monté depuis la veille.

Tout près du gouffre, on voyait mieux et les yeux ne piquaient pas à cause du sable, car il y en avait moins qui passait au-dessus du gouffre. Hrafn chercha du regard des traces dans la terre – il fallait bien qu'il s'amuse à quelque chose – et ils poursuivirent leur marche bien qu'il ne fût plus certain que ce soit raisonnable. – Ils n'avaient plus le droit de faire des erreurs ; encore une seule et c'était une de trop ; est-ce que la tempête s'apaiserait dans la soirée, ce qui ne se réalisa d'ailleurs pas, ou alors est-ce que le vent ne tournerait pas au nord en l'espace d'une heure, entraînant avec lui le froid et des précipitations, voire de la neige verglaçante ? Ils n'en savaient fichtre rien.

Le gouffre s'infléchissait vers le sud en une longue courbe déclinante. Hrafn prit les jumelles, mais ne put apercevoir le barrage. Ils longèrent le gouffre jusqu'à ce qu'ils découvrent deux sacs à dos sur le bord de la route qui passait à côté de la paroi rocheuse et descendait dans le gouffre. Ils les ouvrirent pour s'assurer qu'ils appartenaient bien à Egill et Anna. Celui d'Egill était rempli de bouteilles d'alcool.

Vigdís retira son mouchoir et ses lunettes de soleil, leva les bras au ciel et balbutia quelque chose que Hrafn n'entendit pas. Elle était trop excitée, et Hrafn trouva déplaisant de la regarder. Les hurlements du vent leur interdisaient toute discussion. Il ne paraissait pas se rendre compte que la route descendait dans le gouffre et il ne voulait pas y descendre. Vigdís s'approcha tout près de lui et lui cria :

– … *descendre* là ?

Elle lui posait la question en face et pointait le doigt dans la direction de la route. Au bout, on voyait le lac du glacier. Hrafn retira son sac et le posa par terre près des autres, il se dandina d'un pied sur l'autre en haut de la route et pensa aux bouteilles, à sa somnolence et au glacier invisible qui dégelait et déversait ses vagues grises sur le monde. Finalement, il déclara qu'il descendrait tout seul et lui intima l'ordre d'attendre.

– *Tu me verras!* hurla-t-il pour lui faire comprendre qu'il resterait toujours à sa vue, puis il se mit à suivre la route.

Au fond du gouffre, c'était le calme plat, mais le vacarme était assourdissant, la rivière affleurait jusqu'à la paroi et montait de minute en minute. Hrafn arriva au bout de la route à l'endroit où un gros boyau disparaissait dans la terre. Devant lui et dans la saleté qui était au fond, il y avait les traces de pas de deux êtres humains. Elles entraient et n'en ressortaient pas.

26. Quelqu'un d'autre ?

Elle le suivit du regard quand il descendit la route. Elle en avait vu d'autres, cependant elle ne se fiait plus du tout à ses réactions ; si Anna dégringolait du ciel tout ensanglantée, surgissait en riant de son sac à dos ou si Egill arrivait après avoir traversé le sandur sur le dos d'une chèvre, elle pouvait réagir de mille et une manières.

Hrafn était au bout de la route, le torrent glaciaire apparemment au-dessus de sa tête, et il regardait fixement la paroi rocheuse. À tout moment, Vigdís s'attendait à voir Anna et Egill, mais ce ne fut pas le cas ; personne ne sortit du rocher en riant ni ne passa la tête hors de l'eau pour faire signe. Hrafn fit demi-tour et retourna sur la rive pour rejoindre Vigdís. Celle-ci lui adressa un regard inquisiteur, mais il secoua la tête. Les embruns de la rivière lui avaient mouillé le visage.

Il enfila son sac à dos, ensuite ils s'approchèrent tout près l'un de l'autre afin de pouvoir s'entendre. Il dit qu'il n'avait vu aucune trace de passage au fond et ils furent d'accord pour considérer qu'Anna et Egill avaient rebroussé chemin ; ils étaient retournés à la maison parce qu'ils avaient oublié quelque chose ou, ce qui était plus probable, parce que Anna avait raisonné Egill et qu'ils avaient décidé de voyager ensemble et avaient laissé leurs sacs à dos en pensant revenir par le même chemin.

Vigdís poussa les sacs loin du bord, au cas où le vent tournerait, ensuite ils firent demi-tour par le même chemin, en descendant le long du gouffre.

Cette théorie était bancale, elle ne pouvait le nier ; par exemple, Egill ne se serait jamais risqué à s'éloigner du gouffre avec une mauvaise visibilité, car il était devenu froussard et circonspect ; à mesure que la visibilité se dégradait, il se serait dirigé vers le gouffre et l'aurait longé jusqu'au pont, dont il savait que la maison n'était pas loin. Ils se seraient rencontrés.

Est-ce qu'elle connaissait bien ces gens, Egill et Anna ? Elle avait été invitée plusieurs fois chez eux ; elle s'était presque soûlée un soir et avait senti peser sur elle le regard insistant d'Egill et le silence de Hrafn dans la voiture en rentrant chez eux.

Sans qu'elle le sache, sa première rencontre avec Egill s'était faite par l'intermédiaire d'un de ses agents, quelqu'un qui travaillait dans la banque. Un jour, cet employé avait appelé son père à elle sous prétexte de s'occuper des bons clients, et il lui avait révélé qu'au fil des années sa banque avait constaté une réelle baisse sur ce compte non assuré, et il lui avait conseillé de tirer parti au maximum de son argent sous forme d'obligations pour la société DeCode. Après la mort de la mère de Vigdís, le père de cette dernière avait obtenu une coquette somme de ses assurances, il avait acheté une voiture à Vigdís mais celle-ci ne s'était pas aperçue qu'avec l'achat de cette voiture il dilapidait l'argent de sa dette. Sans rien demander à Vigdís ni, à ce qu'il semble, à personne, mis à part à un vieux barbon de la banque, il avait acheté des actions avec tout cet argent, et le lendemain du jour où DeCode était arrivé sur le marché, tout l'argent avait disparu jusqu'au dernier centime. Plus tard, Hrafn avait expliqué à Vigdís comment Egill avait gagné ses premiers millions : en lançant une campagne de marketing en vue de vendre *les actions de Kári*[1] – qui avait dépassé tous les espoirs, et le reste, c'est elle-même qui en avait disposé. Mais elle n'avait jamais rien dit ni à Egill ni à Hrafn ; elle attendait peut-être une occasion ou bien elle ne savait pas comment réagir.

Est-ce que nos amis, d'un certain point de vue, ne sont pas comme une aurore dans notre vie intérieure ? Au moins une fois, elle avait vu briller l'intimité entre Hrafn et Egill, ce qui l'avait rendue jalouse. Ils s'étaient connus enfants et, quoi qu'on en dise, cela créait des liens.

Ils arrivèrent au pont. Il pendillait dans le vide à sa corde, ce qui signifiait qu'Egill l'avait emprunté la veille. – Bon, se dit Vigdís, c'est *la raison* pour laquelle le pont était dans cet état. À cause du sable, on ne voyait pas le village.

---

1. Le Dr Kári Stefánsson, le fondateur de DeCode.

Depuis le pont, ils prirent plein nord, portés par le vent, mais la visibilité était plus mauvaise que la veille ; en effet, on n'y voyait qu'à quelques mètres. Elle chronométra leur marche en tenant compte de la boussole. S'ils n'atteignaient pas la maison en moins d'une demi-heure, ils marcheraient en décrivant un cercle qu'ils resserreraient peu à peu, et au pire ils retourneraient au gouffre pour refaire un essai. Tout autour d'eux, les sandurs se déchaînaient et bouillonnaient comme des nuages bas et noirs, ils se traînaient du sud au nord, et qui sait si un jour par un sombre mois de janvier le vent ne soufflerait pas en sens inverse pour remettre les grains de sable à leur place.

– C'est bon, c'est bon, marmonnait-elle sous sa capuche, sans savoir si le vacarme de la tempête était intense ou faible. Vraisemblablement, il était plutôt intense. Peu à peu, on avait l'impression que les murmures et les chuchotements étaient aussi en elle, dans ses os et dans ses muscles, dans sa petite tête, dans ce paquet de chair qu'elle trimbalait à travers les sandurs. Par intervalles, il lui semblait qu'ils marchaient sur une mer démontée, le sable se creusait comme de grosses vagues et la tête lui tournait à cause du bruissement du vent à ses oreilles, et le sable lui bouchait le nez et s'accumulait au coin des yeux et dans la bouche.

Elle avançait à son rythme et Hrafn était sur ses talons. Bientôt, ils virent la maison émerger de la neige. Dans la cour, on ne voyait personne, pas plus qu'aux fenêtres.

– Ils ne sont pas ici, grommela Vigdís, qui s'appuya sur la rampe, gravit l'escalier et ouvrit la porte. Dans l'entrée, elle défit son mouchoir, retira ses lunettes et appela pour savoir s'il y avait quelqu'un. Elle se rendit à l'étage et jeta un coup d'œil partout. La chambre d'Egill et Anna était vide, aucune trace de leur présence.

– Il n'y a personne ici, constata-t-elle, et elle regagna le séjour où Hrafn était assis et fumait. Il doit être arrivé quelque chose. Ils ont rebroussé chemin pour venir nous chercher mais se sont perdus dans le sandur. Je ne crois pas qu'Egill soit aussi stupide.

– Ici, il y a toujours des gens qui apparaissent et disparaissent, laissa tomber Hrafn en examinant des livres sur l'étagère. Comme le village et le barrage – d'abord, il n'y avait rien là-bas, ensuite ils sont apparus, et maintenant il n'y a plus rien.

– De toute façon, on doit attendre ici, fit-elle en s'allumant une cigarette. S'ils ne reviennent pas bientôt ou après que la tempête se sera calmée, on partira tous les deux seuls.

Hrafn acquiesça tout en feuilletant un livre qu'il avait pris sur l'étagère. Contrairement à son habitude, il était silencieux et il ne la regardait pas en face, comme lorsqu'il avait honte de quelque chose.

– Sinon, tout va bien ? ajouta-t-elle. Je te fais confiance, mon amour… Tu ne me caches rien, n'est-ce pas ?

– Non, évidemment. Il secoua la tête. Je t'ai dit ce que je savais.

Elle regarda la photo du mur qu'Anna appelait la photo des belles personnes. On n'aurait pas dit qu'Anna et elles étaient assises là *hier soir*, qu'elles avaient trinqué et imaginé toutes ces histoires. Les problèmes auxquels ils étaient confrontés hier paraissaient de peu d'importance en comparaison de ce qui se passait maintenant.

Sans plus attendre, elle attira l'attention de Hrafn sur la photo et lui rapporta les théories d'Anna : la femme sur la photo ne serait pas Ása, mais la petite amie du vieux, laquelle était également sa sœur, comme on pouvait le démontrer de manière plausible, et ils avaient eu un enfant qu'ils avaient tenu caché dans une chambre dérobée donnant sur le bureau du vieux à l'étage, enfant qui avait été découpé sur la photo du mur.

– Dans le bureau, il y a des milliers de livres et des photos du vieux avec des journalistes et diverses personnalités. Ces gens ne sont pas des paysans, en tout cas, pas cet homme…

– Tu veux dire qu'il y a eu *inceste* ? demanda Hrafn assis sur le canapé très bas et qui fixait le plafond au-dessus de lui.

– Oui, c'est Anna qui le dit, moi, je ne sais pas. Pourquoi ces gens seraient-ils ici, sinon ? À moins qu'ils ne cherchent à échapper à quelque chose dont ils ont honte…

– Et la chambre dérobée derrière l'étagère ?

– Elle a vu une vieille photo de famille d'eux là-haut, dans le bureau. Ce sont les mêmes que ceux qui sont sur celle-là à l'âge adulte. Elle a aussi lu une biographie résumée mais un peu vague du bonhomme. Je suppose que tout ceci pourra être facilement corroboré par l'examen du cagibi dont elle a parlé. Elle a sorti un livre pour l'ouvrir, je me rappelle, mais n'a pas dit lequel c'était. Et je n'ai pas demandé… Elle a continué en disant que la femme de la photo était enterrée ici.

– Je comprends… Mais l'enfant ? Le fruit d'une union incestueuse de ses parents. Où est-il ?

Elle eut brusquement le sentiment qu'il se moquait d'elle.

– En tout cas, ce n'est plus un enfant, c'est un adulte, je suppose. Je sais à quoi ça te fait penser, Hrafn, mais tu ne vas pas tout de même pas *avoir le toupet* de balayer ça d'un revers de main. Nous n'avons pas beaucoup d'explications qui tiennent aussi bien. Elle prit une profonde inspiration. On était en train de boire, je sais. Mais ceci est à tout prendre bien plus probable que ce qui s'est passé hier, quelles qu'en soient les raisons.

– Tu penses donc que ça serait quelqu'un d'ici. Quelqu'un d'autre ?

– J'ai dit ça, moi ?

Hrafn ne répondit pas, se leva du canapé et alla voir la photo au mur.

Avait-elle dit ça ? Que quelqu'un d'autre était là avec eux et qu'ils ne connaissaient pas ?

Hrafn contempla longuement la photo et se rassit.

– Tu as dit que ce bureau était où ?

– Au fond du couloir, à l'étage.

Il se coucha sur le canapé et étendit une couverture sur lui.

– Je t'aime, fit-il de façon inattendue en la regardant.

Elle sourit et s'assit près de lui.

– Moi aussi, je t'aime… Pourquoi est-ce que tu me dis ça maintenant ?

– Ce n'est pas un bon moment, maintenant ?

Il tira la couverture sous son nez, ferma les yeux. Il ne manquait plus que le bloc de papier et le stylo pour que l'analogie soit parfaite avec le début de leur relation : le médecin et le patient.

Elle promena son regard sur le séjour et écouta la respiration de Hrafn qui se faisait plus profonde. Sur l'étagère la plus proche du canapé, il y avait quelques romans et, magnifiquement reliés, les *Contes populaires de Jón Árnason*. Elle tendit le bras pour prendre le livre que Hrafn lisait ou derrière lequel il se cachait – *Histoires de diables et diablotins*, collection de nouveaux contes populaires dont Vigdís n'avait jamais entendu parler. Dans une courte préface d'un certain Súpa Hel, il était dit que les histoires racontées dans ce livre avaient circulé de famille en famille au XXe siècle et avaient en commun d'être anonymes et véridiques.

Si ce dernier trait était une plaisanterie, ça ne tirait pas à conséquence. Vigdís parcourut le livre en diagonale et s'arrêta à l'une des histoires intitulée "Il a de si beaux habits".

Dans cette histoire, il était question d'un homme qui s'était perdu dans la montagne, sur le glacier Hofsjökull, et qui s'était séparé de ses compagnons de voyage, tous membres d'un groupe de randonneurs citadins. Une fois la pluie passée, l'homme était descendu du glacier sans aucune crainte, car il était très bien équipé. Bientôt, il arriva dans une profonde vallée herbeuse à la lisière du glacier et dont l'homme ne se souvenait plus d'avoir entendu parler auparavant. La vallée était verdoyante et une rivière s'écoulait au milieu.

L'homme descendit dans la vallée et suivit la rivière jusqu'à une ferme à la porte de laquelle il frappa. Deux enfants émaciés lui ouvrirent et le conduisirent dans le salon où était assis un couple encore plus émacié avec un petit animal qui mangeait un gros tas de viande posé sur une assiette. Le couple souhaita la bienvenue à l'homme, posa une assiette devant lui et ils lui donnèrent de la soupe claire comme celle qu'ils mangeaient eux-mêmes avec leurs enfants et qui était très différente de la préparation qu'avait l'animal.

Ce dernier était étrange, à la fois pour ce qui était de son apparence et de ses manières. Il était à peine plus grand que les enfants, mais avait le dos voûté et le visage d'un vieillard. Il ne levait jamais les yeux de son assiette, et pourtant il semblait tout voir autour de lui, car ses yeux étaient étonnamment hauts sur son front. Il était vêtu d'habits de couleur, rouges, jaunes et bleus, si éclatants que les regarder était désagréable. En l'examinant de plus près, on voyait que sa peau était posée de travers, comme si on la lui avait flanquée à la va-vite sur les os, et çà et là, on apercevait sa chair rouge qui luisait, qui se fendait et s'affaissait sur la peau quand il bougeait. Il dégageait une forte odeur, semblable à un mélange d'excrément et de poisson pourri qui se répandait dans toute la maison.

L'homme prit sa soupe et essaya de découvrir dans quel genre d'endroit il se trouvait, mais ses yeux revenaient toujours à ce petit animal répugnant à l'autre bout de la table, comme si en réalité la famille était hypnotisée et gardait les yeux fixés sur lui en train de manger. Après avoir nettoyé son assiette, il disparut dehors et l'homme demanda alors qui c'était. Le couple lui révéla qu'il l'appelait le "petit homme" et qu'il était arrivé chez eux il y a quelques semaines, qu'il était un hôte bienvenu et qu'ils voulaient tout faire pour lui. L'homme demeura interdit et tira à lui l'un des enfants, lui pinça un bras qui n'était qu'un os et il demanda aux parents s'ils ne voyaient pas que leurs enfants mouraient de faim, exactement comme eux, et pourquoi ils donnaient la priorité à cet animal. Alors, ils firent cette réponse unanime : *il a de si beaux habits.*

Le lendemain, à l'heure du dîner, la même scène se répéta ; l'animal fit son apparition à la ferme, s'assit dans le salon et réclama son dû, sans qu'on ait prononcé un mot. Une assiette pleine à ras bord d'une viande grasse fut posée devant lui tandis que la famille et l'homme mangeaient de la soupe. L'homme ne put se contenir et invectiva l'animal, qui ne répondit pas. Il termina son assiette et disparut.

L'homme commença à soupçonner quelque chose et jura de ne pas s'en aller avant que la famille soit débarrassée de ce problème. Quelques jours plus tard, il n'y avait plus de viande dans la vallée, elle avait entièrement été mangée par l'animal. Le soir, quand il n'eut pas de viande dans son assiette – au grand désespoir de la famille –, l'animal se mit à beugler très fort, si bien que toute l'assistance en fut frappée de paralysie. Avant qu'on ait pu faire quoi que ce soit, il avait saisi les deux enfants, le garçon d'abord et ensuite la fille, et leur avait dévoré le ventre jusqu'aux poumons et au cœur et avait graissé ses vêtements avec leur sang, ce qui les rendaient plus éclatants que jamais. Cette opération terminée, il sortit par la porte et disparut.

Quand l'homme eut de nouveau la force de parler, il exigea que le maître de maison soit armé et qu'ils aillent ensemble à la poursuite de l'animal, mais le maître de maison et la femme dirent : *il a de si beaux habits*, et ils refusèrent de s'occuper de l'affaire.

Le soir suivant, l'animal reparut, s'assit à table et réclama encore son dû. Quand aucune viande n'arriva sur la table, il recommença à beugler, escalada la table et alla directement vers la maîtresse de maison, colla sa bouche contre ses yeux et aspira jusqu'à ce qu'on entende un claquement. C'étaient ses yeux qui sautaient hors des orbites, d'abord d'un côté, puis de l'autre. Ensuite, il mit à nu les seins de la maîtresse de maison et les dévora jusqu'à ce qu'il n'en reste plus rien, et il graissa ses habits avec le sang jusqu'à ce qu'ils deviennent éclatants. Cette opération terminée, il disparut. Lorsque l'homme se leva d'un bond et exigea qu'ils aillent trouver l'animal et le tuent, le maître de maison dit : *il a de si beaux habits.*

L'homme vit qu'on ne pouvait tolérer cela. Le lendemain, avant le dîner, il fit couler de la cire dans ses oreilles et la laissa durcir afin que les maléfices n'aient plus aucun effet sur lui. Lorsque l'animal s'assit et commença ses beuglements, l'homme se leva d'un bond et l'attaqua au couteau mais, alors, il s'avéra que l'animal avait disparu. En y regardant de plus près, l'homme vit que celui-ci s'était transformé en une petite mouche et il la poursuivit en faisant plusieurs tours, à l'extérieur et à l'intérieur, jusqu'à ce qu'il tombe épuisé sur le sol. Alors, la mouche décrivit un cercle au-dessus de la table où était assis le maître de maison qui mangeait la soupe quasi transparente, elle atterrit sur la cuiller à soupe et disparut avec dans la bouche du maître de maison, où l'animal reprit sa taille première. À ce moment, la tête du paysan éclata et l'animal reparut, s'assit à califourchon sur ses épaules et se baigna dans le sang chaud, ses habits devinrent tellement resplendissants que l'homme fut obligé de détourner les yeux.

Après cela, l'homme s'en alla et, d'ailleurs, plus personne n'était en vie dans la vallée. Il suivit la rivière et descendit longtemps jusqu'à ce qu'il arrive dans une zone habitée où il raconta l'histoire du diablotin qui avait jeté sur lui une peau humaine et qui s'était enveloppé de couleurs plus vives que tout au monde.

27.

Elle ne savait pas depuis combien de temps elle était assise là ; elle ferma les yeux et les événements de la vie de la maison l'assaillirent : la construction à partir de roches trouvées dans le voisinage, le déménagement de la bibliothèque dans une carriole à travers les sandurs, une femme qui coiffait sa longue chevelure brune devant la glace, son œil qui se plissait, réduisant le passage de la lumière à une fente, et regardait au-dehors et aussi une ombre qui se laissait tomber à quatre pattes et courait dans le noir. Les images surgissaient et s'évanouissaient presque aussitôt ; elle avait le sentiment de tout comprendre sans pouvoir mettre des mots dessus, exactement comme lorsqu'elle s'était endormie dans la carcasse de la voiture.

Lorsque la porte d'entrée claqua, elle sursauta. Dans le vestibule, on entendit marcher et la vieille se traîna dans la pièce avec un seau d'eau qui clapotait et disparut dans la cuisine où le seau fut déposé par terre avec un bruit creux.

Vigdís se leva, se rendit à la cuisine et dit bonjour, ce qui lui sembla bête, mais il ne lui vint rien d'autre à l'esprit.

Ása lui rendit sa salutation. Elle ne paraissait pas étonnée de les voir.

– On est encore là, comme tu vois, déclara Vigdís. On avait l'intention de partir ce matin. Je crois que notre amie Anna t'a parlé de nos projets hier, n'est-ce pas ?

– Oui, je m'en souviens bien, dit Ása. Il est arrivé quelque chose ?

– Peut-être bien que oui, peut-être bien que non, rétorqua Vigdís avec un sourire qui se figea tout de suite. Nos deux autres amis semblent avoir disparu. Hrafn, mon mari, celui qui a les cheveux bruns, et moi, nous sommes à leur recherche. Tu ne les as pas vus ?

Ása secoua la tête et alla chercher du café dans l'armoire.

– Si tu les avais vus, tu ne me le dirais pas ? Est-ce que tu sais quelque chose qu'on ignore ?

La vieille vint vers elle et la regarda avec de grands yeux.

– Tout va bien, ma belle. Ne te fais pas de souci, ça peut être dangereux de trop réfléchir. Elle lui caressa le bras et lui dit de rester calme. On est tous amis, ici. Je vais te faire un bon café.

Vigdís avait envie de poser tellement de questions à cette femme, mais elle se contraignit au silence. Elle la remercia pour le café, sortit et but une gorgée de whisky dans la voiture.

Le vent se calmait. Tout en fumant, elle regardait autour d'elle et récapitula tout ce qu'on trouvait dans leur environnement : différentes formes et tailles de pierres, de lacs, quelques espèces de plantes, de mousses, de lichens ; très peu d'espèces animales, essentiellement des oiseaux et des insectes. Rien de bien compliqué. La seule chose compliquée, c'était ce qu'ils avaient en tête. Ces pensées suscitaient en elle un certain optimisme.

Sur le chemin qui mène à la voiture, elle jeta un coup d'œil au sac à dos pour s'assurer que l'arme y était encore. Elle avait pris la décision de l'emporter le matin sans intention particulière en dehors de celle de s'en débarrasser – de l'enterrer en creusant un trou dans le sable où personne ne la trouverait. *Pourquoi ne l'avait-elle pas déjà fait ?*

Lorsqu'elle revint dans le séjour, Hrafn était réveillé. Elle se blottit dans ses bras et il lui caressa la tête, se disant en meilleure forme que tout à l'heure. Il ne posa pas de question au sujet d'Egill et d'Anna. Vigdís sortit le jeu de cartes qu'elle avait pris dans la voiture et ils jouèrent au *veidimadur*[1]. Ils ne parlèrent pas de ce qu'il fallait faire, mais Vigdís s'attendait à passer une nouvelle nuit dans la maison et à partir au lever du soleil.

La vieille ferma la porte d'entrée, bien que la nuit ne soit pas encore tombée, et elle disparut à nouveau dans la cuisine. Vigdís la surveillait du coin de l'œil et vit qu'elle regardait par la fenêtre.

La tempête de sable s'était complètement calmée, mais les nuages étaient bas, pareils à de grosses pelotes grises tran-

1. Sorte de jeu des sept familles, mais avec les espèces de poissons.

quillement accrochées dans le ciel et qui attendaient quelque chose, se rejoignaient et s'écartaient sans qu'on les voie bouger à aucun moment. On approchait probablement de l'heure du dîner. Les lumières de la maison se voyaient de loin dans les sandurs, au cas où quelqu'un passerait par là.

Hrafn alla aux toilettes. Vigdís resta à écouter l'écho de la radio qui marchait dans la cuisine. La vieille l'avait réglée sur la météo, babillage incohérent, messages codés pour tout autre chose.

Peu après, les lumières de la maison s'éteignirent et la radio se tut. Ása apparut dans l'encadrement de la porte et se racla la gorge.

– L'électricité, expliqua-t-elle.

– Il n'y a plus d'électricité ? interrogea Vigdís, comme si elle ne le savait pas. Hrafn dévala l'escalier et Vigdís lui apprit ce qui s'était passé.

– Incroyable !

Il leva les bras au ciel et paraissait furieux. Il demanda où était le tableau électrique et suivit la bonne femme dans la cuisine où celle-ci ouvrit l'un des placards. Hrafn mit la tête à l'intérieur et s'escrima pendant quelques minutes avec les fusibles.

– Ça s'est déjà produit auparavant ? s'étonna Vigdís, et Ása répondit par l'affirmative.

– D'où vient le courant ? De la rivière ? s'enquit Hrafn en refermant le placard. Ása acquiesça. Il y a peut-être trop d'eau de fonte du glacier dans la rivière ? Et ça coupe l'électricité ?

– C'est possible… répondit Ása. Ça ne paraît pas improbable.

– Oui, problème bien résolu, bien expliqué, commenta Hrafn, ironique. L'électricité s'en va et ça a quelque chose à voir avec la rivière, *les eaux de fonte de la rivière*, comme je l'ai dit.

Il hochait la tête d'un mouvement rapide et se rendit dans le séjour, suivi de Vigdís. Elle alluma des bougies que la bonne femme leur avait apportées et ils reprirent leur partie de cartes. Egill et Anna avaient emporté les lampes de poche, mais en tout cas elle et Hrafn avaient encore les fusées de détresse.

Au dîner, ils mangèrent des sandwichs et Hrafn alla chercher des bougies à chauffe-plats dans la voiture, bien que la vieille ait fait mine de le lui interdire. Vigdís essaya de rendre la pièce agréable, elle but de la bière en mangeant, mais Hrafn ne sembla pas y faire spécialement attention.

Plus tard, à la tombée de la nuit, ils entendirent des bruits provenant des sandurs. On aurait dit les pétarades d'un moteur ou un formidable grognement. Hrafn suggéra que c'était une tronçonneuse et que les bruits venaient du village, de l'autre côté du gouffre.

Ils demandèrent à la femme, assise dans la cuisine à tricoter, ce que c'était et elle leur dit qu'elle pensait que c'étaient les grondements du gouffre, les eaux de fonte du glacier.

– Pourquoi est-ce que nous n'avons pas entendu ça avant ? lança Hrafn. Ça a commencé seulement depuis que nous sommes dans la pénombre.

– Certaines choses, on y fait attention que lorsqu'on est dans les ténèbres, mon bon, déclara la vieille en lui faisant un sourire suave.

Ils retournèrent dans le séjour. Vigdís proposa l'explication suivante : l'eau avait tellement monté dans le gouffre qu'on avait fini par l'entendre. Ou alors, c'est quand le vent a faibli.

À cet instant, les bruits cessèrent. Hrafn et Vigdís s'assirent sur le canapé, parlèrent de remonter dans leur chambre pour dormir, mais aucun d'eux n'en prit l'initiative. Hrafn s'éclipsa à l'étage, disant qu'il avait besoin d'uriner – ce n'était pas la première fois que ça lui arrivait sans qu'on l'ait vu boire quoi que ce soit ; d'après la fréquence de ses allers-retours aux toilettes, il avait dû picoler tout le temps. Elle s'efforça de desserrer l'étau, de cesser de le suivre, mais elle ne le pouvait simplement pas. Elle était d'une sensibilité à fleur de peau, tendue et disponible. Les belles personnes sur le mur lui jetaient un regard réprobateur, mais c'était aussi de désespoir – comme les nuages.

Dix minutes plus tard, Hrafn revint et elle se garda de lui demander pourquoi il avait été si long. Il prit position à la fenêtre et lui fit signe peu après de venir le rejoindre.

Dehors, dans l'obscurité, brillaient des feux.

– Dans le village, dit Hrafn qui prit les jumelles, les dirigea vers les ténèbres et les tendit ensuite à Vigdís.

Les feux étaient juste de l'autre côté du pont. S'il y avait davantage de feux dans le village, on ne les voyait pas à cause de la colline située entre le gouffre et le village.

Elle lui rendit les jumelles.

– Tu crois que c'est eux ? fit-elle en sentant son cœur battre la chamade.

– Anna et Egill ?

– Oui.

– Je ne sais pas.

– S'ils sont bloqués de l'autre côté du gouffre, supposa Vigdís, est-ce qu'ils ne nous enverraient pas des signaux pour qu'on vienne remettre le pont en état ? Pour qu'ils puissent traverser.

– Ils n'auraient jamais franchi le gouffre pour commencer, sans avoir remis le pont en état. Et alors ils reviendraient sur leurs pas, non ?

– Il pourrait avoir cédé après leur passage… Si ce sont eux, chaque minute compte. Il secoua la tête mais ne dit rien. À quoi penses-tu, Hrafn ? Parle-moi, tu es si taciturne…

– Je ne suis pas taciturne, arrête de *faire une fixation* sur moi ! cria-t-il.

Elle saisit une bougie, avança dans le séjour sans savoir ce qu'elle allait faire avant d'y parvenir : voir si la porte était fermée.

Elle commençait à saisir une chose qu'elle n'arrivait pas à exprimer par des mots : pourquoi la maison était fermée le soir. Pourquoi le pont était suspendu à une corde, pourquoi il y avait en travers du barrage une clôture qui en interdisait l'accès.

Elle alla à la cuisine, fit couler l'eau dans l'évier et observa la vieille : de l'eczéma sur le visage, des mouvements d'épaules continuels dus au tricot. Elle s'aperçut que la vieille – compte tenu de la théorie d'Anna – pouvait être un enfant que les mêmes parents auraient eu sur le tard, la sœur du garçon qui avait été enfermé. – Elle n'était sur aucune photo parce qu'elle était née après que ses parents s'étaient exilés à la campagne.

– Qu'est-ce qui se passe là-bas ? demanda-t-elle à la femme. Tu as vu les feux ?

– Les feux ?

La vieille continuait à tricoter. Sur la table en face d'elle, une bougie était allumée.

– De l'autre côté du gouffre.

Hrafn entra dans la cuisine.

– Il y a quelqu'un là-bas, fit-il en regardant la vieille.

Un ange passa jusqu'à ce que la vieille ouvre la bouche :

– Vos amis ? fit-elle à voix basse.

Hrafn s'esclaffa.

– Il se passe pas mal de choses ici… Mais qu'est-ce que vous faites, putain, vous ne faites pas d'agriculture ! Où sont les bêtes ? Vous avez des vaches et des moutons invisibles ?

– Calme-toi, Hrafn, dit Vigdís, mais il se pencha sur la table du côté de la femme et frappa du poing la surface, comme pour souligner ses propos.

– Le téléphone est en panne, la voiture est en panne, il n'y a plus d'électricité. Quand est-ce que la ligne a été coupée ? Il n'y a aucun poteau visible ici, ce qui signifie selon moi que la ligne est enterrée. Qui l'a coupée ? Une ligne téléphonique enterrée ne se coupe pas toute seule. Il y a quelqu'un là-bas, non ?… Quelqu'un d'autre, comme dit ma femme.

La vieille ne bougeait pas.

– Tu n'as pas beaucoup de chance, finit-elle par dire sans le quitter des yeux.

– Je ne crois pas à la chance, ma vieille, rétorqua-t-il. Je crois en moi-même et je veux que tu me dises pourquoi nous n'arrivons pas à *partir* !

Il continuait à frapper du poing sur la table, jusqu'à ce que Vigdís en ait assez et lui prenne la main, ce qui rappela à Hrafn qu'il avait corrigé le vieux après que celui-ci eut renversé leur table. Hrafn se dégagea et Vigdís lui dit d'aller se coucher.

– Sans toi, tout est plus facile ! vociféra-t-elle, plus fort qu'elle ne l'aurait cru d'elle-même. Bois autant que tu veux mais arrête de faire ça en cachette ! Je me fous complètement de ce que tu fais, ça n'a plus d'importance !

Il se tenait dans l'embrasure de la porte de la cuisine, l'air hébété et les yeux brillants.

– Tu crois que j'ai replongé ?

– Bien sûr que t'as replongé. Je ne le crois pas, je le sais. Je te connais.

Il tourna les talons et elle l'entendit monter l'escalier.

Vigdís se laissa choir sur sa chaise à la table de la cuisine, en face de la vieille.

– Vas-y doucement, mon amie, dit la vieille après un bref instant de silence.

– Doucement… Pourquoi ? Il y a un truc spécial auquel je devrais faire attention ?

– Il est marqué.

– Qu'est-ce que tu veux dire ?

– Tu le sais, mon amie. Tous ceux qui le veulent le voient.

– *Marqué*, qu'est-ce que ça veut dire, merde ? Tu as vu une marque à son oreille, une coupure à la droite ? Il lui est resté un trou d'une boucle d'oreille qu'il avait à quatorze ans. Il a un pull-over Lacoste que sa mère lui a offert…

Elle se tut, se prit la tête à deux mains et s'efforça de se contrôler, elle savait bien se contrôler. Il lui sembla entendre à nouveau le bruit de moteur dans les ténèbres et elle se couvrit les oreilles avec les mains. La vieille s'assit près d'elle et lui caressa le dos.

– Il faut qu'on parte d'ici, reprit Vigdís en s'étirant. Mais je ne suis plus sûre de rien…

Elle constata que le robinet coulait toujours. Ce qu'elle prenait pour un bruit de moteur, c'était le murmure de l'eau.

Elle se leva et se rendit dans le séjour pour y chercher une cigarette, elle vit la photo des belles personnes, lui flanqua un coup en biais et la regarda se fracasser sur le sol. Le verre s'était cassé, Vigdís se baissa pour ramasser la photo et s'aperçut qu'elle était déchirée au milieu, mais qu'au verso elle avait été recollée avec du scotch.

– Pourquoi a-t-on déchiré cette photo ? hurla-t-elle, et à la fin elle la lâcha et donna libre cours à ses larmes qui se mirent à couler à flots. Elle se plaqua au mur, hurla encore plus fort, se laissa choir sur le sol et ne fit pas attention qu'elle saignait à cause des débris de verre. Elle entendit la bonne femme approcher depuis la cuisine ; elle pensa au désert, à l'enfant, à la maison qui était fermée et défendue comme un château fort, à la barrière du barrage et au pont qui pendait – parce que quelque chose là-bas dans les ténèbres voulait passer de l'autre rive sur celle-ci.

28. À développer

Hrafn se tenait immobile dans l'obscurité à l'étage et se demandait s'il devait redescendre pour aller chercher des bougies, mais après la dispute il trouvait ça idiot.

En bas, quelque chose avait volé en éclats, et c'était sans aucun doute le fameux sang-froid de Vigdís ; ensuite, on entendit un hurlement. Si elle avait peur, elle n'avait qu'à venir le voir ; après ce qu'elle avait dit, elle pouvait aussi s'excuser.

Au fond du couloir, il aperçut un faible rai de lumière qui s'insinuait sous la porte. À pas feutrés, il se dirigea vers cette dernière et y colla l'oreille ; n'entendant rien, il tourna avec précaution la poignée et ouvrit. Toujours à pas feutrés, il pénétra à l'intérieur de la pièce et vit tout de suite que c'était le bureau dont Vigdís avait parlé. Il était sombre et les murs étaient couverts de milliers de livres reliés en cuir. Dans un fauteuil, à l'autre bout de la table servant de bureau, était assis le vieux, un livre ouvert sur les genoux, il lisait à la lueur d'une bougie. Hrafn ne manifesta pas immédiatement sa présence et le regarda prendre des ciseaux sur le rebord de la fenêtre et couper la mèche de la bougie qui avait coulé, les remettre en place et continuer à lire.

Hrafn toussa pour s'éclaircir la voix. L'homme leva les yeux, un sourire éclaira son visage et ses yeux s'allumèrent comme s'ils avaient vu un bon vieux vin. Hrafn sentit qu'il se réjouissait à son tour.

– Mon brave, commença-t-il, excuse-moi de te déranger. Je t'importune ? Le vieux secoua la tête. J'allais me coucher et j'ai vu de la lumière ici. C'est un bureau splendide … Tu as beaucoup de livres, ça doit avoir été une sacrée besogne de les transporter jusqu'ici ?

L'homme fit la grimace en tentant de répondre sans pour autant se départir de son sourire. Smiley, se dit Hrafn en esquissant un rictus. C'était son nom : *Smiley.*

Hrafn se tut et regarda autour de lui. Tant qu'à être là, ça ne faisait pas de mal de jeter un coup d'œil alentour. Entre deux bibliothèques se trouvait un âtre de briques rouges empilées. Devant, il y avait un seau vide et un tisonnier pour attiser le feu. Au mur derrière le vieux étaient accrochées les photos que les filles considéraient comme des preuves de leur étrange théorie de l'inceste.

– Eh oui, mon vieux, ironisa Hrafn qui sentait le diablotin qui l'habitait se dresser sur ses pattes de derrière. L'homme le regardait en souriant et Hrafn s'assit sur le bureau, face au mur où étaient les photos. Tu as des photos, ici, et même pas mal. De ta famille, je suppose ?

L'homme ne dit rien, mais se leva lentement, retira son diplôme encadré et le tendit à Hrafn.

– Princeton, dis donc. Mazette ! Joli travail, fit Hrafn en étouffant son rire. Docteur en biologie, c'est marqué ici. Ça devait être des études difficiles. J'ai toujours voulu étudier, mais mon père n'y croyait pas. Ça durait trop longtemps, qu'il disait. Ce n'est pas une tradition dans la famille, qu'on devienne intellectuel. Nous sommes *des entrepreneurs*, vois-tu.

L'homme leva le menton et, pour la première fois depuis qu'ils avaient fait connaissance, il prit un air sérieux que Hrafn trouva plutôt amusant. Il alla à l'étagère sur laquelle il y avait des dossiers, en retira un, et le posa sur la table.

– L'album de famille ? risqua Hrafn en reposant le diplôme qu'il avait envie de dérober afin de l'emporter chez lui, à Reykjavík, et l'accrocher au mur de son bureau pour plaisanter.

Il fut frappé de constater avec quelle rudesse de ton il s'adressait à ce vieillard en feignant d'ignorer que ce dernier était malade.

– Je regrette d'ailleurs ce qui s'est passé entre nous l'autre jour, commença-t-il avant de se taire à nouveau, faute de savoir quoi faire. Il n'avait pas à avoir honte de quoi que ce soit, il ne s'imposait pas à ses hôtes, il était dans cette maison par une malencontreuse nécessité. Sa mâchoire et ses poings se raidissaient de colère à l'idée que *Vigdís* n'avait pas confiance en lui et ne croyait pas à ses bonnes résolutions. Mais, apparemment, elle ne supportait pas le stress, comme en témoignait cette conversation au sujet de l'inceste. C'était bien d'elle de se mettre en rage comme elle le faisait – pas à cause des circonstances mêmes, mais du fait que d'autres se mettent en rage ; d'être gonflée d'une sainte colère en voyant quelqu'un *d'autre* réagir, en le désignant comme adversaire, ce qui permettait d'évacuer le problème.

Le vieux se retira au calme près de la fenêtre et Hrafn parcourut l'album. Il semblait évident que le vieux avait fait du chemin en son temps, il avait compté dans la société ; ce qui n'était plus particulièrement intéressant, n'est-ce pas, quand tout était sens dessus dessous.

Il y avait dans cette pièce une chose qui lui échappait.

Hrafn referma l'album, se saisit d'une bougie allumée sur le bureau, longea les étagères et contempla les livres. La plupart concernaient les sciences dures, mais également la philosophie, l'anthropologie, la psychologie, l'histoire, et certains traitaient de magie. Il pensait à la chambre dérobée et, de temps en temps, il déplaçait les livres, les prenaient par le haut et en remettait la moitié en désordre. Puis, de guerre lasse, il décida d'oublier toute cette affaire d'endogamie, d'ignominie et de chambre dérobée, cette dernière n'étant en outre qu'une métaphore codée pour la vulve d'Anna, petite et comprimée comme un petit cochon effrayé, vu qu'Egill n'avait pas pénétré en elle depuis de nombreux mois.

En même temps, il savait ce qui le dérangeait dans cette chambre. Ce n'était pas une odeur de moisi qui était partout, mais une odeur de suie ou de *poil brûlé*, et ça lui rappelait quand il était plus jeune et mettait le feu aux poubelles ou qu'il utilisait un briquet pour roussir les poils de son corps.

L'odeur venait de l'âtre.

Hrafn s'accroupit devant et passa un doigt sur le plancher. Il n'y avait pas beaucoup de suie sur les briques ni de trace de bois, de charbon ou de quelque chose ayant brûlé récemment. Il avança la tête et regarda vers le haut à l'intérieur de la cheminée. L'odeur était plus forte. Si on retirait la grille, le ciel nocturne se mettrait à scintiller, comme un carré plus clair dans l'obscurité, et il y aurait même un courant d'air.

Il dénicha la manivelle qui permettait d'ouvrir et de fermer la grille, il la tira de sa place, remit la tête dans l'âtre, mais rien n'avait changé.

– Il y a quelque chose là, marmonna Hrafn.

Il tendit le bras pour atteindre le tisonnier et le passa en haut dans l'obscurité, rencontra un obstacle et sentit le poids d'une chose qui pouvait à tout instant lui dégringoler dessus. Une fine poussière de suie lui tomba sur le visage et, dans l'obscurité, de longs poils noirs descendirent sur le sol en voltigeant. Plein d'impatience, il enfonça davantage le tisonnier, repoussa la grille aussi fermement qu'il put dans le haut de la cheminée et on entendit comme le bruit d'une baudruche qui se dégonflait. Un objet lourd se fracassa sur le sol de l'âtre, et de la suie se mit à tournoyer dans la pièce. Hrafn toussa et se détourna. Une forte odeur de brûlé et de pourriture jaillit du foyer et il mit sa chemise devant son nez.

Quand la majeure partie de la suie se fut déposée, il saisit la bougie et jeta un regard dans l'âtre. Sur le sol gisait la dépouille d'un animal. Le ventre était distendu à cause du gaz qui s'échappait par une fente entre les pattes de derrière, qui étaient bizarrement écartées. Au-dessus de la tête, on apercevait des petites cornes recourbées, des yeux noirs, des restes calcinés et des sabots aux extrémités des pattes.

Il contempla un moment la charogne, épousseta la suie, s'efforça de chasser l'odeur en crachant, et réfléchit à la force qu'il fallait pour repousser l'animal jusqu'en haut, ainsi qu'à la taille de l'homme et la longueur de ses bras…

Le vieux était toujours assis à la fenêtre avec son livre et semblait ne rien avoir remarqué. Hrafn s'approcha de lui et s'assit sur la chaise qui lui faisait face.

– Il y avait quelque chose dans la cheminée. Il leva le menton vers l'âtre et s'alluma une cigarette. Comment peut-on mettre un mouton dans le haut de la cheminée ? ajouta-t-il en riant, et il eut l'impression que c'était le début d'une blague dont il avait oublié la suite. Vous pouvez sûrement fournir une bonne explication à ça… C'est le père Noël qui descend dans la cheminée. Les moutons sont grillés. *Ergo* : le père Noël est un mouton. C'est comme ça, ici dans les montagnes ?

Au loin dans les sandurs, il discerna la lueur des incendies. Ce n'était pas Egill là-bas, il était trop poltron pour jouer à ça, il n'aurait jamais pu allumer tous ces feux. Non, tout indiquait que c'était quelqu'un d'autre. Et c'était extravagant, absolument incompréhensible, mais pas forcément. Hrafn s'étonna de sa capacité à avoir deux opinions opposées à la fois, d'ailleurs ce n'était pas la première fois qu'il s'en apercevait – par exemple, il savait depuis longtemps des choses sans le savoir, quelque chose avait dû se passer pendant sa jeunesse, mais pas forcément.

– Autre chose, marmonna-t-il, il se leva de sa chaise et plongea la main dans sa poche pour chercher la photo de Vigdís, celle qu'il avait prise sur le tas d'ossements dans le village. Elle n'était plus aussi granuleuse ni aussi sombre, comme si elle était en cours de développement. Vigdís avait les bras le long du corps et la moitié du visage sous-exposée à la lumière qui pénétrait par la porte entrouverte. Quelqu'un qui se dirigeait vers la pièce de l'autre côté du couloir aurait pu voir la fente de la porte ou l'ouvrir carrément, s'être trompé de chambre, l'avoir aperçue couchée là, ayant retiré un peu son sac de couchage pour dénuder ses seins et avoir pris un cliché. Les seins faisaient penser à une tête sans yeux, à des colonnes inertes flottant dans l'espace.

À moins que la photo n'ait été prise avant, il y a une semaine ou un mois ? Qui avait dit que c'était de son sac de couchage et non pas d'une couette en ville, ou bien qu'Egill aurait trouvé cette photo dans le village et l'aurait fait tomber de sa poche de chemise quand il s'était baissé sur les ossements ? Est-ce qu'elle avait les mains le long du corps et les mettait entre les jambes en se caressant devant lui qui était là à regarder ? Est-ce que c'est lui qui avait pris la photo où elle ouvrait la bouche, le visage radieux, en pleine jouissance ?

Hrafn détourna les yeux de la photo pour regarder le bonhomme. La bougie qui était à côté de lui avait recommencé à couler, mais il ne bougeait pas, le livre toujours sur ses genoux, et Hrafn comprit enfin ce qu'il faisait : le vieux ne lisait pas, il n'avait pas tellement feuilleté le livre, mais restait au contraire assis à écouter.

– Tu attends quelqu'un de dehors ? demanda Hrafn.

Le vieux le dévisagea, fit un signe de tête et son sourire disparut.

– N'ouvre pas, avertit-il, il tendit le bras et le posa sur les genoux de Hrafn, se pencha vers lui. Ses yeux se firent plus pénétrants. *N'ouvre pas la porte !*

29. Ce qui apparut

Vigdís jeta un coup d'œil dans leur chambre et vit immédiatement qu'elle était vide. Pour s'en assurer, elle leva la bougie, l'orienta vers les angles et regarda le long du couloir sans voir la moindre lueur. Indubitablement, Hrafn était quelque part à bouder et l'évitait. En tout cas, il n'était pas redescendu.

Elle referma la porte et se laissa choir sur le lit, but une gorgée de sa flasque, espérant pouvoir s'endormir. Ils se disputaient rarement. Quoi qu'il en soit, elle était plus calme, le bourdonnement du whisky dans sa tête était efficace pour réduire ses mauvaises vibrations.

Elle se tourna sur le ventre et se massa le visage. Tout à l'heure, quand elle avait regardé par la fenêtre, les feux étaient éteints. Tous les changements étaient néfastes, avait-elle décidé ; dorénavant, sa vie serait encore plus classiquc et plus calme qu'elle n'avait été avant qu'ils n'arrivent ici.

Quelque part dans la maison, on entendit frapper. Vigdís était étendue immobile et écoutait. Elle sentit son sang se glacer et son corps se contracter. D'un bond, elle fut sur pied, alla à la fenêtre et regarda. Il faisait trop sombre pour qu'elle voie s'il y avait quelqu'un à la porte.

Elle se précipita dans le couloir où elle aperçut Hrafn. À en juger par son air, il semblait lui aussi avoir entendu frapper et restait immobile, la bougie à la main, et fixait son regard vers le bas, sur la trémie de l'escalier.

– Pstt ! Elle capta son attention et lui fit signe d'approcher. Tu crois que c'est Anna et Egill ? murmura-t-elle.

– Ils ne frapperaient pas à la porte, ils nous appelleraient plutôt, murmura-t-il en retour. Son visage était étrangement sombre, comme couvert de suie, et il se fondait dans l'obscurité. Elle ne lui demanda pas ce qui s'était passé, retourna dans leur chambre, et ils regardèrent ensemble par la fenêtre. Elle discernait, en provenance de la cuisine, une faible lueur qui remontait l'escalier et aurait dû suffire à distinguer une silhouette, mais elle ne vit rien. Loin de la porte, sur le bord de la plateforme, Hrafn déclara voir quelque chose ressemblant à un bâton.

– Un bâton ? questionna Vigdís en regardant du coin de l'œil l'arme qui était sous le lit. Elle n'était pas certaine de pouvoir faire confiance à Hrafn et elle-même n'avait jamais tiré au révolver. Ils tendirent davantage l'oreille, mais on n'entendait rien. Ils se transportèrent à nouveau dans le couloir et descendirent l'escalier où ils trouvèrent la vieille. Elle tenait une bougie, les yeux écarquillés et brillants.

– Pourquoi on n'a pas refrappé ? interrogea Vigdís.

– N'ouvre pas ! lui commanda la vieille sans quitter la porte des yeux.

– Pourquoi on a frappé *une seule fois* ? C'est la nuit, on ne frappe pas une seule fois et on ne reste pas là sans bouger, poursuivit Vigdís, mais la vieille lui fit "chut !" et leur dit de remonter.

Hrafn se dirigea vers la porte, mais la femme le prit par l'épaule et lui interdit de le faire. Il se dégagea, le candélabre de la vieille tomba à terre et la bougie s'éteignit.

– On est obligés de faire ça ? interrogea Vigdís dans son impuissance, sachant bien qu'elle ne pouvait l'arrêter. La vieille tourna les talons et disparut en haut de l'escalier à l'étage. Hrafn tira les verrous, entrouvrit légèrement la porte et jeta un coup d'œil à l'extérieur, et ouvrit tout grand ensuite. Il sortit sur la plateforme, regarda en bas des deux côtés et Vigdís le rejoignit. Le vent était tombé, mais les ténèbres autour d'eux étaient profondes et épaisses, et ni la lune ni les étoiles n'étaient visibles dans le ciel.

Au bout de la plateforme, à la verticale, se dressait un mince bâton. Tout au bout, il y avait une longe délicate, ressemblant à un rayon ou à un fil de la Vierge, qui disparaissait dans les ténèbres.

– Une canne à pêche ? fit Hrafn, et Vigdís vit le moulinet à l'extrémité inférieure de la canne, les œillets et le fil de boyau qui était enfilé dedans et allait jusqu'au bout. Tandis qu'elle regardait le bout de la ligne, il tressaillit subitement. Elle tendit le bras pour s'appuyer sur Hrafn, voulut dire quelque chose mais ne put ouvrir la bouche. Hrafn se baissa vers la canne à pêche, la dégagea de la crevasse où elle s'était fixée et tourna la manivelle du moulinet. Les yeux de Vigdís se promenaient entre la canne et les ténèbres devant la maison. Une autre secousse agita la canne et cette fois elle se recourba, mais se redressa.

Vigdís sentit quelque chose de très chaud en contact avec le dos de sa main, baissa les yeux et vit que la main qui tenait la bougie tremblait tellement que le suif l'éclaboussait.

– Ça bouge, annonça Hrafn, et, dans les ténèbres, on aperçut une ombre noire qui se mit peu à peu à ressembler à un être humain. Elle s'approcha de la lumière que donnait la fenêtre de la cuisine et Vigdís la reconnut, même si son aspect avait changé. Son corps était d'une blancheur éclatante dans les ténèbres, ses yeux noirs et ronds, et son visage quasi méconnaissable. Son menton, son cou et ses seins étaient couverts de boue marron ou de sang à demi coagulé qui avait dégouliné tout le long de son corps nu. Ses mains étaient enveloppées dans des chiffons blancs et, quand elle marchait, elle tendait les bras haut devant elle comme si elle n'y voyait rien. La ligne de canne à pêche lui entrait dans la bouche et, quand on actionnait le moulinet, elle poussait un léger gémissement, un son douloureux et creux qui semblait venir de ses entrailles. Ses cheveux n'étaient plus blonds, mais blancs. Mais on ne pouvait s'y tromper, c'était bien elle : Anna.

30. Est-ce que j'ai le visage sale ?

Ils la prirent entre eux deux et l'accompagnèrent jusqu'à la maison. Quand ils la touchaient, elle se débattait, mais elle était trop faible pour les repousser. Tout en haut des marches, elle s'évanouit et ils la portèrent quelques mètres jusque dans le séjour sans qu'elle émette un seul son.

Ils la déposèrent sur la moquette du séjour où elle revint à elle. Vigdís décida qu'*un traitement* était la meilleure solution, elle alla chercher sa boîte à pharmacie dans le sac à dos de Hrafn qui était dans l'entrée, claqua la porte derrière elle, ouvrit d'un coup sec les fermetures éclair et pénétra dans le séjour avec la boîte. Hrafn s'accroupit aux côtés d'Anna et la maintint couchée. Autour de sa bouche le fil de canne à pêche se tortillait encore, mais Hrafn se pencha sur elle et le coupa avec ses dents. Vigdís regardait fixement le bout qui restait – le rayon, jusqu'à ce que Hrafn lui crie dessus. Elle prit des comprimés de codéine sur le dessus de la boîte, les broya avant de les introduire dans la bouche d'Anna tandis que Hrafn lui saisissait la mâchoire et la forçait à avaler. Puis il eut l'impression que le bout de la langue avait été coupé, ce qui expliquait la présence du sang qu'elle avait sur le menton et sur les seins.

Continuant à pousser des gémissements pitoyables, elle fut prise de spasmes qui lui agitèrent les jambes et les bras, et ils furent obligés de la maintenir allongée pour empêcher qu'elle ne se blesse.

Lorsqu'elle se calma, Vigdís lui mit la bougie à hauteur du visage, scruta sa bouche entrouverte et vit briller un hameçon dans son gosier.

– Mieux vaut laisser comme ça, chuchota-t-elle.

Anna avait encore les yeux ouverts, mais on lui avait enfoncé quelque chose dedans car du sang avait coulé dans le blanc et avait coagulé, et dans ses oreilles il y avait des taches ocre. Vigdís lui cria dans les oreilles mais n'obtint aucune réaction, ni lorsqu'elle lui passa la main devant le visage en lui demandant de cligner des yeux si elle l'entendait. Sur les seins, sur le ventre et au niveau des organes génitaux, il y avait quantité de petites contusions et de blessures qui ressemblaient à des traces de morsures.

Vigdís se détourna et eut un haut-le-cœur. Quand elle la regarda à nouveau, Hrafn avait retiré les chiffons qui enveloppaient les mains d'Anna et c'est alors qu'apparurent des moignons de couleur sombre ; les doigts avaient été coupés jusqu'au dos de la main et autour des poignets on lui avait collé des bandes de sparadrap afin de stopper l'hémorragie.

Ils désinfectèrent les plaies avec de l'iode, mirent de la gaze autour des moignons, soulevèrent ensuite Anna pour la transporter sur le canapé et étendirent une couverture sur elle. Vigdís eut encore plus de haut-le-cœur, mais elle se força à continuer, se versa du whisky, alla chercher des ciseaux dans la boîte et s'en servit pour couper, aussi près que possible des lèvres, le morceau de fil qui lui sortait de la bouche. Autour du cou d'Anna, elle remarqua un petit tuyau ou une canule, attachée avec un bout de fil en boyau et couverte de sang coagulé. Elle coupa le fil, frotta le sang pour le faire partir de l'objet qui se révéla être un os blanc et lisse.

– *Un os*, dit-elle en le retournant entre ses doigts.

Hrafn le lui prit des mains et l'examina. Il semblait creux et, à une extrémité, on voyait du papier qui dépassait. Hrafn alla chercher un couteau à la cuisine et en pinçant un coin du papier ils retirèrent un rouleau très serré de la taille d'une cigarette. Ils le déplièrent sur le sol et c'est alors qu'apparut un dessin, tracé au stylo rouge : des rectangles oblongs étaient disposés en cercle autour d'une caisse qui se composait à son tour de quatre carrés ; au centre il y avait un x avec du sang et au bas du morceau de papier, également écrites avec du sang, des lettres maladroitement formées : AU SECOURS.

Vigdís but de nouveau à la bouteille, elle avait l'impression de pas parvenir à se soûler, et ses pensées s'intensifiaient, apparaissaient comme des roches moutonnées émergeant d'une surface sombre et brillante.

– C'est une carte du village, expliqua Hrafn en se penchant sur le papier. Les hangars forment deux demi-cercles autour du bâtiment principal, ce qui fait quatre hangars placés en diagonale autour du x.

– Que signifie le x ?

– Egill… Il ne me vient rien d'autre à l'esprit. C'est tout de même improbable, vu qu'Anna est dans cet état, que lui soit sain et sauf. Il demande de l'aide ou quelqu'un le fait appeler à l'aide.

– Et si c'était lui qui avait fait ça ? Elle baissa la voix et jeta un regard furtif à Anna sur le canapé. Et qui veut nous faire croire qu'il s'agit de quelqu'un d'autre ?

– Alors, pourquoi est-ce qu'il y a marqué AU SECOURS là ?

– Pour qu'on aille au village.

Elle repensa aux feux et au bruit de moteur qu'ils avaient entendu le soir et il leur paraissait de plus en plus difficile d'avoir Anna constamment sous les yeux – avec ses doigts raccourcis, ses cheveux blancs comme ceux d'une sorcière. *Les doigts de pieds sont bien*, se dit-elle en essayant de positiver. Les orteils d'Anna dépassaient de la couverture. Les orteils étaient bien, et s'il y avait quelque chose d'encourageant en ce monde, ça devaient être les orteils.

Hrafn était assis par terre, adossé au mur. Vigdís s'assit à côté de lui. De temps à autre, elle buvait une gorgée à la bouteille, elle allait presque la tendre à Hrafn, mais elle s'en abstint, et participa à la pièce de théâtre qui se jouait.

– Qu'est-il arrivé à ton visage ? interrogea-t-elle.

– Que veux-tu dire ?

– Il est sale.

Il se caressa la joue et examina la saleté sur le bout de ses doigts.

– Je ne sais pas… Le sable ?

– J'ai le visage sale ?

Il la regarda en face et secoua la tête.

– Donc, ce n'est pas le sable.

Quelque chose se fracassa par terre à l'étage. Vigdís regarda le plafond et ensuite Hrafn. Ils restèrent assis sans bouger et écoutèrent pour voir s'il y aurait d'autres bruits, mais rien ne vint. Le coup provenait de l'autre bout de la maison, au-dessus de la cuisine.

– Les vieux, fit Vigdís.

Elle avait complètement oublié la femme. Elle se mit soudainement en colère et serra les poings en la voyant se précipiter dans l'escalier ; elle en savait plus qu'eux depuis le début, elle savait exactement ce qui se passait là-bas mais n'en avait rien dit.

Ils laissèrent Anna qui dormait dans le séjour, prirent chacun une bougie et montèrent l'escalier.

– Allons leur parler, proposa Vigdís en se dirigeant droit vers la porte au fond du couloir d'où provenait le bruit. Hrafn fit mine de protester, elle ne savait pas pourquoi, et elle ouvrit la porte et arriva dans une chambre sinistre qui sentait l'humidité et était pleine de livres. Tu crois qu'ils se cachent ? murmura-t-elle, en levant sa bougie et en avançant dans la pièce. Elle entendit que Hrafn la suivait. Elle longea les étagères, regarda autour d'elle, au plafond et dans les coins, mais sans voir personne. Elle examina les photos au mur et sur le bureau, puis jeta un rapide coup d'œil à celles de famille en noir et blanc dont avait parlé Anna : un couple adulte et devant eux deux enfants. L'un d'eux ressemblait au vieux, l'autre était une petite fille, mais la photo était ancienne et il était difficile de distinguer son visage.

– *Évidemment*, s'écria d'une voix suraiguë Vigdís qui sut instantanément où ils se trouvaient : dans la chambre dérobée dont avait parlé Anna. J'abandonne ! vociféra-t-elle en se plaçant au centre de la pièce et en déclarant qu'elle savait ce qu'il y avait dans cette chambre et qu'ils s'y cachaient. Nous ne sommes pas en colère contre vous, nous avons peur ! Nous voulons simplement savoir ce qui se passe !

Elle ajouta qu'ils n'avaient rien à craindre d'eux, que la porte d'entrée était fermée et qu'ils aimeraient leur demander conseil au sujet de leur amie qui était très mal en point.

Sur l'un des murs, il y avait une fenêtre où se reflétaient deux flammes de bougie infiniment petites et, de l'autre côté, leurs silhouettes sombres, à Hrafn et à elle. Ils se tenaient tranquilles et Vigdís tendit l'oreille pour écouter les vieux, mais elle n'entendit rien. Elle se demandait ce que pouvait bien signifier le fait qu'ils se soient cachés. Trois murs lui parurent susceptibles d'être des cachettes, ou plutôt deux seulement. Elle dit à Hrafn ce qu'elle avait l'intention de faire, alla à la bibliothèque la plus proche et flanqua les livres par terre et, peu après, Hrafn fit de même. Ils se déplacèrent le long des étagères et balayèrent tout, ils tentèrent de démolir entièrement les bibliothèques sans y parvenir car elles étaient rivées aux murs ; ils tentèrent de les faire tomber à force de frapper dessus ou de donner des coups de pied, et Vigdís renversa une autre bibliothèque qui était au milieu de la pièce, elle tomba à genoux haletante et sentit qu'elle était ivre morte, mais ça passa.

Un traitement, pensa-t-elle en essayant de reprendre son souffle. Toutes les étagères étaient vides et il n'y avait aucune chambre dérobée en vue.

– Ça s'améliore, dit-elle, et elle crut entendre Anna en bas, mais elle avait sans doute tort. Anna était comme la nature, découvrait-elle : aveugle, sourde et muette.

Ils sortirent de la chambre et refermèrent derrière eux, ils placèrent leurs bougeoirs au-dessus de la poignée afin d'entendre au cas où on ouvrirait la porte de l'intérieur. Avant de descendre, ils jetèrent un coup d'œil à la salle de bains et aux chambres mais ne virent rien non plus.

Anna était toujours étendue sur le canapé. Vigdís vérifia son pouls et réfléchit à ce qu'elle pourrait faire pour elle avant de partir – tout était mieux que de vivre comme ça – mais elle n'avait pas assez de malice en elle. Ou de bonté.

Elle but une gorgée à la bouteille, eut une sensation de chaleur dans la poitrine, dans les bras et le bout de son nez allait également bien. Elle s'assit par terre à côté de Hrafn.

– Egill est toujours vivant, affirma-t-il en regardant la carte qui était à l'intérieur de l'os.

– C'est un piège, fit Vigdís. C'est pour ça qu'on a eu cette carte.

– Ça n'a aucune importance... Si c'est lui qui a fait ça, dit-il en levant la tête en direction d'Anna, nous avons encore une meilleure raison de le découvrir. J'irai seul si tu veux.

Elle se redressa, s'appuya contre lui et eut l'impression qu'il avait tellement peur qu'il lui était difficile de parler.

– Nous irons ensemble, suggéra-t-elle, et elle sentit qu'il avait raison : la seule chose à faire était de retrouver Egill, de le sauver ou bien de lui couper les doigts et lui crever les yeux. – Ou de l'abattre.

Elle se leva pour aller chercher le révolver.

31. La beauté

Quand la lumière se fit dans le séjour, elle n'avait pas dormi malgré sa cuite. Mais elle était sans doute plus calme qu'on ne l'aurait attendu. Hrafn avait sommeillé une demi-heure sans s'en rendre compte. Ils n'avaient pas entendu les vieux.

Le ciel était serein et il n'y avait pas de vent, du moins pas encore. Le sandur restait tranquille et noir, où que les regards se portent. Anna marmottait et eut un spasme. Vigdís lui broya encore de la codéine et la lui fit avaler. Ils écrivirent un mot pour la vieille – concernant l'administration des médicaments pour Anna ainsi que la façon dont elle devait s'occuper d'elle pendant leur absence, et ils ajoutèrent une menace en leur rappelant leur responsabilité si quelque chose déraillait.

– Il faudrait qu'ils sortent de leur cachette après notre départ, déclara Vigdís en plaçant le mot en vue dans la cuisine.

Hrafn tira le verrou et ouvrit. Ils enfilèrent leurs sacs à dos et descendirent ensemble les marches, laissèrent la porte close mais pas fermée à clé au cas où, pour une raison ou une autre, il leur faudrait revenir.

Le soleil montait rapidement dans le ciel et paraissait à la fois se pencher sur eux et rester à distance.

Hrafn avait le révolver à sa ceinture, sous sa chemise. Il raconta à Vigdís que, quand il avait vingt ans, il s'était exilé volontairement dans la région de Sudurnes où il n'avait fait que travailler dans l'entreprise de son père, tirer au fusil sur un terrain d'exercice à l'extérieur de Grindavík et disperser les mouettes sur le rivage avec un fusil de chasse.

Ils se turent et Vigdís s'efforça de ne penser à rien, de ne pas analyser les circonstances, de ne rien prévoir. Elle s'en était trop fait dans sa vie. Elle aurait dû se permettre davantage de fantaisies. Pourquoi avoir peur? Dans la mort, tout allait de soi, tout comme quand elle était petite et tombait la tête la première en faisant du vélo, se relevait tout doucement, regardait d'en bas le ciel bleu et s'étonnait de la sérénité qui y régnait ; ou quand, adolescente, elle faisait un tonneau avec sa voiture et se retrouvait ensuite à quatre pattes au bord de la route.

La douleur venait après. Mais dans la mort, il n'y avait pas d'après, pas de douleur et pas de choix ; le corps s'engourdissait, expulsait la conscience ou l'âme ou que sais-je encore, et dans le rétroviseur la vie deviendrait – les soucis quotidiens et les désirs de toutes sortes – comme un auto-stoppeur qu'on a dépassé sous la pluie, qui a suscité un peu de honte, de la pitié, des regrets même, mais qu'ensuite on a tôt fait d'oublier.

Elle entendit la rivière en contrebas et ils parvinrent au pont qui ne pendait pas dans le gouffre mais, au contraire, l'enjambait, fixé aux poteaux de chaque côté. Elle demanda à Hrafn s'il l'avait traversé la veille mais il dit que non.

Ils traversèrent chacun séparément, Hrafn le premier. Quand il fut passé, Vigdís commença. Le pont oscillait sous elle et elle se gardait de regarder la rivière mugissante qui avait encore monté. Elle connaissait maintenant la réponse à la question qu'elle se posait peu de temps avant : *non*, elle ne voulait pas mourir, elle avait encore beaucoup trop de choses à faire, elle avait envie d'avoir un enfant, par exemple, et rien que d'y penser elle en eut les larmes aux yeux.

Elle descendit du pont. Des deux côtés, il y avait des tonneaux en fer noirs de suie et, à en juger par l'odeur, le pétrole qu'ils contenaient avait brûlé cette nuit. Ils montèrent sur la colline tout proche du gouffre, là où on dominait le village et ils se passèrent les jumelles alternativement. Vigdís lui montra les hangars et le bâtiment au milieu du village, l'endroit marqué d'un x sur la carte, mais elle ne vit rien d'inquiétant. Hrafn sortit l'arme et la suivit, avec l'air de tenir une lampe merveilleuse abritant un génie. Le canon était long et mince. Il ôta la sécurité, fit tourner le magasin, arma le chien puis le désarma.

Tout en bas de la colline, il y avait une porte qu'elle avait découverte pendant que Hrafn et Egill étaient au village, et maintenant elle était ouverte. Une large route bitumée descendait de biais dans la terre. Vigdís fit “Ho!” dans le tunnel, tourna les talons et suivit Hrafn dans le village. Ils avaient décidé de ne pas se perdre de vue.

En passant devant l’un des hangars, Hrafn s’immobilisa et leva la main pour lui faire signe de s’arrêter.

– Quoi ? murmura Vigdís, mais il ne répondit pas, les yeux fixés sur le hangar. La peinture extérieure s’était écaillée. Le silence était tellement impressionnant, l’air tellement vif et diaphane que, d’un seul coup, elle crut que le monde était entièrement transparent. Quoi ? répéta-t-elle.

– Tu as entendu ? Hrafn resta raide encore un instant, baissa alors le bras sans quitter le hangar des yeux, de façon si bizarrement théâtrale qu’elle en vint à penser qu’il s’y croyait. Dans les hangars, murmura-t-il. Des coups, comme si quelque chose tapait dans le mur.

– Tu es sûr ?

– La porte est ouverte… Elle était fermée la dernière fois que j’y suis allé.

Elle regarda le hangar et voulut protester, certaine que la porte était fermée, mais à sa grande surprise elle vit qu’elle était grande ouverte. Pour une raison qu’elle ignorait, elle se remémora le petit abri de jardin de sa mère où étaient entreposés les outils.

Ils allèrent à la porte. Hrafn saisit la crosse du révolver, se mit dos au mur et jeta un coup d’œil à l’intérieur. Vigdís se tut, le suivit dans le hangar et ils arrivèrent à un couloir qui le partageait en son milieu. Les pièces qui s’ouvraient sur le couloir étaient au nombre de huit ou neuf. La plus proche d’eux était une sorte de cuisine avec un évier, des placards et une table où on pouvait s’asseoir.

Hrafn entra dans la cuisine en tenant la crosse de l’arme comme s’il avait l’intention de se tirer dans le sexe. Vigdís réprima son envie de rire, mit la main devant sa bouche et recula dans le couloir.

Les pièces étaient plus nombreuses qu’elle ne l’avait cru. Elle avança pas à pas en longeant le couloir, bien qu’elle sût que c’était idiot.

Jusqu’au bout.

Les portes des deux pièces du fond étaient fermées, elle l'avait vu avant, et elle sut en même temps qu'ils n'étaient pas seuls à l'intérieur. Elle regarda par-dessus son épaule, le long du couloir, mais ne vit pas Hrafn. Elle s'arrêta devant une autre porte, tourna la poignée et ouvrit. Les rideaux étaient tirés et la pièce vide.

Alors elle se retourna, alla à l'autre porte, ouvrit et entra dans une pièce inondée de soleil, d'une blancheur éclatante. Au milieu se tenait un renne qui la regardait de ses yeux ronds et doux. Sur la tête, il y avait deux points rouges, là où les bois avaient été arrachés ; du sang giclait de la tête à une cadence rapide et coulait le long du mur, mais le renne ne bougeait pas. Sa fourrure était dorée par le soleil et la beauté qui régnait ici était tellement palpable et sauvage que Vigdís sentit quelque chose céder en elle et ne put en supporter davantage. Elle regarda le renne blanchir doucement avec la clarté, tomber à genoux et se coucher par terre sur le flanc.

32. Saccades oculaires

Sur la table de la cuisine, il y avait un réchaud et, dessus, une casserole sale. Hrafn la souleva et vit qu'on avait fait des encoches le long du bord supérieur et qu'on en avait découpé le fond.

Peu après, il perçut un grincement qui provenait de l'intérieur du hangar. Il passa la tête hors de la cuisine et vit Vigdís debout au fond du couloir, les bras le long du corps, qui regardait l'intérieur de l'une des pièces.

– Vigdís… ? dit-il, et il s'approcha. Elle ne le regardait pas et son visage était curieusement inexpressif, ses yeux étaient rivés sur l'intérieur de la pièce et le grincement semblait provenir d'elle car elle serrait les dents.

Il entendit du bruit derrière lui, comme si on courait sur le sable, et il vit quelque chose passer à toute vitesse devant la porte en direction du hangar. Il leva l'arme, sortit par la porte en courant et vit ce truc disparaître au coin, il cria quelque chose censé être à la fois un ordre de s'arrêter et un avertissement à Vigdís pour qu'elle fasse attention à elle. Il arma le révolver et se mit à sprinter jusqu'au coin. Une poursuite s'engagea alors entre les hangars en direction du gouffre et, de temps à autre, il voyait étinceler ce qu'il poursuivait : un être humain de petite taille, qui faisait de petits pas, avec des bras qui ballottaient de façon bizarre. Bien qu'il soit passé très vite, ça pouvait tout aussi bien être une hallucination, provoquée par ses étranges et brusques saccades et ses tressaillements. De ce fait, il était difficile de se rendre compte de sa direction ou de sa taille. Les yeux de Hrafn étaient en perpétuel mouvement pour repérer la créature – probablement que ce n'était pas un être humain, décida-t-il très vite – et, quand il regarda droit dans sa direction, il eut la sensation étrange de voir le phénomène évoluer sous ses yeux. La seule chose dont il était à peu près certain, c'était qu'une abondante chevelure blanche lui balayait le dos et que son ventre était entièrement couvert de fins poils roux.

La bête disparut derrière le grand hangar proche du gouffre. Hrafn courut à l'angle et il regarda en bas le pont où il la vit escalader en vitesse l'un des piliers et se débarrasser de la corde. Hrafn poussa un hurlement, leva l'arme et tira. La détonation fut tellement forte qu'il n'entendit plus rien, courut en silence jusqu'au pont et vit la bête filer dessus comme l'éclair. Deux des cordes étaient libres, il les rattacha et vit que la bête avait traversé par le plus long chemin – là où il n'y avait aucun endroit pour se cacher. Elle avait subi une modification, comme si elle avait rapetissé. Il remit le révolver à sa ceinture, attrapa des deux mains les cordes et traversa le pont au pas de course, la bête hésita, mais recommença à courir quand il s'approcha.

Après une brève poursuite dans le sable, la bête s'immobilisa, se tourna vers lui et s'assit sur son séant. Hrafn lui-même s'arrêta, reprit son souffle et vit ce qu'il avait poursuivi : un renard, différent de ceux qui avaient élu domicile dans la ferme.

Il leva le révolver et visa droit dans la petite tête brun foncé ; il désarma le chien, mit l'index sur la gâchette et eut la nette impression de voir la tête s'enfouir dans le sable, se figer dans la chaleur, agglutiner quelques rares grains de sable qui sinon auraient été séparés les uns des autres pour l'éternité, et la mort de cet animal dans le plus grand désert d'Europe ne revêtait absolument aucune signification.

Le renard le fixait de ses yeux inexpressifs, les oreilles dressées au-dessus des yeux noirs, et Hrafn baissa son arme, partit d'un long rire spontané qu'il n'avait jamais entendu. Quand il leva les yeux, le renard avait disparu.

Il retourna au gouffre et vit Vigdís sur l'autre bord. Elle se tenait devant les piliers et tout avait changé. Le pont n'était plus tendu au-dessus du gouffre, mais pendait obstinément du côté de Hrafn.

Vigdís cria et agita les bras, et il répliqua au moyen des mêmes gestes. L'ouïe lui était revenue.

Comme il était encore accroché aux piliers du côté de Hrafn, le pont avait, à l'évidence, été détaché de l'autre côté. Tout vint à l'esprit de Hrafn en même temps : sauter dans la rivière et tenter de nager, lancer l'arme à Vigdís ou bien la poser sur sa propre tempe et tirer. Il cria en retour, mais à cause des grondements on n'entendait rien. Il fit alors de grands moulinets avec les bras le long du gouffre et se mit en route. Vigdís agita une fois les bras au-dessus de sa tête comme pour dire qu'elle comprenait, et se mit également en marche de l'autre côté du gouffre. Il avait envie de courir mais il se retint. S'il se fatiguait trop, il ne pourrait pas viser avec le révolver. Parfois, il regardait droit devant lui et se concentrait le reste du temps sur l'autre bord pour voir si Vigdís n'était pas en difficulté.

Le soleil continuait de s'élever dans le ciel et bientôt il devint tellement éclatant que Hrafn voyait à peine au-delà du gouffre et la sueur lui piquait les yeux. Un jour, il avait lu dans *Lifandi vísindi*[1] que les yeux qui semblaient immobiles clignaient *trois fois par seconde* pour mieux repérer les objets, un peu comme quand, dans un couloir sombre, on promène sa lampe de poche autour de soi pour mieux voir. – Ce clignement s'appelait *saccade* et, quand il se produisait, c'était les ténèbres pendant une durée de vingt à deux cents millièmes de secondes que le cerveau essayait de pallier – et il comblait ce vide de perception en entrelaçant des informations passagères afin d'en faire un film en continu, c'est-à-dire ce que nous voyons en réalité. Mais parfois, cela ne marchait pas et le temps semblait se figer – comme si la vie ralentissait un instant ou même s'arrêtait :

En quittant le livre des yeux juste un instant pour regarder l'heure, un individu lambda a l'impression que l'aiguille des secondes s'arrête complètement avant de repartir avec son tic-tac. La cause en est la saccade. Pour remédier à cette cécité momentanée due à la saccade, le cerveau fait une hypothèse sur ce qu'il voit durant la saccade, mais il la fait en remontant le temps : les yeux clignent, s'aveuglent lors de la saccade pendant environ cent

1. "Science vivante", revue scientifique de vulgarisation.

millièmes de secondes, tandis que le cerveau développe une image arrêtée de ce qui était avant. Si la saccade avait lieu au moment où l'aiguille des secondes se déplace, la seconde serait dix pour cent plus longue environ – du moins c'est l'impression qu'on aurait – et en conséquence environ un tiers de tout ce que voient nos yeux est une hypothèse, tantôt exacte, tantôt fausse.

Mais le principal, pour Hrafn, quand il pensait à cela, ce n'était pas cette inexactitude qui semblait inhérente au travail du cerveau, mais plutôt le fait que les gens puissent faire attention à des détails comme par exemple une seconde qui serait plus longue ou plus courte de quelques millièmes par rapport à ce qu'elle devrait être. Quelle était cette sensibilité puissante si proche des manières de fonctionner du cerveau, mais qui n'en faisait pas partie ? Il percevait les informations que les gens recevaient grâce aux organes des sens mais n'était nullement fasciné – et il savait tout de suite si quelque chose était faux, si le résultat du travail contredisait l'expérience première, expérience répétée, engrangée sur une longue période : l'expérience de la durée de la seconde, par exemple, pendant nos trente-cinq ans de vie.

Qu'est-ce que cela signifiait ? – Qu'une certaine partie du cerveau était capable d'avoir une sensation d'elle-même et que par conséquent les sens étaient au nombre de six : la vue, le goût, l'ouïe, l'odorat, le toucher – et un autre, en plus ? Eh bien : *l'intuition* : sans parler, sans argumenter, mais avec précision, elle embrassait entièrement notre expérience et notre activité intellectuelle passées et les comparait à l'expérience et à l'activité présentes. Que pouvait encore fabriquer l'intuition ? Avait-elle des limites ? Lesquelles ? Et que dire du passé ? Est-ce qu'elle savait quelque chose sur *le passé* ?

Le paysage commençait à grimper jusqu'au barrage. En gravissant la colline, il perdit Vigdís de vue pendant quelques minutes, mais ensuite elle réapparut et lui fit signe. Au milieu du barrage, vers le bas, s'étirait une crevasse qui ressemblait beaucoup au dessin d'un éclair ; la paroi était recouverte d'une fine couche de sable, mais en dessous brillait un grand espace dont le revêtement avait éclaté. De l'autre côté du gouffre, une route de gravier se tortillait jusqu'au barrage, certainement la même que celle qu'ils avaient vue près du village.

Après s'être approchés du barrage, ils laissèrent davantage de distance entre eux et Hrafn, en montant, reperdit Vigdís de vue. Il fit la dernière partie du trajet en courant jusqu'à la route qui longeait le barrage. Au-dessus de celui-ci, il n'y avait pas de lagune, mais un labyrinthe d'argile séchée et de boue qui s'étendait à perte de vue. L'argile arrivait à mi-hauteur de la paroi et était entrecoupée de crevasses, les unes latérales et les autres qui constituaient des gouffres, la plus grande étant située au milieu du barrage, là où s'écoulait la rivière. Le long de ce gouffre central étaient alignés de hauts blocs d'argile et des constructions faites de vase dont certaines surplombaient la rivière et semblaient devoir s'écrouler à tout instant.

Hrafn courut en restant le long du barrage et parvint à la clôture qui le fermait au milieu. Il avait évité de réfléchir. Il se précipita dessus et la secoua, mais elle ne bougea pas. Le grillage était serré et recouvrait les tuyaux devant le barrage. La clôture était renforcée en haut par du fil de fer barbelé et, en bas, elle était fixée à des chaînes enfoncées dans le sol du barrage.

À une extrémité du barrage apparut Vigdís qui s'approchait en longeant la route. Hrafn saisit le révolver et visa les fils de fer ; avec un peu de chance, il pourrait les démanteler – et ils pourraient passer la tête à travers. Ce qui était trop peu. Il pouvait aussi enlever ses chaussures, escalader la clôture jusqu'aux pointes mais c'était exclu, car le rouleau était trop épais et trop haut pour qu'il puisse passer par-dessus. Il tira plus fort sur les fils, se démena, mais il arrêta lorsque Vigdís arriva à la clôture. Ils joignirent leurs doigts à travers.

– Nous sommes ensemble, mon amour. Nous trouverons bien le moyen de passer, assura-t-il, et ils s'embrassèrent à travers le grillage.

Elle essaya en vain de parler, elle se mit à pleurer et se pressa davantage contre la clôture. Il ne l'avait jamais vue pleurer de cette façon et lui dit quelque chose pour la réconforter, et elle hocha la tête. Je viens de ton côté, prévint-il en se dégageant.

– Attends ici… Je reviens. Ne bouge pas d'ici, mon amour.

Il rebroussa chemin en longeant le barrage, mais fit immédiatement demi-tour, leva le révolver et recommanda à Vigdís de le garder pour leur sécurité, et il essaya de l'introduire sous la clôture mais seul le canon passait. Alors il enleva sa chemise, l'enroula autour de l'arme et la lança par-dessus, expliquant comment défaire la sécurité et qu'il fallait la tenir à deux mains et viser.

– Je t'aime, dit-elle, et son visage recommença à se contracter, les larmes à couler et il ne parvint plus à la regarder. Il courut jusqu'à la maison à l'extrémité du barrage, espérant y trouver des outils ou des barres pour casser la clôture. Il y avait une allée menant à la maison qui avait la forme d'une caisse, grise et sans fenêtres, et autour d'elle une allée dallée. La porte était fermée.

Sur le barrage lui-même, du côté de la lagune, il aperçut une autre porte avec une pancarte au milieu : *Réservé au personnel.* Il se dirigea vers cette porte, tourna la poignée et ouvrit. Une chaleur et une odeur de métal ainsi que de moteur ou de pétrole vinrent effleurer ses narines. À la faveur de la clarté qui pénétrait par la porte ouverte, il distingua un long couloir peint en blanc, qui disparaissait dans l'obscurité.

Il défit son sac à dos, y prit les fusées de détresse, se mit à lire le mode d'emploi, s'avança dans le couloir et le longea jusqu'à ce qu'il ne voie plus rien. Les fusées devaient chacune fonctionner pendant plusieurs minutes et il espérait que la galerie était située directement dans le barrage et aboutissait au même genre de porte grise de l'autre côté du gouffre. Il défit le fil de fer de l'une des fusées, tira sur la ficelle et la tint éloignée de son visage. La galerie s'éclaira grâce à cette flamme claire et ardente, et des étincelles lui piquèrent le dos de la main. Il se dépêcha d'entrer et vit des mulots s'esquiver sur le sol, de petits mulots poussant des cris qui disparurent dans la paroi, bien qu'il ne vît aucun trou. Rapidement, il atteignit un virage en épingle à cheveux et un escalier raide qui se trouvait en bas du barrage. D'une main, il saisit la rampe encastrée dans la paroi, de l'autre, il leva sa torche et descendit l'escalier quatre à quatre. Au bout, une salle s'ouvrit qui contenait des cuves et le long des murs couraient de gros tuyaux. Hrafn était désorienté, il tourna à droite et suivit la paroi jusqu'à un coin et ensuite la paroi suivante conduisant à une porte qui menait à une autre salle. Dans cette dernière, il aperçut une porte qui indiquait la bonne direction et qui pouvait se trouver près d'un escalier comme celui par lequel il était descendu. Il traversa la salle et s'arrêta au milieu, entre deux cuves qui lui arrivaient au nombril. Il régnait un profond silence. Il leva les yeux et cherchait à voir le plafond. L'eau des cuves était tranquille et sombre, et il lui vint à l'idée que ces cuves étaient situées loin dans le barrage, et que même il fallait passer des galeries où la rivière se précipitait à travers le ciment et ressortait de l'autre côté.

La lumière de la torche faiblissait et Hrafn ne s'en aperçut pas à la flamme, mais aux ténèbres qui devenaient plus denses tout autour de lui ; il ne voyait plus les murs, ni les cuves proches de lui dont il ne distinguait plus que les contours. Il tira une autre fusée de sa ceinture et regarda par la même occasion la porte qui menait à l'escalier et à Vigdís. À moins qu'il ne se trompe, il entendait des pas et une porte qui claquait plus haut dans le barrage. Ensuite, il entendit qu'on criait, mais peut-être était-ce *un hurlement.* Hrafn sentit que brusquement il avait froid et presque en même temps on entendit un autre hurlement, plus fort que l'autre et immédiatement accompagné d'une détonation violente et éclatante, comme provenant d'une arme à feu. Après cela, on n'entendit plus rien.

33.

La flamme s'était éteinte et Hrafn ne tenait plus rien. Ses bras étaient ballants le long du corps, son cœur s'affolait et des points blancs et rouges voltigeaient devant ses yeux. Il ne semblait plus en mesure de respirer assez profondément et il écarquilla les yeux mais ne vit rien dans les ténèbres.

Il se mit à genoux et, en essayant d'inspirer de l'air, il tâtonna sur le sol pour atteindre sa torche encore chaude et finalement la jeter loin de lui.

Quelqu'un entra dans la salle. Hrafn mit une main devant sa bouche afin qu'on ne l'entende pas respirer et, sans bouger, il fixa des yeux les ténèbres en direction de la porte. Il perçut un léger bruit analogue à celui qu'on fait en se déplaçant doucement sur le sol. Ensuite, ce bruit cessa.

On n'entendait rien dans les ténèbres, mais Hrafn savait qu'il n'était pas seul ; tout près de lui, il y avait quelqu'un qui écoutait, immobile comme lui. De sa main libre, il tâtonna avec précaution le sol, ferma les yeux et entendit, dans l'une des cuves, un bruit de gouttes, comme si l'eau se mettait à couler. Il ne savait plus dans quelle direction il se tournait et il commençait à perdre la notion du haut et du bas lorsqu'il sentit quelque chose dans le creux de sa main.

Il se leva d'un bond, tint la torche, qui s'était éteinte, à la hauteur de son visage, et tira sur la ficelle. Une lumière rouge jaillit dans la salle, les murs s'éclairèrent ainsi que le plafond et les tuyaux percés au bas des murs, et l'eau des cuves changea de couleur comme au coucher du soleil. Il protégea ses yeux de la lumière de la torche, scruta autour de lui dans la salle, mais ne vit personne. Devant lui, sur le sol, il y avait une mare et l'eau de l'autre cuve se ridait un peu à la surface comme si quelque chose avait plongé dedans ou en était ressorti.

Depuis la mare, on voyait des traces humides conduisant à une autre porte. Il les suivit et, comme hypnotisé, il arriva dans une autre salle, du même genre que les autres, ce qui signifiait soit qu'il y avait trois salles, soit qu'il était revenu sur ses pas. Les traces étaient en diagonale dans la salle et Hrafn les suivait. Il appela Vigdís et vit luire un petit œil rouge dans les ténèbres. – Les souris. Il alla à la porte et, derrière, il y avait des marches et il crut entendre geindre Vigdís devant lui, toute proche, et il accéléra l'allure, parvint à un long couloir où des tuyaux étaient enchaînés aux murs. Lorsqu'il se mit à courir, il les vit en dessous de lui monter et descendre, se ramifier et finalement se rejoindre à nouveau.

Le couloir aboutissait à une salle plus petite que celles du haut du barrage, et la chaleur y était étouffante. Au milieu de la pièce, il y avait une cuve et en bas du mur bruissait un moteur qui ressemblait à un orgue d'église et qui s'étirait depuis le plafond de la salle. Devant ce moteur, il y avait trois monticules, de forme conique, qui lui arrivaient à la poitrine. Ils étaient plein d'ossements et s'ouvraient sur le devant, exactement comme le tas du village où ils avaient trouvé la photo de Vigdís. Le sol était jonché de fragiles ossements desséchés qui se brisaient quand il marchait dessus.

La lumière de la torche recommençait à faiblir. Il se dirigea vers l'un des monticules et vit que les ossements étaient collés ensemble avec une sorte de liquide. Le premier tas contenait un outil qui ressemblait à un sécateur, des objets précieux et des vêtements ayant appartenu à Anna et qui avaient été lacérés. Du tas suivant provenait une longue trace de sang sur le sol. On aurait dit que quelque chose avait glissé ou avait été traîné. Dans le troisième tas, il vit apparaître une personne qui lui tournait le dos, elle avait les jambes croisées et les ossements empêchaient d'apercevoir sa tête.

– Vigdís ? articula-t-il tout bas en s'accroupissant près du monticule. C'est toi ?

La torche s'éteignit et les ténèbres se firent. Il écouta en attendant une réponse, tendit le bras et sentit qu'il s'enfonçait dans l'eau, comme si on l'avait tiré. L'eau était amère et dense comme de la salive et il plongea lentement jusqu'à ce que le liquide visqueux lui recouvre le visage et qu'il commence à résister ; il donna des coups de pied et se retourna sur lui-même et entendit un craquement dans le tas, les ossements tombèrent sur le sol et le contenu du tas passa devant lui à toute vitesse.

Il prit la dernière torche, tira sur la corde et vit quelque chose disparaître dans la cuve du milieu. Il accourut. Tout autour, sur le sol, gisaient des doigts ensanglantés et des dents. La cuve était vide, mais dans sa partie supérieure il y avait un escalier. Hrafn reprit sur lui la torche, la tint entre ses dents et descendit l'escalier pour aboutir à un étroit boyau. Les parois étaient en fer et la hauteur de plafond juste suffisante pour qu'il se tienne debout. Dans un sens, le boyau s'infléchissait bientôt pour remonter au barrage, et dans l'autre il était en pente vers le bas d'où s'entendaient les pas de quelqu'un qui s'enfuyait. Hrafn se lança à sa poursuite le long du boyau jusqu'au point où de nombreux autres le rejoignaient et là, le boyau n'était plus incliné, ce qui signifiait que les collines étaient derrière lui. Les murs de fer disparurent et firent place à une roche sombre et luisante. Le pied de Hrafn dérapa sur le rocher glissant et il comprit alors que ce qu'il avait poursuivi n'avait aucune lumière pour s'éclairer entre les parois.

Les galeries se divisaient en deux. Celles de droite étaient en pente vers le bas et pleines d'eau. Hrafn ne distinguait pas la couleur de l'eau, mais il était presque certain qu'elle venait de la rivière et que les galeries étaient les mêmes que celles qu'Egill et Anna avaient explorées. Autour de l'ouverture, il y avait un épais cadre d'acier et on voyait à son extrémité une trappe qui donnait sur l'intérieur, sans doute pour réguler le flux de la lagune.

Il n'avait pas peur. La torche serait inutilisable dans une minute et alors il ne verrait plus rien, mais à n'en pas douter, il s'habituerait – comme pendant une longue et sombre *saccade* ! Il se traîna rapidement le long des galeries et, plus tôt que prévu, il sentit un mouvement tout près de lui ; quelqu'un se cramponnait au mur et disparut ensuite à l'intérieur. Hrafn leva sa torche et vit une autre galerie latérale, tout en acier et une trappe qui, à ce moment-là, était tirée devant l'ouverture.

Il essaya de l'agripper, mais trop tard, la galerie se referma et, peu après, la torche s'éteignit.

Il regarda fixement devant lui dans les ténèbres et ne vit que le visage de Vigdís, terne et pâle, qui disparut dans la galerie. – Pas de main devant la bouche, pas de révolver à côté de sa tête. Rien qu'elle. *Seule*.

34. *Qui a fourré un mouton dans la cheminée?*

Il sentit le poids des rochers tout autour de lui, le profond silence qui n'était pas quiétude, mais plutôt bourdonnement dans sa tête. Brusquement, il fut frappé de constater qu'ils n'avaient pas terminé le jeu qu'ils avaient commencé dans la voiture, peu avant l'accident: le jeu qui consistait à penser à une chose. On ne saurait jamais à quoi Anna avait pensé. D'après la règle, Skimmi stokkur, le petit homme qui habitait dans les rochers près des résidences universitaires, n'était pas valable, en tout cas: parce qu'il était invisible. Mais pas eux! Ils n'étaient plus valables non plus dans l'univers matériel, mais ils se trouvaient dans des sortes de limbes entre la vie et la mort, et ignoraient quelle était leur destination.

Il se força à repartir, explora le sol du pied et tendit les bras en avant afin de ne pas heurter les murs, mais ensuite il cessa, se dirigea sans hésiter vers le centre, où les ténèbres étaient le plus profondes, et résolut de marcher en se tenant redressé, dos droit, sans tâtonner comme les insectes. – C'est ce qui l'avait toujours distingué des autres: il ne se laissait jamais dominer par son entourage et avait une haute idée de lui-même et de sa valeur, ce qui avait pour nom: *l'autonomie.*

Au fil du temps, il avait l'impression que les ténèbres qui l'environnaient des deux côtés se faisaient plus profondes; la galerie s'ouvrait et se ramifiait en autant d'autres galeries plongeant dans la terre ou émergeant à la surface, elles se réduisaient à néant ou bien remplissaient la voûte céleste. L'endroit où il terminerait sa course lui était parfaitement égal: être de retour dans le barrage ou crever sous le nez du vieux ou bien dans les toilettes d'Egilsstadir. Il pensa au Minotaure et au foret qui avait creusé ces galeries, aux pointes de diamant qui tournaient dans un sens au bout d'un sexe en acier qui vibrionnait dans l'autre sens, tournait en rond comme une bête blessée et se frayait un chemin à travers la roche ; il se vit calme au milieu de ces appareils, dans une petite cahute de pilotage en train d'appuyer sur des touches, saisir des manivelles, surveiller sur un écran la roche en train de se fracturer sans arrêt pour échapper aux diamants incandescents, il se vit parcourir la terre pour en faire un espace où les gens pourraient se suicider, un cercle après l'autre jusqu'à ce qu'elle s'écroule au milieu.

Après avoir longtemps marché dans les ténèbres, il sentit que le plafond bougeait ; de l'oxygène frais lui arrivait en plein visage par les galeries transversales, le sol était lisse, mais pas ramolli et s'allongeait en pente raide.

Il se mit en route vers la surface et peu à peu la clarté apparut. Lorsque ses yeux se furent habitués à la lumière, il sortit sur le sable, à la base de la colline d'où ils avaient vu le barrage la première fois. Là-bas à l'horizon, il vit l'étable et la grange, et de l'autre côté la maison.

Il mit le cap sur la maison et n'était plus sûr de rien de ce qui s'était passé ; il s'imaginait Vigdís – encore – auprès de la clôture en haut du barrage où elle se tenait et l'attendait, ou bien mieux : elle se laissait attirer à l'intérieur du barrage, se faisait agresser et une main velue qui se posait sur son visage, l'aveuglait et la contraignait à obéir. Qui ?

Qui a mis la photo dans le tas ? Qui a fourré un mouton dans le haut de la cheminée ? Et s'est coupé les doigts dans le barrage, et a foncé en voiture en plein dans la maison ?

Il courut à toute vitesse et, en s'approchant, il eut le sentiment qu'on le tirait. Il semblait pouvoir courir aussi vite et aussi longtemps qu'il voulait, il sautait en l'air et faisait tournoyer une hache invisible, la plantait dans une tête depuis la porte ; il faisait des traces de pas sur le côté pour brouiller les pistes, il sautait et brandissait la hache de manière qu'elle arrive sur le haut du crâne de l'adversaire, lui fende la tête en deux, et une fois pour toutes, il s'immobilisa tout à fait, suivit des yeux la hache qui s'enfonçait dans la tête jusqu'au torse et finissait dans la terre, où il la laissa.

Devant la grange se tenait le vieux couple, un peu comme s'ils l'attendaient, l'homme souriant d'un air ahuri et la femme sans expression. Hrafn alla trouver celle-ci et pointa le doigt sur elle en disant qu'ils étaient responsables de ce qui était arrivé à Vigdís qu'il appelait "ma femme".

Il se tourna en riant vers le vieux.

– Et où est ta femme, Smiley ? demanda-t-il en se souvenant de la théorie d'Anna et de Vigdís au sujet de l'inceste. Qui était dans la chambre du bureau ? Qui est l'enfant ?

Ils ne répondirent pas et il déclara qu'il avait les moyens de les faire parler. Il se dirigea vers le tonneau gris-argent qui contenait le white spirit et le renversa. Le robinet se cassa, le liquide incolore s'écoula sur le sol jusqu'à la porte où se trouvait la femme. Le vieux avait disparu.

– Plus de Smiley ! s'exclama Hrafn, et il vit qu'elle jetait un coup d'œil furtif à l'étable. Il s'est enfui dans un box pour se cacher auprès des vaches invisibles ? La vieille se taisait toujours et il la prit par l'épaule, l'entraîna jusqu'à la mare et la fit asseoir au milieu, sortit son briquet et alluma une cigarette.

– Qu'est-ce que tu fais ? dit-elle tout bas sans paraître avoir peur de lui. Où sont tes amis ?

– C'est justement ce que je te demande, répliqua-t-il, et elle secoua la tête. *Ne secoue pas la tête* ! hurla-t-il en approchant d'elle la cigarette. Il posa des questions sur le barrage, le village, sur Vigdís et Egill, et voulut savoir ce qui était arrivé à Anna, il s'entendit poser toutes ces questions et sentit qu'il était sur le point de découvrir le pot aux roses, mais il ne comprenait simplement pas comment. Il y a d'autres gens à part nous, ici, n'est-ce pas ? Qui est là-bas dehors ?

– Il n'y a rien là-bas dehors, affirma la vieille qui continuait à secouer la tête. Il est ici. Elle tendit le bras, lui mit sa paume sur la poitrine et la lui tapota. Il lui prit le poignet et la coucha dans la mare, face contre terre. Regarde la photo ! dit-elle sans se relever de la mare. Le liquide avait cessé de s'échapper du tonneau, mais la mare s'agrandissait tout de même.

– Quelle photo ?

– Celle que tu as dans la poche. La photo de ta femme.

Il mit la main à sa poche de derrière et sortit la photo de Vigdís. De sa tête partaient des lignes mates qui paraissaient blanchir et épaissir de seconde en seconde pour ressembler aux cornes d'un animal. Sa physionomie aussi avait changé :

ses yeux étaient ouverts, mais on n'en voyait que le blanc, elle était bouche ouverte et elle arrachait des lambeaux de chair rouges sur sa poitrine.

– Qu'est-ce que c'est? demanda-t-il en détournant les yeux. Qu'est-ce que vous faites avec elle?

– Nous n'avons rien fait, protesta-t-elle avec un sourire qui s'élargissait encore, comme si elle voyait qu'il hésitait.

Il s'accroupit près d'elle, tira sur sa cigarette et lui souffla la fumée en pleine figure.

– Je vais te faire flamber, qu'en penses-tu, vieille sorcière? Ensuite, je ferai flamber ton bonhomme, le foin et toute la maison. Il n'en restera rien, rien qui indique que quelqu'un a vécu ici.

Il leva les yeux et vit apparaître le vieux à la porte de l'étable. À la main, il tenait un bâton terminé par une longue faucille acérée. Son sourire avait disparu et ses boutons d'eczéma formaient un triangle du nez aux commissures des lèvres. Dessous, on voyait luire la chair rose, comme si sa peau était en train de peler.

– Et qu'est-ce que c'est que ça? éructa Hrafn en se redressant. Tu as trouvé ta faux pour aller faucher? Où est ton pré?

Le vieux fit tout d'un coup tournoyer la faux, fit un pas en avant et la fit tournoyer à nouveau – il lâcha le milieu de la faux tout en tenant une extrémité si bien qu'elle passa près de Hrafn, repassa devant sa tête et, au retour, lui effleura le cou.

Hrafn lâcha sa cigarette et la flanqua dans la mare où était assise la vieille. Il se détourna, entendit une détonation comme un drap qui claque au vent, et sortit de la grange en courant. Il sentit la chaleur dans son dos et entendit gémir la femme.

– T'es fâché, mon vieux? s'écria-t-il en se retournant et en se moquant de l'homme qui le suivait clopin-clopant, pas vraiment rapidement, tout en tenant encore sa faux.

Quand Hrafn fut à mi-chemin de la maison, il s'arrêta, on entendit des craquements dans le bois de la grange et le feu se répandit au-delà de la porte. Tout près de lui, il y avait le réverbère et dans le sable en dessous trois trous, chacun de la profondeur d'une tombe.

Les gémissements de la vieille cessèrent et cédèrent la place à un glapissement strident des renards qui apparurent, sortant de la grange, non plus deux, mais tout un troupeau, des centaines, voire des milliers de bêtes. Ils couraient sur le sandur comme un feu de couleur fauve, ils passèrent devant le vieux, à l'angle de la maison, au moment où Hrafn pénétrait dans la cour. Ils lui mordillèrent les chevilles, lui sautèrent sur le dos en glapissant, l'agrippant solidement de leurs griffes, escaladèrent ses épaules et lui enfoncèrent dans la chair leurs petits crocs acérés. Il tomba à genoux, gravit à quatre pattes les marches conduisant à la maison ; du sang jaillissait de son cou et coulait sur les marches. Il se traîna à la fin jusqu'à la maison et ouvrit, se glissa dans l'entrebâillement de la porte et referma derrière lui.

35. Des dimensions en ce monde

Il s'adossa à la porte, reprit son souffle et palpa ses vêtements à la recherche d'une cigarette qu'il alluma.

– Anna ! s'écria-t-il. Je suis rentré !

Il tendit le bras et remit le verrou en place.

On frappa à la porte et la faux passa à travers, tout près de la tête de Hrafn. Celui-ci s'écarta, se releva et vit que non seulement le sol mais aussi le plafond étaient recouverts de sang, lequel gouttait et formait une cascade ininterrompue le long des murs. La faux apparaissait comme un long bec d'oiseau acéré qui entrait et ressortait, entrait et ressortait, grinçant à travers la porte.

Il pénétra plus avant dans la maison et vit Anna couchée sur le sol de la cuisine. Quand il y posa le pied, elle sembla percevoir ses mouvements et se roula en boule.

Il se laissa choir sur une chaise et soupira, se frotta le visage et essaya de chasser la fatigue qui commençait à se manifester.

– Je vais te donner des comprimés, Anna. Ensuite tu ne sentiras plus rien, dit-il d'une voix qu'il ne se connaissait pas. Ensuite, je vais aller chercher un sécateur pour la grille. Vigdís est dans le barrage, j'ai peur qu'il ne soit trop tard, je n'y crois plus… Tout est parti, Anna chérie. Il n'y a jamais rien eu et maintenant c'est parti… Rien n'est parti.

Il jeta sa cigarette par terre et l'écrasa.

Il y a des dimensions en ce monde que nous ne voyons pas.

Il tapa plusieurs fois du pied sur le sol et Anna se roula davantage en boule.

– Je ne sais pas, Anna… Tu as déjà entendu l'histoire de Jónas dans le sexe de la baleine ? Un jour, des hommes parcouraient l'estran dans les fjords de l'Ouest quand ils parvinrent à une grande baleine qui s'était échouée. Ils montèrent sur l'animal mais, brusquement, un homme du nom de Jónas disparut dans la baleine et seules sa tête et ses épaules dépassaient. Il avait pénétré tout droit dans le sexe de la baleine et les hommes durent s'y mettre tous pour le tirer de là. Après, il ne fut jamais appelé autrement que Jónas-sexe-de-baleine.

Il se leva, ferma la porte de la cuisine, alla ensuite à la fenêtre et regarda au-dehors le paysage d'un blanc immaculé. Il n'avait jamais éprouvé de sentiment particulier vis-à-vis de lui-même, juste qu'il était seul. Et il en allait de même pour eux tous. Ils se voyaient en tout et ne se trouvaient en rien.

Sur le bord intérieur de la fenêtre, il y avait une photo que Vigdís avait arrachée du mur, quelques débris de verre et un cadre cassé. La femme de la photo était jolie, mais avait des yeux sans vie, elle craignait le bonhomme qui était à côté d'elle et compensait cela par des voyages à New York et Londres, des gardes d'enfants, des amies et quelquefois en allant voir ailleurs ; elle n'avait pas d'autre soutien qu'elle-même, n'avait jamais été autre chose qu'une adolescente, et son visage n'était qu'un masque qui ne cachait rien. Quant au vieux, c'était un malheureux cinglé qui traînait derrière lui un sac plein de pus et qui n'avait rien à demander à la société, sinon une balle dans la tête. – Ses parents.

C'était la faute des autres, de tous les autres. La faute des autres.

Il se pencha sur Anna, s'évertua à la mettre debout et la déposa sur la table de la cuisine. Elle se débattit avec ses moignons, si bien que le pansement de gaze se détacha de ses bras. Il alla chercher le verre contenant les comprimés, en broya plusieurs au fond et lui ordonna de cesser de se démener, bien qu'elle n'entende probablement rien ; il lui lia les mains derrière le dos avec des morceaux de son tee-shirt et lui maintint les mâchoires jusqu'à ce qu'elle ait avalé la poudre, ensuite sa bouche s'ouvrit toute grande, offrant une vue plongeante à l'intérieur.

Après qu'elle se fut calmée et que ses muscles se furent détendus, il examina les moignons sanguinolents et vit comment ses doigts avaient été coupés : par une opération bien propre et sans bavure. Il passa la main sur son ventre qui était humide et chaud, et aussi sur les plaies de l'abdomen qui étaient plus boursouflées et plus bleues qu'auparavant, et il sentit qu'elle cherchait le contact et l'évitait en même temps. Son corps était humide et ouvert, chaque pore tendu comme une petite bouche, sa respiration rapide et d'elle émanait une odeur pesante et chaude comme de vase et de sang. Il caressa ses seins et abaissa son regard entre ses jambes où apparut une délicate touffe de poils clairs, il sentit qu'elle réagissait au contact, elle frémissait et se soulevait un peu de la table, puis elle arquait brusquement le dos comme si elle était secouée par un spasme.

Les glapissements étaient comme des éclats de voix assourdissants à l'extérieur de la maison. Les murs de la cuisine rougissaient, du sang commençait à couler le long des murs et à déborder d'une casserole posée sur la cuisinière. Il regarda autour de lui pour chercher un meilleur abri et, sur le mur, il vit une porte qu'il n'avait pas encore remarquée. Il l'ouvrit et laissa son regard errer le long d'un étroit escalier qui menait au sous-sol. L'escalier était raide, les marches nombreuses et courtes, ou bien l'escalier plus long qu'il ne pensait. Il alluma un lumignon découvert dans la cuisine et descendit avec précaution.

En bas, il y avait un couloir qui longeait la maison. De chaque côté s'ouvraient des pièces et à l'autre bout du couloir, exactement comme à l'étage, se trouvait une porte. La première pièce était remplie de caisses en carton qui avaient moisi et dont le contenu s'était répandu sur le sol – des photos de charognes un peu partout sur le sable, des veaux bicéphales, une brebis attachée à un piquet qui dévorait ses propres entrailles par terre, un renard au ventre rasé et un oiseau à la tête ficelée. Dans la pièce suivante, il y avait des plantes, d'un vert et d'un rouge éclatants, qui exhalaient un parfum entêtant et lourd comme de fruits blets. Dans les branches étaient perchés des oiseaux à grands becs et aux yeux enfoncés dans de minuscules fentes. Dans la pièce, on entendait un vacarme qui faisait penser à des cris de joie poussés lors d'une compétition sportive ou à la pluie qui dégringole sur un toit.

Hrafn n'était plus certain de l'endroit où il était. Devant la porte au bout du couloir avaient été clouées des planches qui étaient mal fixées et s'étaient décomposées avec l'humidité, et de l'autre côté parvenaient des grondements rythmés. Il tendit le bras et commença à défaire les planches, les sentit se disloquer entre ses doigts et il ouvrit la porte. Le courant d'air qui s'engouffra dans la pièce éteignit la bougie et les grondements se turent.

Il jeta un coup d'œil dans cette pièce obscure où quelqu'un était étendu sur un lit. Les rideaux étaient tirés aux fenêtres par lesquelles on voyait la cour de la ferme de Hraunbær où l'on entendait grincer une balançoire et on apercevait la lumière du jour qui tentait de pénétrer sans y parvenir car la distance était trop importante. L'odeur de la pièce était lourde et aigre et dans les ténèbres brûlait une braise rouge pareille à celle d'une cigarette. Quelqu'un dit quelque chose et ensuite la porte se referma derrière lui. En bas du mur, une lampe s'alluma et on vit luire la silhouette d'un homme qui s'assit sur le lit et commença à parler tout bas et d'une drôle de façon. Ses yeux étaient deux fentes sur une tête bien trop grande, qui lui faisait un cercle au-dessus des épaules, les cheveux bruns et tourbillonnants s'étiraient vers le haut, le ventre ratatiné et la peau qui s'affaissait de toutes parts, laissant voir la chair en dessous.

Hrafn se tourna vers la porte, tira la poignée, mais elle était fermée de l'extérieur. Il avait le corps endolori et lourd, quelque chose en lui s'était brisé ; il sentit les larmes couler le long de ses joues et il s'entendit appeler au secours, appeler sa mère, crier qu'il voulait rentrer chez lui, mais il ne pouvait bouger et sentait le trou à l'intérieur de lui qui s'agrandissait et engloutissait tout. Il essayait de respirer et baissa les yeux sur l'ombre de celui qui se déplaçait au-dessus de lui comme s'il avait regardé, du haut d'un nuage de pluie, une petite maison ; il entendait à la fois la pluie qui s'abattait sur le toit et la voyait tomber en éclairant les ténèbres. Après ça, il n'y avait plus rien à dire, en tout cas il n'était pas en état de faire plus.

Plus tard, il était chez lui dans sa maison de Selás. Il était au lit et regardait par la fenêtre un arbre auquel il n'avait jamais fait attention avant. Ses branches étaient noires et luisantes.

Son père ouvrit la porte, il était en colère et commença à l'invectiver. Ils allèrent à la salle de bains où son père rinça le sang qui dégoulinait de ses jambes. Après, ils causèrent de ce qui s'était passé, son père lui mit son pyjama et il se recoucha. La chambre était d'un blanc éclatant en raison de la lumière. Son père était assis par terre au pied du lit et pleurait. Hrafn détourna les yeux et les dirigea sur l'arbre. Les branches oscillaient au vent, toujours plus vite, jusqu'à ce que tout s'assombrisse et s'évanouisse.

LA NATURE

36.

D'abord, il faisait sombre, mais ensuite une ligne fit son apparition qui séparait le ciel de la terre, un ruban gris foncé qui se défit lentement. Le vent tomba, les grains de sable se déposèrent les uns après les autres en une épaisse couche sur le sol et, en même temps, on aurait dit que la terre était plus foncée. Au même instant, un profond silence s'installa sur le monde, non pas un désespoir accablant, mais plutôt le silence qui règne dans une chambre dont on vient de claquer la porte, si bien qu'elle a crié. Lorsqu'on écoutait attentivement, on pouvait tout de même percevoir un léger murmure ou un léger bruit dans le silence, quelque chose de tellement éloquent et accablant que la matière ne pouvait pas le contenir ni les sens l'appréhender alors qu'il submergeait comme un fleuve en crue le rocher du monde.

La première chose qu'on vit d'elle fut le visage, luisant et souillé, qui avait l'air de regarder les ténèbres par un trou. Ensuite suivait le corps entier, qui se déplaçait sur le sandur par secousses, car c'était le hasard seul qui décidait si les pieds suivaient ou non la même direction. Elle ne regardait pas par terre, sous elle, mais droit devant elle, là où les contours du glacier se détachaient du ciel. Le sommet était embrasé, bien que le ciel soit bas et qu'il fasse sombre sur terre, et elle étendit la main comme si elle voulait le toucher.

On entendit un sifflement dans les airs et deux cygnes passèrent, étirant leur cou et le ramenant sous les ailes pour disparaître à l'intérieur du glacier. Le monde était plat et lisse, poreux comme la vase, mais malgré ça, elle continuait à marcher. Elle ne se souvenait plus quand elle s'était déshabillée. Partant de sa tête, deux cornes blanches s'étiraient, se ramifiaient délicatement et doucement en l'air et semblaient avoir été limées. Elle ne se souvenait plus quand elle s'était déshabillée.

Le soleil flottait dans le ciel et Vigdís le suivait. Lorsqu'elle posa le pied sur la terre, une très fine poussière se mit à tourbillonner à nouveau, mais cette fois, cela venait d'une voiture qui s'immobilisa tout près d'elle. Elle était entourée de gens et entendit dans un appareil radio quelqu'un appeler au secours, elle sentait une odeur d'essence et une forte pression sur sa tête, comme si elle portait un casque très lourd. Elle fut soulevée, on lui mit un masque sur le visage et ensuite elle s'envola très haut au-dessus d'une immensité qui était le glacier ou bien ce qui, un jour, avait été sa vie.

Quand, par la pensée, elle revint en arrière, elle fut étonnée de voir qu'elle avait énormément trimé dans sa vie et elle fit grand cas de ses peines et de ses joies. Pourquoi ? Il lui revenait des images du passé qui l'avaient tellement émue, mais elle ne leur permettait plus de la paralyser et ne s'en laissait plus affecter autant qu'avant. Son attitude était empreinte de sérénité. Sa respiration était paisible et profonde. Tout ce qui s'était passé, elle commençait à s'en éloigner et l'idée qu'il existe *des individus* devenait de plus en plus improbable. Comment expliquer qu'elle était constamment sur la défensive face au monde ?

Elle voyait les villes, les maisons, tous ces compartiments le long des rues que les gens passaient leur vie à remplir de joies, de regrets, de tristesse, de choses, tout sauf d'eux-mêmes ; parce qu'il n'y avait pas d'autre chemin. – Le chemin allait et venait et c'est pour ça qu'il y avait la matière, pour se dégager, sortir de soi, se secouer hors de soi-même, avec tout ce qu'il y avait dans les bouteilles, les canettes, sur les écrans et les vélos ; dans les objets qui brillaient et se déplaçaient, les corps des autres, la musique, les idées, les paroles – des vases imaginaires et fermés dans ce qui était une totalité indissoluble.

– *La nature,* dit-elle en jetant un regard circulaire, assise dans un lit tout blanc, et quelqu'un lui éclairait les yeux avec un stylo. La gaze enveloppait sa poitrine jusqu'au cou. En vol plané, elle redescendit sur le glacier et vit l'homme à la couronne d'un blanc éclatant ; il tendit le bras vers elle, mais elle lui échappa et prit la fuite comme un torrent. Au plus profond de son être à elle, quelque chose avait changé, s'était simplifié.

Elle s'éveilla en sursaut dans son lit, la respiration rapide, et elle vit que ses poignets étaient attachés au lit. Toute la nuit, elle avait été perdue dans les sandurs. "*Où sont tes amis?*" demanda un homme en complet veston assis à côté d'elle et qui lui montrait des photos – de la jeep qui avait foncé dans un rocher; de la bande plastique avec laquelle la police avait délimité le lieu de l'accident; d'un homme à quatre pattes en train de pelleter le sable.

Avant ses allées et venues dans les sandurs, elle était allée au village, celui dans lequel elle n'avait pas osé pénétrer avant. Elle ne se souvenait plus pourquoi elle osait maintenant, elle avait fui quelque chose. Elle était nue et à la place de ses seins il y avait des anneaux rouges de la taille d'une main qui brillaient comme des fraises et, en dessous, on voyait ses côtes. Au centre du village, il y avait un genre de jardin le long duquel brûlaient des feux et les ténèbres étaient rouge foncé et dispensaient alternativement de la lumière et de l'obscurité. Tout était en mouvement, nulle part de repos, et elle était une partie de ce mouvement et ne luttait aucunement contre. Assis face à face, à la table, il y avait Hrafn et Egill qui se passaient quelque chose. Le bas du visage d'Egill était une friche rouge, la mâchoire avait disparu, comme si une bête féroce s'était jetée sur lui et lui avait dévoré le visage. Elle passa ses mains sur sa poitrine, dressa ses cornes et se trémoussa autour de la table. Un grondement se fit entendre quand la tête de Hrafn disparut et qu'il se coucha sur la table, et peu après, c'est la tête d'Egill qui disparut dans un brouillard rose. Elle se passa les mains sur le visage et découvrit qu'elle était en nage.

On lui donnait la becquée et elle sentit l'odeur tiède et suave des aliments avant qu'ils n'entrent dans la chambre. Son amie était assise près du lit et pleurait, quelqu'un se mit à crier et les mains se dégagèrent du bord du lit. Sa mère venait lui rendre visite, flottait au-dessus du lit avec un sac à provisions jaune dans chaque main, et pendant la journée, elle était assise à la fenêtre et regardait dehors. Un sourire vague jouait sur ses lèvres et elle avait l'air paisible. Elle regardait dans le jardin et suivait la course du soleil qui s'élevait dans le ciel et l'ombre qui s'étendait lentement sur l'herbe et disparaissait dans le mur. Dans un coin du jardin, il y avait un hangar au toit de tôle ondulée peint en rouge et avec une fenêtre carrée. Beaucoup plus haut que le hangar, un arbre étendait sa ramure renouvelée qui ondulait de façon charmante sous la brise et tout était à sa place.

NOIRS

CHEZ LE MÊME ÉDITEUR

Francesco ABATE
J'ai confiance en toi (avec M. Carlotto)

João AGUIAR
Les Mangeurs de perles

Fernando AMPUERO
Caramel vert

Giulio ANGIONI
L'Or sarde

François ARANGO
Le Jaguar sur les toits

Jean-Baptiste BARONIAN
Le Vent du Nord
L'été est une saison morte
L'Apocalypse blanche
Quatuor X

Claude BATHANY
Last Exit to Brest
Country blues

Lilian BATHELOT
Le Rire d'Olga

Joseph BIALOT
186 marches vers les nuages

Gami BIONDILLO
Le Matériel du tueur

Steinar BRAGI
Installation
Excursion

Maurizio BRAUCCI
La Mer détraquée

Andrea CAMILLERI
L'Opéra de Vigàta
Le Coup du cavalier
La Disparition de Judas
Le Tailleur gris
Intermittence

Ottavio CAPPELLANI
Qui est Lou Sciortino ?

Gilles CARD
Art et pratique du chaos
Question de symétrie
Libera me
Nomad's land

Massimo CARLOTTO
Arrivederci amore
Le Maître des nœuds
Rien, plus rien au monde
L'Immense Obscurité de la mort
Padana City (avec M. Videtta)
J'ai confiance en toi (avec F. Abate)
À la fin d'un jour ennuyeux

Hannelore CAYRE
Commis d'office
Toiles de maître
Ground XO

Pierre CHRISTIN
Petits crimes contre les humanités
Légers arrangements avec la vérité

Gioacchino CRIACO
Les Âmes noires
American taste

Sandrone DAZIERI
Sandrone et Associé
Sandrone se soigne
Le Blues de Sandrone

Giancarlo DE CATALDO
Romanzo criminale
La Saison des massacres
La Forme de la peur (avec M. Rafele)
Le Père et l'Étranger

Francesco DE FILIPPO
Le Naufrageur
L'Offense

Jean-Paul DELFINO
L'Île aux femmes
Tu touches pas à Marseille
De l'eau dans le grisou
Embrouilles au vélodrome

Gérard DELTEIL
Mort d'un satrape rouge
KZ, retour vers l'enfer

Pablo DE SANTIS
La Traduction
Le Théâtre de la mémoire

Ramón DÍAZ-ETEROVIC
Les 7 Fils de Simenon
La mort se lève tôt
Les Yeux du cœur
La Couleur de la peau
L'Obscure Mémoire des armes
Le Deuxième Vœu

Piergiorgio DI CARA
Île noire
L'Âme à l'épaule
Verre froid
Hollywood, Palerme

Ted Escott
Opération Greenback
Money is Money

Jorge Franco
La Fille aux ciseaux

Santiago Gamboa
Perdre est une question de méthode

Giuseppe Genna
L'Année lumière

Mempo Giardinelli
Le 10e Cercle
Luna caliente
Les morts sont seuls

Laura Grimaldi
Le Soupçon
La Peur
La Faute

Arnaldur Indridason
La Cité des jarres
La Femme en vert
La Voix
L'Homme du lac
Hiver arctique
Hypothermie
La Rivière noire
Bettý
La Muraille de lave
Étranges rivages

Mine G. Kirikkanat
La Malédiction de Constantin
Le Sang des rêves

John Lantigua
Le Meilleur des Havanes

Amid LARTANE
L'Envol du Faucon vert

David LE BRETON
Mort sur la route

Dick LOCHTE
Blue Bayou

Loriano MACCHIAVELLI
Les Souterrains de Bologne
Bologne ville à vendre
Derrière le paravent

José Angel MAÑAS
Je suis un écrivain frustré
L'Affaire Karen

Nino MARINO
Le Rouge de Pompéi

Bruce MAYENCE
Les Guenons

Liam MCILVANNEY
Les Couleurs de la ville

Rosa MONTERO
Le Territoire des Barbares
La Fille du Cannibale

MONTERO GLEZ
Soif de champagne

Leonardo PADURA
Electre à la Havane
Mort d'un Chinois à la Havane
L'Automne à Cuba
Passé parfait
Vents de carême
Adios Hemingway
Les Brumes du passé

Zelda POPKIN
Le Cadeau du mort

Serge QUADRUPPANI
Y
La Forcenée
Corps défendant
La Nuit de la dinde
Au fond de l'œil du chat

Mimmo RAFELE
La Forme de la peur (avec G. De Cataldo)

Sergio RAMÍREZ
Il pleut sur Managua

Mario SABINO
Le jour où j'ai tué mon père

Luis SEPÚLVEDA
Un nom de torero
Journal d'un tueur sentimental
Yacaré/Hot Line

Stefano TASSINARI
Les Marques sur la peau

Jean-Marie THIVEAUD
La Nuit des monstres

Arni THORARINSSON
Le Temps de la sorcière
Le Dresseur d'insectes
Le Septième Fils
L'Ange du matin

Grazia VERASANI
Quo vadis, baby ?
Vite et nulle part
À tous et à personne

Jacques VETTIER
Juge et partie
Nécroprocesseurs

Marco VIDETTA
Padana City (avec M. Carlotto)

Louise WELSH
Le Tour maudit

Cet ouvrage a été composé par
Atlant'Communication
au Bernard (Vendée)

Achevé d'imprimer par Corlet Imprimeur
N° d'édition : 2820001 – N° d'impression : 156411
Dépôt légal : octobre 2013

Imprimé en France